Magali Ségura est née en 1972. Elle a été découverte avec son premier texte, *Contre la fatalité*, une nouvelle nominée au **Grand Prix de l'Imaginaire** et récompensée par le **Prix Bob Morane Imaginaire 2000**. Confirmation de son talent, son cycle de *Leïlan*, délicieuse rencontre entre *Robin des bois* et l'esprit des contes de fée, a comblé les amateurs de merveilleux et de cape et d'épée.

Du même auteur aux éditions Bragelonne :

Leïlan – L'intégrale de la trilogie (2007)

Du même auteur, chez Milady :

Leïlan :
1. *Les Yeux de Leïlan* (octobre 2008)
2. *Pour Éloïse* (janvier 2009)
3. *Une Nuit sans lunes* (mars 2009)

www.milady.fr

Magali Ségura

Pour Éloïse

Leïlan – tome 2

Bragelonne

Milady est un label des éditions Bragelonne

Cet ouvrage a été originellement publié en France par Bragelonne.

Illustration de couverture :
Miguel Coimbra

Cartes :
Michaël D'Auria

ISBN : 978-2-8112-0078-7

Bragelonne – Milady
35, rue de la Bienfaisance – 75008 Paris

E-mail : info@milady.fr
Site Internet : http://www.milady.fr

Aux mêmes,

Avec un remerciement particulier

à Mike qui résiste à tous mes caprices de cartes,

et un clin d'œil à Delphine, ma petite sœur belge,
pour ses dix-huit ans.

Forêt
Interdite
Ile perdue
Ize
Aderne

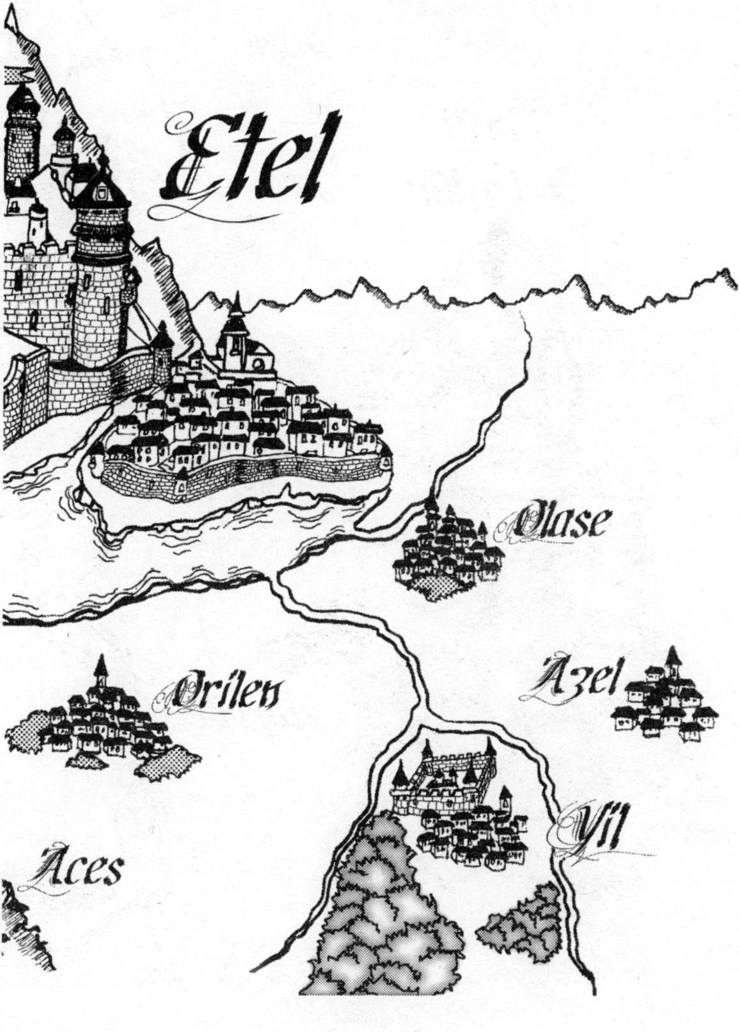
Etel
Olase
Orilen
Azel
Vil
Aces

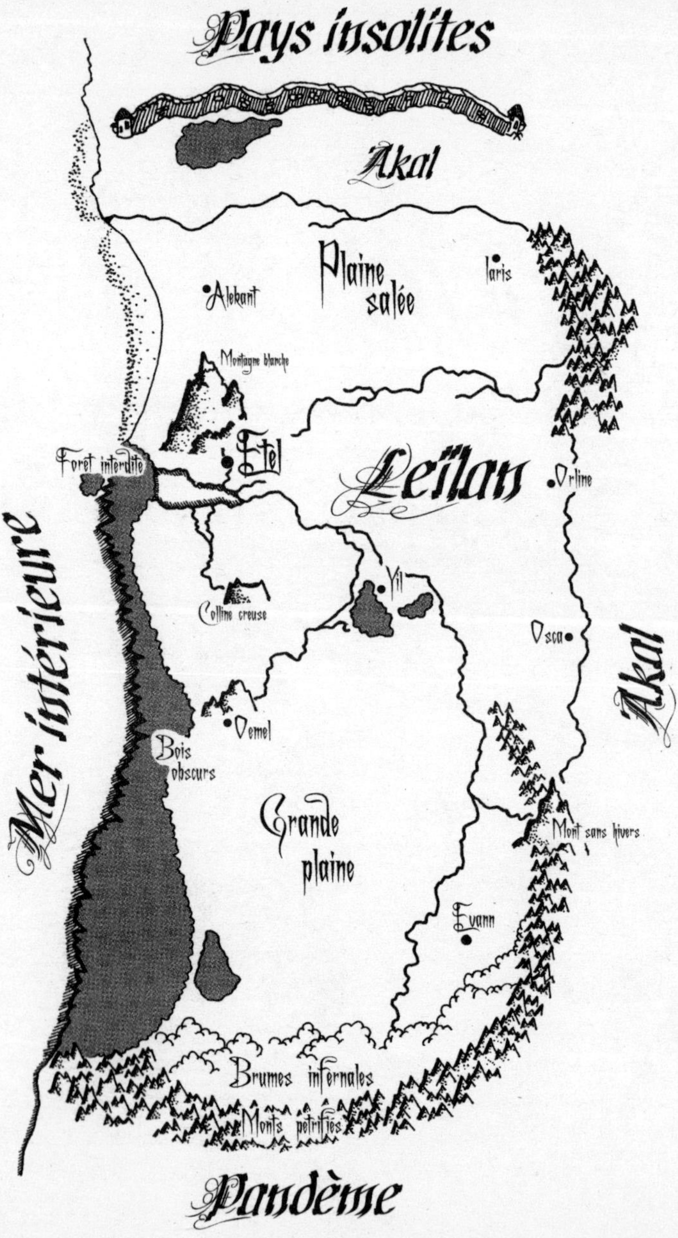
Pays insolites
Akal
Plaine salée
Alekant
Iaris
Montagne blanche
Etel
Forêt interdite
Leïlan
Orline
Mer intérieure
Yil
Colline creuse
Osca
Akal
Oemel
Bois obscurs
Grande plaine
Mont sans hivers
Evann
Brumes infernales
Monts pétrifiés
Pandème

Quatrième partie

La Forêt Interdite

L'homme était allongé sur un lit qui n'était pas le sien. Il se sentait loin de chez lui et sa poitrine se gonflait de lourdes respirations. Il avait peur de perdre ses idéaux, de perdre tout ce qui faisait sa vie. Il connaissait le danger de l'Avenir.

Regardant sans les voir les poutres basses de cette chambre silencieuse, il repensait à un livre qu'il avait eu entre les mains. Un petit livre magnifique retraçant les mémoires d'un roi qu'il trouverait à jamais prestigieux et dont les mots l'avaient à ce point troublé qu'il pouvait en réciter des passages entiers sans se tromper. Mais quel usage pouvait-il faire de ce savoir ? L'écriture ronde et lente d'un mendiant devenu souverain réapparaissait dans sa tête.

« Les Divinités ont certainement déjà choisi leur Champion. Avant même sa naissance… Sur quels critères ? J'aimerais bien le savoir.

Mon adversaire était un homme immense, redouté et froid. Quand il sortait son épée, Pandème tremblait. Il s'était fait une place dans un bain de sang. Le nombre de ses crimes était incalculable. Quelquefois, je n'en reviens toujours pas d'avoir osé l'affronter… et d'avoir gagné !

Comment sera le prochain Disciple de l'Esprit Sorcier Ibbak ? Quelle sera sa puissance si son Maître en a beaucoup perdu ? Des questions toujours, des questions sans réponses.

Mon épée s'est éteinte à la mort de mon Adversaire. Elle avait été conçue en vue de mon combat avec lui, au dernier moment. Les Fées avaient mis leur puissance dans cette arme, ma foi aussi. Elle prenait une couleur blanche à l'approche de mon ennemi pour m'en avertir et semblait brûler quand je le combattais. Je n'ai jamais autant aimé et contemplé une arme. Je ne crois pas qu'elle retrouvera sa lumière. La prochaine fois, les Fées auront d'autres ressources pour protéger leurs alliés humains. »

L'homme soupira. *Les Fées auront d'autres ressources… Lesquelles ?!* Il ne cessait de se le demander. Sur ce plan-là, il n'avait jamais senti leur aide !

Il aurait voulu voir apparaître des voiles de vapeur blanche, douce et chaude, pour leur demander quelles étaient leur force, leurs possibilités… Il avait les mêmes questions qu'Enkil en tête. Les mêmes inquiétudes, la même impression de solitude. Il n'était pourtant pas plus seul au monde que l'avait été l'ancien roi. Sa femme l'attendait en bas, pour le petit-déjeuner. Il n'avait d'ailleurs que trop tardé à la rejoindre… Comment partager avec d'autres personnes un aussi lourd secret ? Comment annoncer l'éventualité de la fin de Monde ? Comment prévenir le Champion ? Parce qu'il le connaissait ! Il savait parfaitement qui il était ! Et ce livre, source d'inquiétudes, contraignait l'homme à prendre des décisions qui n'étaient pas toujours évidentes. Comment pouvait-il sembler si fort alors qu'il se sentait si faible ? Il était dépassé par le rôle qui lui revenait.

Il gratta sa barbe et se leva. S'il était là, c'est qu'il voulait agir. Aider le Champion, le seul véritable but de son existence…

Un simple détour

Des serviteurs s'affairaient autour des fours à pain, des chiens aboyaient à l'arrivée de leur nourriture, un homme sifflotait nonchalamment dans les remises.

Rejetant ses cheveux en arrière, Axel simula un air détaché et assuré pour traverser la cour basse du palais. Une certaine agitation se devinait dans les écuries de la noblesse. Bruits de sabots et hennissements attirèrent son attention alors qu'il se dirigeait justement dans cette direction.

Maintenu à un poteau par sa bride, un cheval au poil magnifiquement brillant se débattait à chaque approche d'un jeune garçon d'écurie. Habile au fouet, ce dernier tentait seulement, avec beaucoup d'audace, mais sans aucun succès, de peigner la crinière de l'indocile animal. Axel réalisa soudain que sa jument était l'auteur de tout ce vacarme.

— Nis ! cria-t-il en entrant.

Elle se retourna, tout ébahie d'être prise en flagrant délit de caprice. Dans ses beaux yeux de jais, une lueur d'innocence s'alluma.

Elle ne fut pas la seule surprise : la dureté de la voix d'Axel avait fait peur au jeune serviteur. Certainement habitué à recevoir des coups chaque fois que son travail ne se montrait pas parfait, il s'était prosterné devant le comte de Mont-Allois.

— Pardonnez-moi, Votre Grâce, implora-t-il. Votre jument n'est pas prête pour votre départ. Elle s'est montrée très agréable jusqu'à présent mais elle refuse obstinément de se laisser lisser la crinière. J'ai... j'ai tout essayé.

Interdit devant son geste, Axel regarda le jeune homme à ses pieds. Personne, depuis bien longtemps, ne s'était plus incliné de cette façon devant lui, surtout pour un motif aussi ridicule. N'ayant plus goût à rien, il aurait voulu montrer de l'indifférence. Mais ce palefrenier, à peine plus jeune que lui, se protégeait la tête de ses bras pour parer une éventuelle correction.

— Quel est ton nom ?

— Loïc, Monseigneur.

— Lève-toi, Loïc. Je suis le seul fautif. J'ai oublié de te prévenir qu'elle n'acceptait ce geste que de moi.

Le garçon d'écurie releva la tête, étonné. Il ne savait pas s'il devait croire le jeune noble.

— Donne-moi la brosse, tu vas voir.

Le serviteur obéit mais, en donnant l'objet, il ne put réprimer un geste de protection. Le duc d'Alekant était tellement fourbe et pouvait montrer tant de visages, indifférent et agressif en une même seconde, qu'il avait perdu toute confiance.

Axel posa son sac et s'approcha de Nis en la sermonnant. Elle secoua la tête, comme pour éviter que les mots ne rentrent dans ses oreilles, et rabattit ses naseaux contre la joue de son maître. Elle était si belle, il ne pouvait pas lui en vouloir et puis, elle n'avait rien fait ! Elle était innocente ! Seule la parole lui manquait mais elle savait se faire comprendre.

La comédie de sa jument, sa gaieté et ses câlineries firent du bien à Axel. Cet amour sans retenue était agréable et reposant. Elle semblait adorer ces moments de douceur avec lui. Il lui faisait tant de caresses lorsqu'il la brossait. Peut-être ne pouvait-elle concevoir qu'un autre être humain le fasse à sa place avec de simples flatteries hypocrites ? Elle était reine entre les mains d'Axel.

Le garçon d'écurie fut impressionné par cette complicité. Dans ce palais, la plupart des chevaux étaient considérés comme de simples montures, des animaux d'utilité. Ils devaient mettre en valeur leurs maîtres. Ceux-ci s'abaissaient rarement à montrer leur amour pour une bête, fallait-il encore qu'ils en aient !

— Voilà, mademoiselle, déclara Axel. Votre beauté est sans pareille.

Il salua sa jument comme une dame et afficha un sourire pour cacher sa mélancolie.

— Tu as fait du bon travail, Loïc, dit-il en lui rendant la brosse. Elle est vraiment magnifique, des sabots jusqu'aux oreilles.

— Vous lui parlez comme à une personne, Monseigneur ! remarqua le palefrenier rassuré sur la nature du noble qu'il avait devant lui.

— Elle n'est peut-être pas humaine mais c'est une personne. Elle boude si je ne remarque pas sa beauté.

— Comme une femme ?!

— Oui, acquiesça Axel avec un imperceptible pli de

la joue à cette réflexion.

Plus souriant, le serviteur déposa la selle sur Nis. Il y attacha rapidement les affaires et l'arc à double courbure. Axel prit la bride de sa fidèle monture.

—Allez viens, merveille, nous allons retrouver père… nous rentrons à Pandème.

Toute joyeuse d'entendre ce nom synonyme de paix et de tranquillité, la jument suivit son maître à petits pas allègres. Celui-ci attrapa sa besace et posa la main sur un établi.

—Merci, Loïc, et adieu.

—*Au revoir*, Monseigneur, espéra le jeune serviteur avec beaucoup de respect.

C'était la première fois qu'il ressentait et comprenait la signification du dernier mot qu'il avait prononcé. Le comte de Mont-Allois avait une générosité à la mesure de sa noblesse de cœur : sur la planche de bois luisait une pièce. Elle n'était pas en cuivre, comme ordinairement, mais bel et bien en or. Elle représentait plus d'un mois de travail !

Le palefrenier croyait rêver. Il ne savait pas lire mais les quelques signes gravés autour des trois étoiles devaient être : *Pandème, pays de bonheur*. Il regarda le comte de Mont-Allois se diriger lentement vers le pont-levis.

Que les Fées veillent sur lui ! pensa-t-il en lançant la pièce en l'air.

Une main gantée l'attrapa au vol.

—C'est bien trop pour ton travail, il ne faudrait pas que tu prennes de mauvaises habitudes ! coupa Korta en la mettant dans sa poche.

Le garçon d'écurie voulut protester mais il n'était

pas de taille et le savait bien. La dernière fois qu'il s'était dressé contre le duc, cela lui avait valu quinze coups de fouet. Loïc ne manquait pas de courage, mais il ne voulait pas mourir aussi jeune. Pas avant d'avoir fait quelque chose de sa vie. Il baissa les yeux en serrant les poings.

— Oui, Votre Grâce.

Il avait honte de lui, de ses paroles, de sa soumission. Il détestait le duc.

Un sourire de satisfaction se dessina dans la barbiche de Korta, ses yeux sournois se plissèrent : il aimait affirmer sa supériorité et humilier ce petit valet. Rabattant sa cape couleur de sang sur son bras, il se tourna vers le cavalier qui sortait du château. Il enleva le gant de sa main baguée et fit signe au serviteur de s'éloigner.

Le jeune palefrenier s'éclipsa rapidement. Mais, passant dans la pièce suivante, il monta l'échelle d'une mezzanine et glissa dans les bottes de foin pour revenir vers le duc. Sous la paille, il pouvait l'observer à sa guise. Son innocence voulait comprendre cette volonté de nuisance.

Il vit Korta poser ses doigts sur sa bague ducale et regarder le comte de Mont-Allois avec des yeux étranges. Loïc avala sa salive avec difficulté. Il était horrifié : plus d'une fois, de son perchoir, il avait remarqué que ce simple geste s'associait à une soudaine attaque des sariclès ! Il ignorait le comment de ce pouvoir, mais les coïncidences s'étaient trop souvent répétées, principalement avec les médecins venus soigner la princesse Éloïse ! Ses yeux passaient du visage du duc au jeune comte. Comment ce dernier pourrait-il échapper aux gardiens du château ?! Le serviteur se mit seulement à prier : les Trois Fées ne pouvaient laisser mourir un homme pareil !

Axel ne voyait rien, n'entendait rien, comme Nis, trop heureuse de rentrer. Les gardes n'avaient pas eu un regard pour eux, le jeune homme les ignora de même. Il partait avant le retour des Scylès et avant que Korta ne se trouve au milieu de son chemin. Il regrettait de pas avoir revu la princesse Éline. Le roi lui avait dit qu'elle se trouvait au chevet de sa sœur. Elle voulait certainement lui rappeler ainsi sa folle promesse : donner un message à Victoire avant de quitter le pays.

Axel n'avait même pas conscience de l'odeur de mort qui flottait de nouveau autour de lui. Il regardait devant lui. *Le beau paysage pastoral, Étel en contrebas, la Grande Plaine et ses collines, les forêts et ses rivières*... Tout ceci se révélait n'être que le décor d'un rêve dont le réveil était brutal et douloureux.

Il avait passé la nuit sur les chemins de ronde du château. Le vent, le froid et la fatigue n'avaient pas réussi à le ramener dans ses appartements. La condamnation des Trois Fées de l'Est le désarmait, le rendait fou. Il connaissait son destin mais ne pouvait s'y soumettre. Impossible de l'accepter, ni même de le concevoir. Il était prêt à donner sa couronne, sa richesse, sa jeunesse, à affronter les pires dangers ou les créatures les plus monstrueuses, à mourir même. Pour une seule minute d'amour. Une seule minute dans les bras de Victoire. Un seul baiser partagé.

Il aurait certainement aimé sa vie d'errance sans se soucier de trouver l'âme sœur. Toutes ses aventures et ses découvertes lui auraient révélé bien tard sa solitude. Il n'aurait peut-être jamais pris la route. Mais il connaissait la prophétie. Elle hantait son esprit, guidait ses pas et sa vie, le brisant chaque jour de toute sa cruauté, l'anéantissant aujourd'hui. Ce n'était pas Aces ou la misère, ni même cette impression de force maléfique qu'il avait craint d'affronter en entrant en Leïlan. Mais le rêve d'un amour impossible qui sommeillait en lui et qui le détruirait jusqu'au plus profond de son âme.

Partir, fuir, oublier.

Il y eut un remous dans les douves. Toujours au poignet d'Axel, la petite amalyse blanche se glissa dans sa manche retroussée. Le jeune homme pensa soudain que la mort serait douce. Mais il ne dut pas suffisamment la souhaiter, car il dépassa la dernière tête de pont et se retrouva sur la terre ferme sans incident.

Le garçon d'écurie souffla dans un sourire et envoya un baiser au ciel. Sa théorie sur la bague était-elle fausse ? Il se retourna vers le duc. Non, la bague était restée fermée et Korta découvrait ses belles dents blanches dans un ricanement abject.

Le jeune serviteur ne comprenait plus rien. Il ne pouvait pas deviner les pensées du duc à ce moment-là. Il ne pouvait pas imaginer l'effort surhumain que Korta avait dû faire sur lui-même pour ne pas exterminer Axel. Un plan avait germé dans la tête du seigneur.

Korta avait appris de Misty la véritable identité du comte de Mont-Allois. Le prénom avait confirmé ses soupçons. Il s'était douté qu'un jour un Enfant des Fées essaierait de venir à Leïlan. *À quoi lui servait-il de barrer les routes depuis six ans si le premier prince venu pouvait passer ?!* Il avait au moins la consolation de savoir qu'Axel était le cœur perdu de la famille royale. Sa vie devait déjà être un délice de souffrances et de déceptions. Le jeune prince allait lui servir pour assouvir sa vengeance.

Il fit soudain un signe de la main, et douze hommes pénétrèrent dans les écuries, beuglant, braillant leur force, puants de suffisance. Le jeune palefrenier recula rapidement dans sa cachette pour descendre. On hurlait déjà son prénom.

Dans les minutes qui suivirent, Loïc fut bousculé, frappé et injurié par les brutes. Korta lui fit face. Son regard noir en disait long. Le jeune serviteur comprit que le duc n'était pas dupe. Il savait parfaitement qu'il avait été espionné.

— Selle mon cheval et douze autres pour mes hommes !

Terrorisé, Loïc courut chercher le cheval noir et obéit. En montant sur sa fière monture, Korta le fixa encore : sa vie ne dépendait plus que de la volonté du noble. Le valet comprit le message et confirma sa soumission en baissant la tête. La barbiche du duc frémit de satisfaction.

— Voilà pour ton silence, railla-t-il en partant à la suite d'Axel avec son escorte.

Devant le jeune serviteur, au milieu des brindilles de paille, une malheureuse pièce de plomb trouée s'arrêta de tourner. *Quelle dérision !*

Loïc regarda les cavaliers et se retourna avec haine. Rageusement, il attrapa un ciseau à bois et le lança sur un poteau de l'écurie. L'outil se ficha dans le mur de derrière. Il ne savait se servir que d'un fouet.

— Tu n'es que Loïc-le-minable, se répéta-t-il en

s'agenouillant dans la paille. Tu ne sais même pas viser correctement. Tu ne feras jamais rien de ta vie. Tu es trop lâche pour accomplir quoi que ce soit d'héroïque.

Levant son regard vers les poutres du plafond, il ferma les yeux.

— Fées de la Vie, Divinités du Bien. Vous m'avez fait pauvre et petit. Ne me laissez pas mourir sans avoir fait mordre la poussière à ce chien de duc !

✧

Fouaillant de la queue, Nis franchit les fortifications d'Étel ; son beau poil alezan avait perdu son éclat sous la poussière. La boue s'était changée en terre sèche, rendant la ville toujours aussi antipathique à ses yeux.

Axel n'avait plus les rênes en mains depuis leur sortie du château : il laissait sa jument choisir sa route et en profitait pour essayer d'enlever l'amalyse de son poignet.

L'obstination que cette plante, prétendument tueuse, déployait pour s'accrocher à lui le mettait de mauvaise humeur. Elle se déformait à chaque attaque de ses doigts, et même à chaque passage de sa dague. Son manque d'agressivité la poussait à s'écarter du fil de la lame pour revenir de nouveau à sa place initiale. Axel maudit la plante qui gardait sa belle couleur blanche. Comment pouvait-elle réussir à percevoir un sentiment d'amour dans son cœur ?! Il préféra regarder devant lui pour chasser de son esprit cette lutte vaine qui soulignait une nouvelle impuissance de sa part.

Le Passage des Cinq Rivières, obstacle jusqu'alors

évité, s'étendait comme une frontière. La jument s'apprêta à le contourner de nouveau quand son maître reprit les brides en main.

— Non, ma belle. Père me reprochera chaque heure de retard mais je dois tenir une promesse faite à une princesse. Le plus court chemin est ce passage.

Elle coucha ses oreilles et secoua la tête de mécontentement.

— J'avoue ne pas avoir le cœur à l'aventure, et j'aurais préféré découvrir cet endroit avant d'aller au palais. Mais nous sommes en plein jour, petite peureuse, et cet endroit n'est vraiment dangereux que la nuit.

À contrecœur, Nis se dirigea vers le lieu mystérieux. Il n'y avait pas de brume épaisse ou légère, caractéristique des soirs de Leïlan, seulement une émanation vaporeuse due au soleil éclatant. Il paraissait possible de se diriger à l'intérieur de ce labyrinthe et d'en sortir.

Cinq rivières se rejoignaient dans un immense lac profond de quelques pieds seulement. Plusieurs pierres semblaient flotter sur la surface immobile, traçant des chemins divers apparemment droits, mais qui, à la lumière du jour, s'avéraient courbes. Le piège nocturne était simple. Sans le soleil ou la forêt pour les guider, entourées de brumes opaques et de carrefours identiques, les personnes pénétrant ce domaine s'emprisonnaient dans des chemins sans fin. Quelques bêtes devaient ensuite faire disparaître leurs cadavres...

Le calme et l'absence de bruits d'animaux remirent les instincts d'Axel en éveil. Il semblait impassible devant le paysage désert, mais pourtant, par habitude, ses yeux parcouraient l'étendue d'eau. Il y avait quelque chose dans ce lac trouble. *Une illusion, une réalité ?* En tout cas, la sensation de sa présence ne faisait aucun doute.

Les pierres dessinaient un chemin trop difficile à suivre pour un cheval. Petites, rondes et bombées, elles ne donnaient pas suffisamment d'appui aux sabots de Nis. Axel devait faire passer sa jument par l'eau. Cette idée n'était pas pour le réjouir.

Il descendit de sa monture pour précéder la marche. L'eau était étrangement chaude. Elle ne dégageait aucune odeur désagréable. Chaque pas entraînait la remontée de bulles de gaz dont les émanations embrumaient la tête. La lame de son épée lui servant de bâton d'aveugle, Axel trancha les eaux vaseuses où des algues brunes et grises s'étiraient. De petites anguilles argentées se faufilèrent entre deux remous, comme réveillées par l'intrus.

Tout semblait dormir d'un sommeil de mort et attendre la nuit. Finalement, Axel n'avait pas grand-chose à craindre du lieu, et ce n'était pas un peu d'action qui allait lui faire oublier la torture de son cœur. La source de son angoisse ne se trouvait pourtant pas loin, son esprit se butait seulement à l'imaginer sous la forme d'un animal extraordinaire. Dans la peau de quelques hommes, respectant une certaine distance, elle ne le quittait pas des yeux. Les soldats s'enfonçaient eux aussi dans le Passage des Cinq Rivières, guidé par un grand connaisseur du lieu : Korta lui-même.

Par chance, le niveau de l'eau ne monta pas au-dessus des cuissardes d'Axel. Le jeune homme ressortit de l'étrange lac au bout d'une heure sans se mouiller.

Regardant machinalement en arrière, il eut l'impression de distinguer des formes floues, loin derrière lui. Mais qu'importent leurs origines, il n'avait plus le temps de chercher le secret de cet endroit. Il reprit sa place sur la selle de Nis.

La Grande Plaine s'étalait de nouveau et le premier village qu'il pouvait voir à quelques centaines de pas était celui d'Ize. Un léger pincement à la poitrine lui rappela les événements que son esprit rattachait à ce lieu. Il détourna la tête et tira de côté la bride de sa jument. Docilement, Nis trotta vers la forêt, soulagée de quitter enfin le lugubre passage.

Axel était toujours absent, muet. La fraîcheur de l'air entre les chênes et les charmes passait dans ses cheveux comme une caresse mais ne parvenait pas à le sortir de son détachement. Même lorsque Nis sembla agitée par la présence de poursuivants, il négligea l'avertissement.

—Arrête ce manège ! Même s'il y avait une créature dans le passage, elle n'est certainement pas en train de nous suivre maintenant !

Sa voix était marquée par l'agacement et, lorsque Nis tenta de le prévenir une nouvelle fois, elle fut surprise de sa dureté. Elle ne faisait pas de bêtise ! Pour ne plus le contrarier, elle cessa de manifester son inquiétude, mais elle resta gênée par l'incertitude, une oreille en avant, l'autre en arrière.

Le chemin de terre s'élargit dans la forêt, Axel reconnut l'endroit : il s'approchait du Pont Sans Retour. Nis fit encore quelques pas et il put l'apercevoir. Un tout petit pont de bois au-dessus d'une fosse si ridiculement étroite qu'un grand pas suffisait à la franchir. Un tout petit pont de bois dégagé des arbres et des buissons qui ouvrait, comme une porte, sur une étendue de prairies et de bois. Une invitation à l'Interdit.

Le jeune homme descendit de sa monture et regarda le paysage, cherchant à y percer une illusion. Il avait le cœur suffisamment malade pour résister une seconde fois à cette tentation. Mais elle habitait là. La Fille-aux-yeux-bleus, Victoire, Éléa, qu'importait le nom qu'il lui donnait ou espérait pour elle, il la sentait tout près. Une force le poussait de l'avant.

Les Fées ?! Comment osaient-elles ?!

La douleur tenait Axel en arrière. Mais il avait fait une promesse à la princesse Éline, et il ne voulait à aucun prix que son frère Philip vive la même douleur que la sienne. Il devait traverser ce pont, quelles qu'en soient les conséquences, pour revoir la jeune fille une dernière fois.

Il regarda le ciel. L'azur emporta ses derniers doutes et ses derniers rêves comme s'effilocherait un fin nuage. Il fit un pas vers le pont puis s'arrêta. Il avait entendu du bruit dans le sentier venant du sud. Quelqu'un arrivait : la voix lui tira un sourire.

— Il ne faut pas que tu aies peur, Maï, il n'est pas aussi méchant qu'on le raconte.

Penchée sur la petite rousse attentive, Ophélie apparut aux yeux d'Axel. Elle portait l'une de ses petites robes strictes, cuivrées et grises, comme chez sa tante Askia, mais le tablier avait disparu, la chemise et le bonnet aussi. Ses cheveux blonds étaient peut-être attachés en une queue-de-cheval bridée dans sa longueur par deux anneaux de cuivre, mais il ne faisait aucun doute que la jeune fille avait changé.

Maï vit Axel la première. Son visage parsemé de taches de son s'illumina à sa vue : elle le reconnaissait ! Lâchant brusquement la main de sa grande sœur, elle s'élança vers les bras du jeune homme qui s'accroupit pour la recevoir.

Ophélie resta stupéfaite de la présence d'Axel dans cette partie de la forêt. Il se trouvait bien trop près du Pont Sans Retour !

— Y vient avec nous, Ophy ? demanda la petite fille avec frénésie. Y nous protégera du…

— Maï ! coupa-t-elle avec angoisse et fermeté.

Le regard brutal de sa sœur fit immédiatement taire l'enfant. Elle n'eut pas besoin qu'Ophélie ne lui dise un mot de plus.

Axel la déposa déçue sur le sol. Elle resta près de lui, droite sur ses jambes, son petit ventre en avant. Le visage d'Ophélie retrouva sa tranquillité malgré la délicatesse de la situation.

— Tu es toujours là où l'on ne s'y attend pas.

— Je pourrais en dire autant à ton égard. Ize est derrière toi, et c'est le dernier village de la Grande Plaine.

— L'endroit est agréable pour se promener, répondit-elle en se pinçant les lèvres.

Elle n'aimait pas mentir et ne savait pas le faire.

— Je te croyais déjà reparti pour Pandème.

— Ne te fatigue pas, Ophélie, je sais où *elle* est. Tu n'as rien à craindre, je dois rentrer, je veux seulement lui parler.

La jeune fille eut un sourire non simulé. Elle croyait

comprendre le sentiment qui avait poussé Axel jusqu'ici.

— Tu te trompes. Le message que je dois lui porter n'est pas de moi. Je suis venu parce que ma parole est en jeu. Je veux voir le Masque, et non Victoire.

Ophélie s'étonna de ces propos. Axel semblait si froid ! Et les traits de son visage paraissaient marqués par une étrange fatigue. Que s'était-il donc passé ? Avait-il passé une nuit blanche comme elle ?

— Alors va jusqu'à Ize, même si tu crois connaître le secret, insista-t-elle. Je vais demander au Masque de t'y rejoindre.

Il accepta et prit la bride de Nis qui recommençait à s'agiter. Maï avait rejoint sa sœur. Ses trois ans ne comprenaient pas ce départ. Les dix-sept ans d'Ophélie non plus.

— Tu ne reviendras pas, n'est-ce pas ?

Axel détourna le regard sur une courte négation.

— Je ne serai pas la seule à te regretter, tu sais, ajouta-t-elle avec une tendre désolation.

Il eut un pâle sourire. Le menton de Maï se plissa, ses lèvres disparurent et les larmes commencèrent à monter. Elle ne disait toujours rien, elle n'en avait pas le droit, mais ses yeux parlaient pour elle. Cette douleur enfantine attrista Axel. Il s'approcha d'elle et s'accroupit de nouveau. Pourquoi Amour s'unissait-il toujours avec Peine ? Pourquoi cette enfant s'était-elle amourachée de lui, alors qu'il l'avait simplement serrée contre lui, la première fois, pour lui faire oublier sa peur de Korta-le-fourbe ?

Il essuya tendrement la grosse larme qui roulait sur sa joue.

— *Départ* ne veut pas dire *oubli*, Maï. Leïlan restera gravé dans ma mémoire et tes jolis yeux couleur d'automne dans mon cœur.

— Pour ma part, j'aurais plutôt dit ces mots à la jolie blonde.

Non loin du couple et de l'enfant, Korta apparut, les saisissant tous trois. L'assurance de sa voix, ses yeux brillants et son sourire diabolique découpé dans sa barbiche noire ne présageaient rien de bon. Ophélie plaqua immédiatement Maï contre elle et se rapprocha d'Axel.

— Ne soyez pas aussi agressif, continua Korta à l'adresse du jeune homme qui avait déjà sorti son épée. Je sais, moi aussi, que nous nous sommes récemment rencontrés, même si je n'ai pas eu l'honneur d'être présenté à vous au palais, Prince Axel.

Ses yeux s'étaient assombris, teintant les deux derniers mots de mépris.

— *Prince* ? articula faiblement Ophélie, surprise.

Axel serra les dents et son regard vert se glaça au ricanement du noble.

— Que voulez-vous ? lança-t-il brutalement.

— De vous ? Plus rien. Mais cette charmante demoiselle attire une fois de plus mon attention.

Tout en pressant sa sœur dans ses bras, Ophélie se serra un peu plus contre Axel.

— Je suis certain que Votre Altesse est assez résistante à la douleur…

La cicatrice violacée sur la joue de Korta marqua un pli horizontal sous son œil gauche. Il marcha en caressant doucement son bouc avec un sourire en coin. Il s'arrêta à une dizaine de pas devant le Pont Sans Retour.

— … mais je veux savoir où se cache le Masque !

Devant le regard d'affront d'Axel, il se contint de façon suspecte.

— Vous ne pouvez avoir d'amour en ces Mondes, n'est-ce pas ? ricana-t-il. Mais supporterez-vous la souffrance d'une jeune demoiselle aussi délicate ?

— Il faudra me tuer d'abord ! opposa Axel, prêt au combat depuis longtemps.

— Rien n'est plus facile.

Korta claqua des doigts. Douze hommes sortirent des buissons, tout autour d'eux. La créature pressentie par Nis apparaissait et Axel regrettait soudain son manque de confiance en elle. Seul, il aurait tué un ou deux hommes pour se dégager du cercle, mais, là, avec une jeune fille et une enfant, le combat ne promettait pas de fin heureuse.

Il tira sa longue dague de sa botte pour la donner à Ophélie. Elle déposa Maï entre eux. Tous les mouvements semblaient ralentis : les soldats se délectaient de l'approche. Ils savaient que leurs futures victimes n'avaient aucune chance de s'échapper.

— Débarrassez-moi du prince ! ordonna Korta. La rumeur de sa mort n'en sera que plus justifiée ! Mais j'ai besoin de la blonde et de la gamine !

Il restait toujours planté devant le pont, sa cape couleur sang flottant légèrement au vent, les mains sur les hanches, le visage droit et arrogant. Sans le savoir, il bloquait la seule issue possible.

Axel rapprocha son visage d'Ophélie et lui murmura furtivement de prendre la fuite avec Nis, dès qu'il se jetterait sur le premier garde. Elle lui adressa un sourire espiègle en lui rendant sa dague.

— J'ai beaucoup mieux. J'ai confiance en toi. Tiens le temps...

— Le temps de quoi ?! s'écria-t-il. Non, Ophélie !!!

Trop tard. La jeune fille courut se ruer dans les bras de Korta. Celui-ci la maîtrisa sans grande difficulté, mais elle occupa ses mains et son attention : sa sœur passa.

— Cours, Maï, cours ! hurla-t-elle pour lui donner du courage.

Aussi vite que ses petites jambes le lui permirent, l'enfant parvint jusqu'au Pont Sans Retour et, devant les yeux ébahis des trois gardes lancés à sa poursuite, disparut dans l'espace.

Ils en furent stupéfaits. Tournant le dos à la scène, Axel profita de la paralysie momentanée et inexpliquée des soldats pour se jeter sur deux d'entre eux et sortir du cercle. Il fut surpris à son tour par l'absence de l'enfant mais les gardes, que Korta réveillait à grands hurlements, ne lui laissèrent pas le temps de se poser des questions.

Cinq lames s'abattirent sur lui. Deux essayèrent de le prendre de revers. Les épées fendirent l'air et s'entrechoquèrent avec violence. La largeur de celle d'Axel lui permettait une plus grande puissance d'attaque, mais était plus lourde à manier. Il fallait qu'il soit rapide pour répondre à toutes les offensives. Très rapide. Tout reposerait sur son endurance.

Malgré son manque de sommeil, Ophélie se débattait comme une chatte : elle criait, mordait, griffait et parvenait même à prévenir Axel des traîtrises des gardes.

Le temps des sourires amadouants était révolu. Korta la laissait faire en évitant au mieux ses attaques. Il aimait ce jeu dont il se savait maître. Malgré toute l'adresse du jeune prince, celui-ci ne pourrait que crouler sous le nombre. Il restait encore trois gardes en arrière. Bien que choqués par ce qu'ils croyaient être un suicide de l'enfant, ils étaient prêts à se ruer sur Axel, s'il s'en sortait.

Avec vaillance et aplomb, le jeune homme parait les assauts venant de droite avec son épée, ceux de gauche avec sa dague. Son épais et couvrant bracelet de cuir lui protégea par trois fois le poignet, mais il n'avait pas la résistance du métal : il s'entailla en profondeur, jusqu'à la chair même.

L'amalyse d'Axel ne lui servait à rien, il n'arrivait pas à la contrôler. Toujours blanche, elle s'était réfugiée dans sa manche.

Korta se lassa très vite du combat. Son intérêt se portait déjà sur les tortures qu'il mettrait à exécution à son retour. Il saisit solidement Ophélie, toujours déchaînée, et l'emporta avec lui vers son cheval. Les cris de la jeune fille firent redoubler la force d'Axel et ses audaces. Il appela Nis, mais celle-ci ne comprit pas son ordre. Au lieu de venir vers lui, elle plaqua ses oreilles en arrière et profita du mouvement de recul d'un soldat situé derrière elle pour lui envoyer une cuisante ruade. Elle l'expédia anéanti sur le sol. Puis, elle se cabra, tous sabots devant : elle craignait peut-être les endroits obscurs et mystérieux mais n'avait pas peur de l'homme.

Son action n'eut pas le résultat escompté : au lieu d'aider son maître, elle l'obligea à décupler ses efforts pour la secourir. Et Korta lança ses trois derniers hommes pour en finir.

Deux lames détournées, un travers évité, un coup de pied décoché et un direct en riposte. Les attaques fusaient de toutes parts. Le métal semblait rougir. Axel frappa trois épées, deux à droite, une à gauche, et donna un coup de pommeau supplémentaire dans la figure du quatrième homme. Il esquiva un estoc en reculant mais, alors, il trébucha sur une pierre et tomba en arrière. Une lame résonna bruyamment sur sa dague. Il propulsa ses deux jambes dans le ventre du garde pour se dégager. Un autre se jetait déjà sur lui.

Des hurlements de démon sortirent de la Forêt Interdite et l'homme qui menaçait Axel s'écroula soudain sur lui. Derrière, se dressait Victoire dans sa courte jupe et son léger corsage. Son masque d'amalyse lui barrait les yeux, mais, sur ses lèvres, Axel crut apercevoir un sourire.

Il n'eut pas le temps de la remercier : les gardes revenaient déjà de l'effet de surprise et attaquaient de nouveau. Mais les six nouveaux arrivants avaient changé la tournure de la bataille en quelques secondes.

Korta fut estomaqué de voir ses ennemis sortir de la Forêt Interdite : *Muht avait raison ! Comment était-ce possible ?!* Il avait conscience du brutal revirement de situation. Il gifla magistralement Ophélie et chargea le corps évanoui sur son cheval. Il espérait encore pouvoir fuir avec elle !

Espoir vain : Ceban était devenu fou à la vue de ce geste. La contraction des tendons de son cou en aurait fait éclater son lacet de cuir. La vengeance et la haine avaient envahi son âme. Il s'élança vers Korta.

Le duc sentit venir sa défaite de tous les côtés : pour éviter un coup d'épée du prince Axel, un de ses gardes avait reculé sans se rendre compte qu'il atteignait la limite du Pont Sans Retour. Il s'était livré au néant et à l'inexplicable dans la lumière d'un vide cruel. Allan et Théon, ses anciens soldats, combattaient auprès du Masque avec une maîtrise incroyable contre quatre de ses hommes. De son côté, le nain akalien avait déjà réglé le compte de son adversaire et accourait vers lui. La grande brute se retournait aussi dans sa direction. La vie de Korta-le-fourbe ne tenait plus à grand-chose.

Le duc prit avec aisance le léger corps de son otage, qui entravait maintenant sa fuite, et le lança vers le jeune brun au regard de dément qui allait se jeter sur lui. Puis il fit cabrer son cheval pour frapper le nain. Celui-ci réussit à éviter le coup avec adresse en roulant dans un fourré. Il ne restait plus qu'un seul garde debout, que l'étrange fille au masque se chargeait de terrasser. Par quel sortilège se trouvait-elle encore en travers de son chemin ? *Et comment pouvait-elle sortir de la Forêt Interdite ?! Le Monstre n'était-il donc pas un Bas-Esprit ?! Comment était-ce possible ?!*

Avant de s'enfuir au galop, Korta saisit à sa ceinture une arme ronde à trois lames tranchantes, et la lança avec justesse en direction du Masque.

Le grand Sten vit son geste et, dans un élan pour protéger Éléa, reçut l'arme de plein fouet. La montagne de muscles s'écroula sur la jeune fille et le sang se mit à inonder sa chemise brune au milieu du ventre.

Ce fut la panique. Les habitants de la Forêt Interdite se précipitèrent vers lui. Éléa avait hurlé sur le moment et réclamait maintenant du secours. La blessure de Sten était trop grave, il fallait l'emmener au plus vite jusqu'au Grand Arbre. Elle ne pouvait pas utiliser sa corne sans que la douleur causée n'entraîne sa mort.

Axel voulut appeler Nis à l'aide mais Ceban avait accaparé la jument au passage. Si tout le monde oubliait la fuite de Korta, lui non ! Nis lui résista et il ne put que lui voler l'arc et les flèches de son maître. Délaissant Ophélie encore inconsciente sur le sol, il sauta par-dessus les corps des gardes et courut dans la direction prise par le duc. Celui-ci allait disparaître dans un tournant. Ceban banda l'arc ; il fut surpris par la résistance des cordes. La flèche déchira l'air avec virulence, mais plongea seulement dans l'épaule du fuyard.

Ceban jeta rageusement l'arc à terre et frappa le casque d'un garde d'un coup de pied. Son manque de précision venait de la dureté inattendue de l'arme. Il se retourna vers les siens. Éléa avait fait apparaître un brancard et ne cessait de répéter les mêmes phrases à Sten pour le garder éveillé :

— Je n'accepterai plus jamais qu'un seul de vous donne sa vie pour moi ! Tu n'as pas le droit de mourir !

Elle s'y accrochait, les hurlait, en devenait presque folle. La douleur d'une mort trop récente envahissait sa tête. S'assurant qu'Ophélie était seulement évanouie, Ceban vint prêter main-forte à Allan, Théon et Erwan pour porter Sten. Axel le rassura en lui faisant signe qu'il s'occupait de la jeune fille blonde.

— Reste auprès d'elle, je reviens la chercher immédiatement ! cria Ceban en partant avec les autres. Ne traverse surtout pas le pont !

Ce fut avec peine qu'il regarda Ophélie avant de partir. Sa joue était entaillée sur toute la longueur à cause du coup porté par la main baguée de Korta. Axel se pencha lui aussi vers la jeune fille courageuse tout en resserrant son bracelet de cuir pour arrêter l'écoulement de son propre sang. Puis il observa avec un intérêt croissant les habitants de la Forêt Interdite se fondre dans l'air comme par magie.

À la sortie du pont, Jerry, en être chimérique, déchargea tout le monde en prenant Sten à lui seul. Contre son gré, il n'avait pu intervenir dans la bagarre et il était surpris d'une issue aussi grave. Des ailes émergèrent de son dos et il s'envola rapidement vers le Grand Arbre, en bas de la prairie.

Tout le monde se mit à courir derrière lui, sauf Ceban qui revint quelques pas en arrière. À sa grande surprise, il n'eut pas à franchir de nouveau le passage, Ophélie gisait sur l'herbe devant lui. Elle était seule et s'éveillait péniblement.

— Comment es-tu entrée dans la forêt ? demanda-t-il sans vouloir entendre la réponse qu'il craignait.

Sa voix inquiète, ses caresses affolées et son insistance la sortirent complètement de sa torpeur.

— Je ne sais pas. Ce n'est pas toi qui m'as amenée jusqu'ici ?

À ce moment, Nis apparut à côté d'eux, solitaire et perdue, avec pour unique bagage sa selle sur le dos.

— Seul Axel a pu le faire.

Ceban n'eut pas le temps d'en ajouter davantage, un cri d'angoisse et de douleur s'éleva de la prairie : Estelle venait de voir arriver son mari en sang dans les bras de Jerry. Éléa appela son frère à la rescousse. Il embrassa rapidement Ophélie et, à contrecœur, il dut la délaisser pour la deuxième fois. Des bras d'Éléa, il arracha Estelle dont les cris déchiraient les oreilles. Quand soudain, le choc, trop violent pour son état, entraîna les premières contractions.

Éléa se sentit submergée : elle ne pourrait pas s'occuper du mari et de la femme en même temps !

— Tu devras te débrouiller pour l'aider à accoucher, annonça-t-elle à son frère en l'aidant à porter rapidement la jeune femme vers le Grand Arbre.

À cause des douleurs, Estelle avait repris son sang-froid et était prête à accepter toute décision sans discussion.

— Ce sont… des jumeaux…

Ceban blêmit.

Malgré l'affolement général, Éléa avait tout de même remarqué Ophélie, près du pont. La jeune fille semblait se remettre lentement de la violence de Korta. Nis était à ses côtés.

— Que fait ce cheval ici ? *Où est Axel ?!*

Ceban ne répondit pas. Son regard suffit : le gris avait pris le pas sur le vert. Le cœur d'Éléa se serra en comprenant ce qui se passait.

Ils étaient parvenus dans une grande salle au pied de l'arbre. Jerry avait disparu, son corps matériel avait été renvoyé dans un autre monde. Éléa l'appela plusieurs fois, le supplia mais rien n'y fit : il était parti en guerre. Elle cria son désespoir mais comprit le choix qu'il lui restait à faire. Sten sombrait vers le néant tandis que la vie se battait dans le corps d'Estelle. Des larmes plein les yeux, Éléa s'engagea dans la même bataille qu'Axel : la lutte contre la mort.

Le Monstre

Dans ses mains, il n'y avait que du vide. Axel les regardait sans comprendre : Ophélie avait disparu comme par enchantement. L'impossible se jouait de ses sens. Le pont, la prairie et la forêt avaient fait place à un marécage noir et sinistre, où quelques arbres torturés supportaient à leur extrémité des sortes de grappes d'algues ou des filets déchirés.

Non loin, une masse gisait dans la bourbe. Le sang et l'eau croupissante se brouillaient sur un corps dont les entrailles semblaient avoir été lacérées avec une rage incroyable. Ce fut à son arme qu'Axel put reconnaître le soldat qui avait évité son attaque en se repliant sur le pont. Il eut un haut-le-cœur : l'homme existait bel et bien, tout ceci n'était pas une illusion.

En reculant avec prudence, Axel s'aperçut que ses affaires, son sac, son arc et ses flèches s'entassaient à côté de lui. Qui avait bien pu les enlever à Nis ? Et puis, où se trouvait-elle ? Sa jument, qui semblait le suivre lorsqu'il était monté sur le pont, avait disparu de la même manière qu'Ophélie.

Égaré dans cet univers où tout semblait s'éteindre dans la souffrance, où le silence se révélait plus assourdissant que des hurlements de douleur et de supplication, Axel essayait de distinguer les limites de cette antichambre de la mort. Derrière lui comme devant, le sombre décor s'étendait à perte de vue sans porte ni passage révélant l'origine de son entrée.

Une brise, un souffle aussi chaud qu'une haleine se fit sentir. Sur le qui-vive, Axel se retourna d'un bond, son épée et sa dague en mains. *Rien.* On cherchait à lui faire perdre le contrôle de ses nerfs. Il se ressaisit dans une grande respiration. Son corps ne bougeait plus, ses sens étaient tous en activité et ses muscles prêts à toute éventualité.

Il repensa soudain à Victoire dans les Bois Obscurs. De toute sa douceur, elle l'avait prévenu du danger :

« Le Monstre est réel. N'essaie pas de le voir car, lui, je ne pourrai pas l'arrêter. »

Ces mots résonnaient dans sa tête et il revoyait le visage de la jeune fille. Il chassa la belle image sentimentale. Les regards angéliques de Victoire cachaient trop souvent des pouvoirs surprenants. Il ne regrettait pas son action. Si monstre il y avait, il n'avait nulle intention de lui laisser sa vie en souvenir !

Une angoisse lui serra soudain le ventre, le point de non-retour était atteint. Il sentit le sol trembler derrière lui au son d'un grognement. Il se retourna lentement, pétrifié par ce que lui montraient ses yeux. L'impensable apparaissait.

Campé sur de puissantes pattes arrières, un corps imposant d'écailles sombres et luisantes s'élevait vers le ciel funèbre. Les pouces des pattes antérieures étaient pareils à des poignards. Sur un long et absurde cou en anneaux se tenait un crâne crochu orné de deux cornes frontales et d'une petite nasale. Placés très haut sur la tête et enfoncés dans de grandes orbites protubérantes, les yeux restaient à demi clos. Le Monstre semblait être en phase de réveil.

Sa longue queue aux côtés aplatis était armée d'une rangée d'épaisses plaques osseuses. Elle se terminait par une palette en forme de losange. D'un mouvement puissant elle inonda un arbre d'eau stagnante. La gueule allongée, parcourue par des veines aussi grosses qu'un doigt, bougea et s'ouvrit dans un râle laissant entrevoir des crocs en forme de coutelas. De la bave s'en échappa et se répandit sur le terrain humide. Axel en oubliait de respirer.

La bête poussa un cri énorme qui ébranla le sol et les tympans du jeune homme.

— Qui ose interrompre le sommeil du Gardien de la Forêt Interdite ?! Quel simple mortel se permet de défier mon autorité ?!

Les fentes des yeux s'ouvrirent sur une couleur jaune. La voix profonde et grave sortant du Monstre en révéla l'identité : *Jerry !* Cette découverte ne rassura pas Axel. Il savait que l'étrange animal chéri par la Fille-aux-yeux-bleus lui vouait une profonde hostilité. La gueule se fendit dans un étrange sourire de mépris.

— Je t'attendais, expira-t-il en mêlant force et plaisir.

Un puissant souffle sortit de la gueule du Monstre. Axel fut projeté sur le sol et, sous le choc et la surprise, lâcha ses armes dans la terre inondée. Aussi vite que le lui dictèrent ses réflexes et son instinct de survie, elles furent de nouveau dans ses mains. Il refit face au Monstre. *Ce souffle était à éviter !*

— Crois-tu que ces armes suffisent pour passer la porte du néant ?

Axel jeta un coup d'œil furtif à son arc et à ses sacs. Si le Monstre les lui avait laissés, ils ne devaient pas avoir une grande utilité. Il fronça les sourcils et, dans ses yeux couleur de liberté, put se lire sa résolution.

— Il faut savoir tout tenter... *Jerry!*

Le Monstre voulut de nouveau le renverser par son souffle, mais Axel se plaqua contre un arbre et fit front au vent ravageur. Il eut l'impression que sa poitrine allait exploser et hurla sa colère pour extirper la douleur de son corps.

— Il n'y a que *le Monstre* ici ! cracha furieusement l'être immonde. Ce n'est pas une souris ou une hirondelle qui va t'exterminer ! Je suis Maître en ce lieu, je peux donner la mort comme un Bas-Esprit et ne la crains pas pour moi-même comme un Esprit Supérieur ! Je suis l'exception parmi toutes les théologies des quatre Mondes ! Il ne tient qu'à moi de te réduire en miettes ou de te laisser errer dans cet endroit pour l'éternité !

Axel respirait par à-coups comme pour décomprimer lentement ses poumons. Toute cette puissance l'impressionnait. Néanmoins, il serra son épée et adressa un regard sauvage à la bête. Les veines sur la face du Monstre se gonflèrent avec l'accélération de sa respiration et de ses grondements. Les morceaux de chair faisant office d'oreilles se plaquèrent derrière le crâne osseux.

— Je ne puis supporter ta présence et je saurai faire taire l'impertinence de ton regard. Je te propose un combat puisque tu n'es pas un gamin qui renonce facilement à la vie.

— Annonce tes règles ! J'ai soif de liberté et de justice !

— Moi, j'ai soif de sang ! tonna le Monstre en expirant de nouveau.

Axel évita cette arme insolite en se protégeant derrière l'arbre. Le Monstre se retourna lourdement en rabattant sa queue avec violence contre l'abri. Les racines s'arrachèrent à moitié du sol.

— Tu veux des règles ?! cria-t-il alors que la haine l'emplissait. Soit, les voici !

Une boule rouge apparut au centre de son crâne.

— Je n'ai aucun point faible, une légende de quatre cents ans ne se fonde pas sur du vent ! Je connais à peine la notion de douleur... Mais cette poche de sang sur mon front est aussi fragile qu'une rose : un choc, un coup de lame suffit à la rompre. Tel sera ton but !

— Retrouverai-je ma liberté ? demanda Axel avec méfiance.

— La question ne se pose pas, tu mourras avant !

Le Monstre s'éleva sur ses pattes arrière, sa tête s'étira dans le ciel sombre à plus de vingt-cinq pieds de hauteur et dans un étrange maléfice, son cou se divisa en cinq. Le combat déjà déloyal se révélait fou. La bête se remit lourdement à quatre pattes et toutes les têtes, parées chacune d'un sac sanglant, se balancèrent dans des grognements de jouissance.

— Traître ! hurla Axel derrière son arbre.

— Maître ! corrigèrent ensemble les cinq têtes. C'est moi qui décide des règles du jeu et qui peux les changer à tout instant. Une seule de ces poches est la bonne, ou peut-être le sont-elles toutes ? Trouve-la ou perds-toi dans ce monde sans espoir de sortie !

— Jamais !!!

Axel se jeta comme un fou sur une tête frôlant le sol. La vivacité de son action surprit le Monstre : il n'eut pas le temps de relever le cou, la large lame le trancha d'un coup net. Par circonvolution, la gorge se rétracta immédiatement dans le corps mais, d'un rapide coup de patte, le monstre rattrapa sa tête avant que celle-ci ne tombe sur une racine émergente.

Axel ne laissa pas aux quatre autres têtes le temps de lui foncer dessus : il courut entre les pattes du Monstre. Pour le rattraper, celui-ci se courba vers l'avant, mais le jeune homme en profita pour sortir du côté de la queue.

Le Monstre ne s'était pas attendu à ce qu'Axel attaque le premier ! Habitué à mener le combat, et à le gagner dans les plus brefs délais, il se laissait prendre par l'agilité de cet adversaire différent. De surprise, il lâcha même la tête tranchée sur le sol lorsqu'Axel lui planta sa dague dans la queue. La fragile poche de sang se déversa dans l'eau trouble.

— Une !

Les yeux jaunes éclatèrent de rouge. La rage au ventre, le Monstre balança sa queue armée vers l'insolent. Axel eut juste le temps de se jeter de côté. Le souffle qui accompagna l'attaque le fit glisser sur la terre boueuse sur une dizaine de pas et il buta contre le cadavre du soldat. Les déchets humains le firent se lever d'un bond.

Le Monstre abattit sur lui une de ses pattes au pouce tranchant. Axel voulut se défendre avec son épée, mais cette griffe luisante était animée par une force gigantesque. La violence du coup eut raison de sa résistance : son arme fut emportée par le choc et il retomba sur le corps déchiqueté.

Le Monstre cria sa victoire au ciel dans un rugissement démoniaque et une tête, gueule ouverte, fonça sur le jeune homme désarmé. Axel eut l'esprit de se saisir avec rapidité de l'épée du soldat. Les mâchoires claquèrent sur du vide. La deuxième tête roula sur le sol, libérant le sang de sa poche.

— Deux !

Les trois têtes restantes s'élevèrent pour prendre de l'élan et fendirent l'air vers Axel. Il s'était jeté sur son arc et ses flèches. Il était capable de tirer les trois flèches nécessaires avant que les têtes n'aient frôlé son visage. Mais cette attaque n'était qu'une diversion pour masquer celle de la queue ; Axel ne la vit surgir qu'au dernier moment. Comme il reculait précipitamment, sa première flèche fut détournée de son but dans la gorge du Monstre, et son arc lui fut ravi des mains par le coup de la palette de la queue. Sous le bracelet de cuir resserré, les blessures du combat précédent se réveillèrent.

Le Monstre ne laissa pas à Axel le temps de reprendre ses armes, le jeune homme put seulement se jeter derrière le tronc décharné : d'un coup de patte, le Monstre balaya l'épée du soldat et les flèches qui traînaient dans la boue. Il les projeta à une cinquantaine de pas. De son pouce armé, il s'entailla le cou pour extraire la flèche, la cassa en deux et la lança rageusement contre Axel. Son sang s'arrêta instantanément de couler.

La victoire et la haine aveuglaient la bête. Son adversaire ne pouvait plus se servir de son arc sans les flèches, les deux épées se trouvaient trop loin pour qu'il puisse les récupérer à temps, et sa dague était encore plantée dans sa queue ! Le Monstre eut un rire impressionnant lorsqu'Axel saisit la flèche cassée. Les trois têtes ensemble s'élancèrent vers le pauvre humain ridicule.

Axel ne bondit hors de son trou qu'au dernier moment. Prenant le morceau de flèche pourvu de la pointe entre ses dents, il sauta avec courage sur une tête latérale et s'accrocha à la corne nasale. Il se cramponna de toutes ses forces lorsque la tête se secoua avec violence. Il oubliait ses blessures et la fatigue qui le gagnait. La volonté contrôlait ses actes et crispait ses muscles. La poche de sang brillait devant ses yeux, le but à atteindre était trop proche. S'aidant des reliefs veineux, il prit appui sur le coin saillant de la mâchoire et sauta sur le front. Il mit toute son ardeur à planter la fine pointe d'acier dans la poche au moment où le Monstre lançait violemment sa tête vers la droite. Il se raccrocha à une protubérance osseuse près de la gueule, et le sang mérité se répandit en filets entre ses doigts.

Sa situation ne lui permit pas de fanfaronner sur sa troisième victoire. La promiscuité des dents acérées, la bave et le sang ne lui promettaient pas une prise durable.

Les deux autres têtes ne pouvaient pas attaquer sur ce côté du corps, aussi le Monstre se rua-t-il sur un arbre pour se débarrasser du parasite humain. Mais les stratagèmes les plus fous germaient dans l'esprit d'Axel. Il se servit des branches de l'arbre et de la violence du coup assené pour prendre appui, et remonta sur la tête de la bête. Il glissa le long des écailles luisantes de la nuque. Les deux autres têtes vengeresses s'abattirent sur lui. Les mâchoires claquèrent dans le vide. Le bruit net et tranchant résonna dans les oreilles d'Axel : il échappa de justesse à ce premier assaut. Les pouces redoutables se déchaînèrent alors. La bête s'éleva sur ses pattes arrière, enragée au plus haut point. Son corps s'arc-bouta : Axel ne put freiner sa chute sur la pente dorsale. Ses mains filèrent sur le corps visqueux et il heurta avec violence chaque arête de vertèbre.

À la seconde charge, Axel ne dut son salut qu'à la rapidité de sa descente : une des cornes frontales l'effleura, incisant son bras gauche sur toute sa longueur. La douleur fut vive mais son cri exprima bien plus la révolte. Le corps meurtri et rudoyé, il tomba dans les quelques pouces d'eau du marécage, heurtant cruellement de la cheville une racine vicieuse.

En relevant la tête, il ne se soucia pourtant pas de ses blessures. Il ne vit que sa dague encore fichée dans le Monstre. De tout son être, il arracha l'arme, sans réaliser d'où il la retirait, et se retourna vers les têtes. Il reçut un choc magistral de la queue dans le flanc gauche. Cette violence inouïe l'envoya au-dessus du sol et il s'effondra dans la boue noire quelques pas plus loin. Sa main avait desserré son étreinte du manche de sa dague, son corps semblait inerte, son visage dénué de vie.

Les trois têtes s'avancèrent. Il restait encore deux poches de sang, mais le combat prenait fin. Jerry ressentait une certaine admiration pour le jeune homme, mais sa haine n'était pas encore assouvie.

— Tu déclares enfin forfait ? Tu croyais vraiment pouvoir me battre ?

La main d'Axel se referma brutalement sur sa dague et la lame fendit l'air pour se ficher dans la quatrième poche de sang.

— Quatre ! hurla-t-il.

La souffrance d'Axel fut indescriptible. Dans son mouvement, il eut l'impression de s'arracher le bras et le thorax : il avait des côtes cassées, trois, peut-être plus. Son geste n'était que pure folie. Il n'avait plus d'armes et fuir le Monstre devenait impossible : sa cheville ne pouvait plus supporter un appui. Il se mit à tousser et à cracher du sang.

Le liquide de la dernière poche crevée s'écoulait, vermeil et épais, entre les deux yeux jaunes. La bête n'avait pas bougé lors du coup, saisie par cette énergie et cette obstination à vivre. Le Monstre était peut-être un être sans loi ni sentiment, mais Jerry respectait les combattants de cette envergure. Pourquoi détestait-il Axel au point de vouloir l'effacer de ces Mondes sans considérer sa valeur ?

Il regarda encore une fois le jeune homme. Le vert de ses yeux ressortait dans le visage inondé et le corps maculé de sang et de boue : ils criaient leur impuissance mais cherchaient encore un moyen de s'en sortir.

— La mort viendra bien assez tôt.

Le sombre regard jaune se referma et le Monstre disparut comme une vision.

Axel hurla. Il ne voulait pas mourir dans cet endroit ! Avec peine, il réussit à se relever en expectorant ses poumons. Ses traits se crispaient à chaque pas. Ses yeux pleuraient seuls la douleur du corps entier. Il se traîna jusqu'à son épée, attrapa deux flèches et revint jusqu'à son arc. S'adossant contre l'arbre que le Monstre avait à moitié déraciné, il banda les cordes à l'aide d'une branche basse.

— Tu n'es plus assez lâche pour me tuer sans arme, maintenant ! Le combat n'est pas terminé ! Il me reste encore une poche ! vociféra-t-il.

La souffrance le rendait fou, ses muscles frémissaient de faiblesse, il n'arriverait même pas à tirer.

Un tremblement sourd se fit sentir, Axel manqua d'en tomber à genoux. Il avait lâché sa flèche pour se retenir à l'arbre, mais sa défaillance n'ébranlait pas sa décision. Il réussit à la reprendre du bout des doigts. Ses mains tremblaient. Lorsqu'il voulut retendre son arc, il n'y parvint pas. Il lâcha tout et prit son épée à deux mains. Sa lourdeur ancienne ne lui permettrait pas de porter un coup, et il ne pourrait jamais la lancer. Il regarda fébrilement autour de lui quand ses yeux tombèrent sur sa besace baignant dans la boue. Il y avait une lame d'acier à l'intérieur !

Axel voulut l'atteindre lorsqu'il s'aperçut que le paysage changeait. L'eau disparaissait, comme aspirée dans les entrailles de la terre. Tout se desséchait progressivement, sa peau comme les arbres. En quelques secondes, le marécage devient un désert et le jeune homme se mit à souffrir de la chaleur. *Quel était ce nouveau sortilège ?*

Un second tremblement se fit ressentir et la terre s'enfonça près de ses pieds. Comme dans un entonnoir, le sable gris semblait être avalé. Le jeune homme se plaqua contre l'arbre dans l'espoir de se retenir aux racines, mais ses pieds glissaient vers le néant. Il n'avait pas assez de forces!

Dans le fond du cône, trois mâchoires en triangle s'entrechoquèrent avec appétit. Déjà affaibli et desséché, l'arbre commençait à craquer et à plier. Fiévreux, Axel coinça son épée sous ses pieds dans une racine souterraine. Il se hissa grâce à ce nouvel appui, en hurlant douleur et traîtrise. Il parvint à retourner sur la terre ferme mais rien ne pouvait l'empêcher de basculer, elle aussi, vers cette monstruosité.

Son arc, ses flèches, son épée étaient engloutis, pourtant Axel rampait vers sa besace. Il passa la main à l'intérieur. Le contact de sa lame d'acier le rassura.

— Si je dois mourir, ce sera face à face! J'arracherai de mes doigts cette dernière poche de sang!

— De tes doigts?! s'exclama la cinquième tête en sortant du trou de sable.

Sa voix marquait un intérêt non dissimulé pour cette affirmation des plus stupides. L'énergie du désespoir, un dernier sursaut de volonté permirent la rapidité et la justesse du lancer d'Axel. La lame tapa en plein centre de la dernière poche.

— Cinq! chuchota Axel en s'effondrant sur le sable. À chacun sa traîtrise, Jerry... J'ai gagné... Laisse-moi mourir libre...

Le Monstre resta indécis sur la réaction à adopter. Il se trouvait confronté à ce problème pour la première fois. Sa rage aurait dû être violente, mais elle retomba comme le vent après une tempête.

— Il n'a jamais été dans mes intentions de te laisser ressortir. Je t'ai seulement laissé le choix de combattre ou non, avant de mourir.

— Chien ! Que te coûterait ce souhait alors que ma vie s'enfuit ? !

Péniblement, Axel se retourna sur le côté. Le sable collait à chaque pore de sa peau, pénétrant sa gorge et piquant la longue coupure de son bras. Liquéfié par la chaleur ambiante, le sang suintait à ses lèvres. Mais ses mains tâtonnaient l'étendue désertique.

Que voulait-il faire ? Où voulait-il aller ? Quelle force pouvait donc encore animer ce corps à l'agonie ?

Jerry le regardait, il le laissait poursuivre les dernières chimères de sa vie. Il ne pouvait se résoudre à le libérer. Il aurait voulu comprendre cette haine et cette peur qui semblaient remonter de son passé. Comme si du fin fond des âges, il avait toujours détesté Axel.

— Tu ne peux rien contre moi. Ne t'arrive-t-il donc jamais de renoncer ?

Le jeune homme avait saisi entre ses doigts un morceau de branche morte.

— Jamais pour ma liberté, répondit-il faiblement en s'appuyant contre une racine.

— Tu t'es battu avec une grande ingéniosité et une puissance exceptionnelle, reconnut la bête. J'ai été le seul à tricher, quel honneur cherches-tu encore ?

— Celui de l'hérédité et du sang.

Les yeux d'Axel se fermèrent. Mais ces derniers mots réveillèrent le Monstre. D'un coup de patte, il déterra l'épée du jeune homme. Sa respiration s'arrêta puis s'accéléra en regardant la lame. Il attrapa dans ses grands ongles crochus le corps inerte, et le retourna comme une marionnette désarticulée. Son souffle puissant décolla tous les grains de sable et le sang de sa nuque : la tache royale d'Axel apparut.

Dans la seconde suivante, les pattes du Monstre éjectèrent avec violence et terreur le corps dans les airs. Axel s'envola sans résistance dans une pluie de sable. À sa disparition, dans un éclair incandescent, la bête hurla sa haine au ciel d'airain.

✧

De l'eau coulait sur son visage, une douce main passait sur son front, sa tempe, sa joue. Deux ou trois fois, Axel devina cette sensation fraîche avant de la percevoir réellement. Son corps se réveillait, mais il ne trouvait pas encore la force de bouger. Paradoxalement, il ne sentait que la douleur de son bras gauche, sous le bracelet de cuir. Ces petites blessures se montraient-elles donc les plus cruelles ?

Il gonfla anxieusement ses poumons et ne ressentit qu'une impression d'écrasement. Une douce plainte déchira le dernier voile de son cauchemar. Les doigts tendres écartant ses mèches souillées devaient appartenir à Victoire. Elle venait le voir, le sauver de l'enfer de la Forêt Interdite. Il fit un effort pour soulever les paupières. Les beaux yeux bleus étaient en fait les deux grandes noisettes d'Ophélie.

Les cheveux de la jeune fille étaient ébouriffés, sa joue balafrée et ses yeux cernés s'inondaient de larmes. Une des bretelles arrachée de sa robe découvrait une épaule nue où les empreintes de larges mains apparaissaient en hématomes, mais au-dessus d'elle, aussi loin que la vision humaine pouvait aller, s'étirait l'azur.

Assise entre une rivière d'eau claire et Axel, Ophélie sourit doucement au visage qui s'ouvrait de nouveau à la vie. Inquiète à sa manière, Nis avança ses lèvres frémissantes vers lui. Axel les regarda toutes deux, apaisé par leur présence et leur bonne santé. Étendu sur l'herbe fraîche d'une calme clairière, entouré d'arbres aux feuillages épais, il avait l'impression de s'éveiller dans un paradis.

Il voulut parler mais Ophélie l'en empêcha avec inquiétude.

— Ne parle pas, ne bouge pas. Tu es entré dans la Forêt Interdite, mais je ne saurais dire à quel prix.

Ses yeux parcouraient le corps du jeune homme. Dans quel état il était ! Elle n'osait le toucher ou écarter sa chemise pour voir l'étendue des plaies. Elle n'avait pas la moindre idée de ce qu'il fallait faire dans pareil cas. Elle mit ses mains sur son visage et se remit à pleurer, dépassée par les événements.

— Tout est de ma faute ! éclata-t-elle. J'aurais jamais dû vouloir retourner à Orée ! J'aurais jamais dû quitter la Forêt Interdite !

Il étendit doucement son bras vers elle. Elle saisit sa main avec effroi.

— Ne bouge pas !

— Je ne suis pas encore mort, dit-il lentement en reprenant de l'assurance.

Il ressentait des étirements mais pas de douleur. Il voulut se relever. Ophélie le retint.

— Ne bouge pas, ma vie ne vaut pas celle d'un prince !

Il s'assit d'un bond et mit sa main sur la bouche d'Ophélie horrifiée.

— *Chut !*

Il n'avait pas repris conscience de son corps, et ce réflexe le mit soudain au fait de sa situation : il avait l'impression d'avoir été broyé, mâché, désarticulé, tant ses muscles se discernaient les uns des autres par leurs courbatures, mais il n'avait plus de plaies. Réflexion faite, il n'avait plus que les blessures sous son bracelet de cuir. Tout son combat avec le Monstre avait été effacé. *Rêve ?* Non, l'état de sa peau, de ses vêtements et le sang séché qui le couvrait en étaient les preuves.

Cette magie le suffoquait. Il observa le sable gris couler de ses manches déchirées. Il ne savait que penser. Il resta un moment le regard dans le vide puis, devant les yeux ahuris d'Ophélie, il bougea chacune de ses articulations avec une grimace. Des plis se creusèrent dans ses joues : il avait envie de hurler... de rire !

Nis n'eut plus de retenue et enfouit avec force ses naseaux dans son cou. Moulu, fourbu, son maître était tout de même vivant ! Axel serra de ses grandes mains sales la tête de sa fidèle amie et caressa son chanfrein. Avec peine, il réussit à se lever et étira ses bras au ciel pour se donner tout entier à cette sensation de renaissance.

L'horizon qui s'offrait à lui était un vrai délice. La rivière, semblant sortir des bois, serpentait entre les herbes de la clairière. Elle disparaissait de sa vue dans un léger bruit de cascade ; en contrebas, un lac se remplissait. Après un plateau en surplomb, une langue de prairie à sa gauche se déroulait sur une pente douce vers une grande étendue plate. Là, s'élevait un arbre aux dimensions incroyables.

Si la prairie s'arrêtait sur une légère falaise, le lac n'était qu'une simple halte pour la rivière qui reprenait sa course en accompagnant un petit chemin incliné vers une plage. Entre deux bancs de sable, elle atteignait enfin le but ultime de sa course. Plus loin, dans la Mer Intérieure, deux bras de terre de la Forêt Interdite semblaient délicatement prendre entre leurs doigts un joyau, une couronne rocheuse : l'Île Perdue.

L'existence d'un accès à la mer de ce côté étonna Axel. Sur toutes les cartes des manuscrits, les Longues Falaises bordant l'ouest de Leïlan se succédaient de la frontière de Pandème jusqu'au château royal. Ce n'était qu'après les douves que les plages s'étendaient dans la petite Plaine Salée, derrière la Montagne Blanche. Les mystères de la Forêt Interdite commençaient à se dévoiler.

La vie semblait sourire à Axel : elle lui donnait une seconde chance de satisfaire sa curiosité. Il repensa au sourire de Victoire lors de la bataille avec les soldats et se retourna joyeusement vers Ophélie.

La jeune fille était restée à genoux lorsque le prince Axel s'était levé. Elle ne savait plus si elle devait rire ou pleurer. Elle le regarda s'agenouiller au bord de la rivière, délacer son bracelet de cuir et plonger ses plaies dans l'eau claire. Il arracha aussi un lambeau de sa chemise pour le nettoyer. Mais, au lieu de s'en servir pour panser son bras, il l'appliqua avec délicatesse sur la joue blessée de la jeune fille. Avec la même tendresse qu'elle avait eue pour lui, il écarta les longs cheveux blonds des sourcils clairs et dégagea le visage enfantin. Leurs yeux se croisèrent.

— Ophélie, je voudrais que tu gardes pour toi le secret de ma naissance.

Il trempa de nouveau le morceau d'étoffe dans l'eau et l'essora. Lorsqu'elle voulut ouvrir la bouche, il le déposa sur ses lèvres.

— Je voudrais que tu me promettes de ne révéler à personne qui je suis. Pas même à Ceban.

Il repassa le linge sur sa joue ronde avec application. Elle ne répondit pas immédiatement et garda ses yeux rivés sur lui.

— Pourquoi, Axel ? Je ne comprends pas ce secret. Il est idiot de cacher une telle qualité !

Elle pensa à Éléa. Pourquoi ce jeu de prince et de princesse qui taisaient leur identité ? Un avenir fabuleux s'ouvrait à eux et ils ne pensaient l'un comme l'autre qu'à se faire passer pour de simples gens.

— Oui, mais avec une telle qualité, rien n'est moins sûr que les sentiments de ceux qui m'entourent. La richesse et la couronne de Pandème ne suscitent que convoitise autour de moi ; il suffirait que je me coupe les cheveux et j'aurais les Mondes à mes pieds. Mais combien de véritables amis, Ophélie ? Je sais que je cherche l'impossible, mais si j'ai une toute petite chance d'être apprécié de Victoire, je veux que ce soit pour moi et non pour mon rang. S'il te plaît, promets-le-moi.

Les yeux verts s'étaient faits suppliants et convaincants. Elle baissa la tête et accepta à contrecœur. Pourquoi l'amour se plaisait-il à compliquer la vie ?

Axel lui embrassa la main en la remerciant. Elle fut émue par le geste et la personne. Les joues rouges, elle l'aida à panser son bras. Puis elle l'accompagna vers la cascade en le soutenant.

Si pour Axel le temps passé avec le Monstre avait semblé une éternité, ce n'était pas le cas dans la réalité. Tout le monde n'avait pas encore rejoint le pied du Grand Arbre et ce fut ainsi qu'arriva précipitamment une petite fille étrange derrière Axel et Ophélie. Au-delà des chênes et des ormes champêtres, son nom fut répété plusieurs fois, sans que la personne ose sortir de la cachette des feuilles.

— Chloé, reviens ! Chloé ! appela la voix affolée.

L'enfant ne répondait pas et poursuivait sa course. La présence d'un inconnu dans la Forêt Interdite l'arrêta pourtant brusquement à sa hauteur.

Elle devait avoir cinq ans. Petite et menue, elle semblait passer comme un songe. Ses cheveux, coupés courts et ondulés, se combinaient dans des couleurs de platine et de rouge donnant une impression d'auréole de cuivre. Sa peau pâle comme du coton se confondait avec sa fine robe blanche. Simple, sauvage et pieds nus, elle paraissait aussi libre et légère que le vent : un ange. Axel n'avait jamais vu de femme scylèse lors de ses voyages ; la première petite fille qu'il voyait, à moitié akalienne pourtant, était un ravissement.

Ses grands yeux dorés lui mangeaient le visage mais, bien que dirigés vers Axel, ils ne le regardaient pas. Ils semblaient voir au-delà, pris dans le tourbillon d'une pensée. Axel était captivé par l'apparition. Un pouvoir enchanteur émanait de cet être fragile, bien différent de l'effrayante promiscuité de Muht et de ses hommes.

Elle ne bougeait toujours pas.

— Son sang s'en va, son corps se vide, articula-t-elle doucement comme si elle voyait ces images. Sten s'envole ! Non !!!

Elle tourna la tête en hurlant ; son esprit ne s'occupait plus de l'inconnu. Son innocence sentait, à sa manière, que la mort gagnait du terrain dans le Grand Arbre. Elle s'élança de nouveau sur la pente herbeuse.

Axel fit quelques pas derrière elle et la base de l'arbre gigantesque devint visible. Plusieurs personnes étaient regroupées à côté d'habitations de bois. Il vit le nain akalien attraper Chloé en bas et s'éloigner avec elle.

Jusqu'à présent, Axel avait oublié la raison de son entrée dans la Forêt Interdite. Quel était l'état de santé du géant ? Est-ce que Sten se mourait, comme semblait le dire l'étrange fillette ? Pour toute réponse, des pleurs de nouveau-né s'élevèrent de l'arbre. Axel, surpris, se retourna vers Ophélie. Celle-ci avait de nouveau les yeux rouges et portait son regard dans le vide.

— Il y a trois ans, des soldats sont venus à Orée pour engager des hommes. Mon père n'a pas voulu partir et l'a payé de sa vie. Ma mère l'a suivi dans la mort en mettant Maï au monde.

Des larmes roulaient de nouveau sur ses joues.

— La vie donne d'un côté ce qu'elle reprend de l'autre. Estelle a accouché, Vic ne sauvera pas Sten.

— Non ! Ce n'est qu'une stupide superstition de campagne ! N'y a-t-il personne pour l'aider ? ! Aucun d'entre vous ne connaît la médecine en dehors de Victoire ? !

Les signes de négation d'Ophélie et ses larmes le révoltaient. Il tira Nis pour se diriger vers le Grand Arbre.

— Mais si, il y a moi ! se vanta une voix bien trop connue derrière eux.

Nis faillit détaler de peur, Ophélie sursauta par manque d'habitude et Axel se figea. L'être chimérique aux cornes pointues et aux pattes crochues se tenait immobile tout près d'eux. Il portait les affaires d'Axel.

— Peux-tu t'occuper de ma jument ? murmura Axel à Ophélie.

Il préférait rester seul avec le Monstre. La jeune fille comprit ce qu'il attendait d'elle et accepta de partir sans rien ajouter, impressionnée par Jerry depuis qu'elle lui connaissait cette forme.

— Estelle a aussi quelques notions de médecine mais, dans son état, elles ne peuvent guère lui servir, ricana Jerry.

Axel le regarda d'un air dégoûté. *Comment pouvait-il rire dans un moment pareil ?!*

— Je sais ce que tu penses, mais je n'interviendrai pas. J'ai passé suffisamment de temps à apprendre à Vic ce qu'elle sait. Elle n'a qu'à se montrer à la hauteur, les plus grands des différents Mondes ont été ses Maîtres. Elle montre autant de volonté à sauver la vie des autres que toi la tienne, précisa-t-il perfidement.

Axel n'osait pas affronter Jerry sans connaître vraiment le personnage. Il essaya de garder un ton posé :

— La vie de Sten a si peu d'importance à tes yeux que tu la joues dans une épreuve pour ton élève. Pourquoi ne l'as-tu pas soigné dans le passage de la Forêt Interdite comme tu sembles l'avoir fait pour moi ?

Les sombres yeux jaunes fixèrent l'insolent avec froideur.

— J'ai effacé les blessures faites par le Monstre. Mon pouvoir ne s'étend pas au-delà, tu as gardé les anciennes. Sten a été blessé en dehors de mon territoire. Seule une médecine normale peut le sauver.

Avec un dédain évident, il remonta son menton poilu et lança :

— Tu prétends aimer Vic et tu n'as pas confiance en elle !

Axel prit cette réflexion comme un poignard en pleine poitrine.

— Si je ne suis pas assez bon pour elle, pourquoi ne m'as-tu pas renvoyé de l'autre côté du Pont Sans Retour ? !

— Parce qu'à mon grand regret, je ne contrôle le passage que dans le sens des entrées ! Tu es libre de partir quand tu le désires, et c'est pour cette raison que je te rends tes armes. Je ne te retiens pas ! cracha-t-il en jetant les affaires du jeune homme à ses pieds.

Il partit vers l'arbre géant. Axel regarda ses armes. Il ne comprenait plus rien. Un détail avait dû lui échapper.

— Pourquoi cette soudaine sollicitude ? ! Tu étais prêt à me tuer ou à me laisser mourir, et brusquement tu me redonnes ma force, ma vie et ma liberté.

Jerry se retourna avec un regard effrayant.

— Il n'y a aucune pitié dans mon acte ! J'ai seulement un peu d'esprit ! Les Fées ne m'auraient jamais pardonné ta disparition !

Il fit volte-face et poursuivit sa route, laissant Axel toujours aussi décontenancé.

—Que viennent faire les Fées dans cette histoire ?! Explique-toi ! Qu'est-ce que j'ai ? Que t'ai-je fait ?!

Jerry se retourna de nouveau et revint au pas de charge. Axel se sentit soudain minuscule devant l'être qui marchait sur lui avec puissance. Les images et le souvenir du Monstre du Pont Sans Retour défilèrent dans sa tête : il eut un mouvement de recul. Jerry s'arrêta brutalement devant lui. Son corps chimérique, légèrement voûté, ne l'empêchait pas de dépasser le jeune homme d'une bonne demi-tête. Il était aussi imposant que Korta et sa malignité se reflétait dans son apparence physique. Il pointa un doigt menaçant sur Axel.

—Je te hais, commença-t-il d'une voix sinistre. Je te hais du plus profond de mon âme. Tu représentes mon échec, ma condamnation, mon exil. J'ai mis près de quatre cents ans à oublier ton visage, et tu réapparais subitement en me demandant ce que je te reproche ?!

Sa voix devenait de plus en plus rageuse, ses traits se crispaient, il en oubliait sa raison.

—Je n'ai pu que t'observer sans pouvoir me venger, je n'ai pu que pâlir devant ta victoire et fuir devant ton bonheur ! J'ai rêvé chaque jour de ton existence qu'il te prenne la folie de venir en Leïlan et d'entrer dans la Forêt Interdite. Je te réservais une mort lente et douloureuse, un supplice trop court pour assouvir ma vengeance mais dont j'aurais su me contenter avec délices.

La voix se calma, mais les poings restaient serrés et les yeux transperçants.

— Et voilà que tu reviens de la nuit des temps, maintenant ! Alors que tout a changé, alors que j'avais enfin réussi à t'oublier ! Je te hais !!!

Axel ne saisissait pas toutes ces paroles, Jerry lui semblait fou ou vraiment singulier. Le voyant de nouveau calme et résigné, il osa prendre la parole :

— Je ne comprends pas ce que tu racontes. Je vais sur mes vingt et un ans. C'est tout.

— Tu ne comprends pas ! hurla le Monstre en brandissant l'épée d'Axel sous son nez. Et ces damasquinages ?! Qu'est-ce que c'est, alors ?

Son ongle crochu montrait les trois signes d'or en dessous de la garde. Axel en resta stupéfait.

Le jeune homme avait reçu cette épée pour ses douze ans. Malgré les violentes disputes causées par son départ pour retrouver la petite Éléa, le roi de Pandème s'était résolu à lui donner cette arme. Axel n'avait pas vraiment compris pourquoi. Il était le plus jeune de ses fils – et ne semblait jamais correspondre à toutes les attentes de son père – mais, depuis lors, il n'avait d'autre soin que de donner le meilleur de lui-même lors de ses combats. Cette épée représentait la fierté de sa famille : les Trois Fées de l'Est l'avaient forgée pour son glorieux ancêtre Enkil. Les trois symboles insolites n'étaient autres que leurs *signatures*.

— Comment peux-tu connaître ces signes ?!

— J'ai vu les Fées les apposer sur cette lame et j'ai eu tout le temps de les graver dans ma mémoire lorsqu'elle m'a transpercé la poitrine !

Il jeta l'épée dans les mains d'Axel en le repoussant. Ce geste inattendu et doté d'une puissance pareille au souffle du Monstre propulsa le jeune homme encore affaibli sur le sol. Jerry freina sa violence, mais son esprit s'égara de nouveau.

— Un peu plus à gauche et tu aurais touché le cœur. Je serais mort avec l'honneur du combat. Dans le mauvais camp peut-être, quoique, suis-je vraiment dans le bon aujourd'hui ? Mais je n'aurais jamais eu cette lente agonie, ce supplice inhumain des Fées, cette immortalité humiliante et déshonorante.

Axel en avait encore la bouche ouverte et ne s'en était pas relevé. Était-ce possible ?! Pouvait-il avoir devant lui l'adversaire qu'Enkil avait vaincu dans le combat opposant les Trois Fées de l'Est à l'Esprit Sorcier Ibbak, quatre cents ans plus tôt ?! L'ignoble et le tristement célèbre...

— Jerraïkar ?!

Les yeux jaunes le fixaient. Il ne pouvait y lire de réponse, mais en prononçant son nom, Axel l'avait rapproché de celui de Jerry. Le jeune prince était épouvanté par sa découverte. Celui qui avait voulu régner sur le sang du peuple de Pandème se tenait devant lui ! Ce personnage était plus que haïssable à ses yeux ! Il trouvait la condamnation des Fées bien douce par rapport à ses forfaits. Lui laisser la possibilité de tuer et de posséder encore des pouvoirs, bien que réservés à la Forêt Interdite, paraissait même une faiblesse de leur part.

Un deuxième cri d'enfant parvint jusqu'à eux.

Malgré la situation et ses amères pensées, Jerry ne put réprimer un sourire et oublia Axel un instant. Une cinquième naissance sur son territoire élevait aujourd'hui le nombre des enfants à douze. Les cris et l'agitation d'Éléa, de Ceban et d'Estelle l'avaient longtemps exaspéré durant leur enfance mais, maintenant, il regardait grandir avec joie tous ces chenapans et ces démons en herbe.

— Tiens bon, Sten, ne laisse pas quatre orphelins, murmura-t-il.

Axel l'entendit et resta une nouvelle fois indécis devant l'ambivalence du personnage. Jerry se ressaisit en le sentant se relever. Il reprit son air renfermé et agressif et lui montra les crocs.

— Il peut te paraître étrange qu'il y ait autant d'habitants dans la Forêt Interdite, mais j'apprécie leur compagnie. Je trouve par contre la tienne intolérable !

Axel lui fit face : il n'avait plus rien à craindre.

— Je ne suis pas Enkil et…

— Je sais parfaitement qui tu es ! coupa méchamment Jerry. Enkil n'avait pas de tache royale sur la nuque, ce fut sa victoire qui fit de ta famille des générations de rois ! Tu n'es qu'un prince parmi tant d'autres mais tu lui ressembles trop ! Ces saletés de Fées ont dû trouver ce petit jeu à leur goût : je ne pourrai jamais te supporter !

— Je regrette moi aussi qu'Enkil n'ait pas touché ton cœur lors de votre bataille, rétorqua Axel avec froideur.

— Eh bien, maintenant nous avons le même sentiment l'un pour l'autre.

Sans un mot de plus, le Monstre descendit vers le Grand Arbre. Axel resta immobile quelques instants, le temps de digérer la nouvelle, puis il se résolut à prendre la même route. Un fossé le séparait de Jerry.

Peu firent cas de leur arrivée. Assis sur des marches de bois ou sur des rochers épars, tous les habitants de la Forêt Interdite attendaient avec inquiétude le dénouement de l'histoire. Dans les bras de son père, l'étrange fillette du nom de Chloé regarda de nouveau Axel. Ses grands yeux d'or ne semblaient plus inquiets, un sourire éclairait même son visage angélique. Sten était-il hors de danger ? Les adultes ne paraissaient pas vouloir prendre de nouvelles du géant auprès d'elle, comme s'ils n'imaginaient pas qu'elle puisse leur répondre.

Le temps sembla interminable pour les amis angoissés de Sten. Les heures ne furent peut-être que des minutes, personne ne put le dire. Ce fut Ceban qui sortit le premier. Il communiqua son euphorie sans difficulté en annonçant la naissance de faux jumeaux et le rétablissement prochain du père. Avec fierté, Tanin le suivait et reprenait la description de ses cousins par double adoption avec une éloquence incroyable.

Le petit garçon au visage mutin et aux yeux en amande intéressa Axel bien plus que les embrassades. Tanin était vraiment trop âgé pour être l'enfant de Victoire. Le jeune homme sourit intérieurement, bêtement satisfait, et ses yeux se mirent en quête de la jeune fille.

Il n'était pas le seul à la chercher. Jerry, qui avait tout d'abord arboré un air vaniteux au succès d'Éléa, s'inquiétait de ne pas la voir sortir de la grande salle. Sous la forme d'un chat noir, il bondit sur la balustrade ; la jeune fille ne se trouvait plus à l'intérieur. Ses petites pattes de velours évoluèrent rapidement sur la rampe de bois pour faire le tour de l'habitation. Axel le suivit en contournant la balustrade.

Éléa était sortie par la porte de derrière et marchait sur la terrasse de bois faisant face à la mer. Elle avait le vertige et dut se tenir contre une poutre. Elle n'avait pas dormi la nuit précédente, ne pensant qu'à son injustice envers Axel, et n'avait quasiment rien absorbé de la journée. Elle venait de donner toute son énergie pour sauver Sten. Elle glissait lentement vers le sol. La fatigue entraînait son cœur déchiré.

Elle avait tant prié pour qu'Axel se retrouve sur sa route, elle aurait tant voulu réparer sa faute, mais ce fou avait franchi l'Interdit ! Pourquoi ne l'avait-il pas écoutée ?! Elle connaissait Jerry. Il préférait tuer plutôt que de laisser passer cette barrière de protection. Il n'aimait pas le jeune homme, il avait dû s'en donner à cœur joie. Elle n'avait plus de larmes et se sentait partir.

Jerry la retrouva inconsciente sur le plancher. Reprenant son apparence chimérique, il fit une grimace et regarda vers le ciel.

— Pourquoi a-t-il fallu que ce soit une fille ?! gémit-il. Elle passe son temps à pleurer, à s'évanouir et manque perpétuellement de forces !

Grognant contre ce coup du sort, il s'agenouilla pour examiner l'adolescente. Axel ne fut pas suffisamment discret et le fit se retourner.

— Tu n'es pas encore parti ?! s'écria Jerry en faisant claquer ses puissantes mâchoires.

— J'ai toutes les raisons des Mondes de vouloir rester.

La protection des Fées lui permettait de garder son effronterie, il savait que Jerry ne le toucherait plus. Il escalada douloureusement la balustrade et marcha vers le Monstre. Celui-ci lui fit face.

— Tu te crois trop à l'abri de ma colère, petit prince de pacotille. Tu n'as aucun droit sur Vic, pas même celui de l'aimer.

— Ce sera à elle de me le dire.

Jerry l'observa un long moment. Le proche et le lointain passés se mélangeaient constamment dans sa tête, mais il venait de retrouver dans sa mémoire cette même obstination. Axel n'était autre que le petit prince à qui Éléa avait dit son nom, neuf ans auparavant ! Alors, ce n'étaient pas les yeux verts qui avaient une emprise magique sur elle, mais ce regard-là, cet individu. L'union d'un prince et d'une princesse avait été bien trop tentante pour les Fées ! Pour le malheur de Jerry, il avait fallu que ce soit celui-là. *Pourquoi les Fées n'avaient-elles pas pu laisser Pandème en dehors de tout cela ?*

Si Éléa semblait avoir oublié le petit garçon d'un soir et retenu la leçon, Jerry se souvenait de plusieurs péripéties et escapades qu'il avait dû faire pendant trois ans pour que les deux enfants ne se rencontrent pas dans les Pays Noirs. Avec soulagement, il était entré en Leïlan où le pouvoir d'illusion des Brumes Infernales avait de nouveau joué dans les yeux d'Éléa : l'anthracite avait repris sa belle couleur bleue, brouillant ainsi toutes les pistes.

Mais cette fois, Jerry ne pouvait plus fuir, et tuer ne semblait pas la bonne solution. Tous ses actes étaient sous la dépendance des Fées : une mort de trop, une erreur de jugement et le compromis obtenu avec elles serait annulé. *L'épée d'Enkil*... La présence de cette arme changeait beaucoup de choses...

Avec aisance, Jerry attrapa le corps endormi et le plaça sans grande douceur dans les bras d'Axel, surpris. Ses yeux jaunes se glacèrent.

— Si par ta présence, elle oublie son combat, si elle met sa vie en jeu à cause de toi ou par ta faute, ou si elle meurt, je n'aurai plus rien à perdre. Fées ou pas, je n'hésiterai pas à t'exterminer.

Les derniers mots tombèrent sans appel, comme une pluie de lames d'acier : la décision était irrévocable. Axel ne répondit rien. Il resta encore un peu désorienté, étonné que le Monstre cède aussi facilement.

— Jerry ! Jerry ! appela une petite voix avec enthousiasme.

Une tête brune apparut et Tanin s'immobilisa dans son élan devant l'ambiance glaciale qui régnait entre Jerry et cet homme inconnu. Du revers de sa main, il se frotta le nez, parfaitement conscient que son arrivée gênait.

— Si maman n'a rien, je crois que je vais m'en aller.

— Elle est seulement endormie, répondit Jerry de sa voix grave. Indique plutôt à Axel où il doit l'emmener.

Sur ce, il reprit sa forme de chat, sauta sur le toit, puis sur une branche et disparut dans les feuilles. Axel regarda l'enfant. Les yeux effilés le fixaient. *Hostilité ou curiosité ?* Il ne put dire sur l'instant s'il avait vraiment gagné au change.

Pendant le sommeil

Un lit gonflé par une couette de dentelle accueillit le corps d'Éléa. Son visage s'enfonça dans les plumes comme dans les songes. De bonnes dimensions, la chambre ne contenait que peu de meubles. Un lit, un grand coffre, une commode basse avec quelques affaires de toilette et une glace. Le bureau n'était constitué que d'une chaise de paille, dissimulée sous une robe chaude, et d'une table carrée où trois livres et plusieurs feuilles de papier s'étalaient sans ordre. Sur le plancher s'étendaient deux grands tapis de laine, et une paire de bottes noires gisait en vrac au pied du lit.

S'il n'y avait pas de tableaux ou d'ornements, plusieurs fenêtres les remplaçaient avantageusement. À travers le feuillage et les branches, elles s'ouvraient sur le paysage de la Forêt Interdite ou sur la mer. À côté d'un petit tonneau, une grande gerbe de fleurs sauvages éclairait de sa fraîcheur le lieu intime, et une dague triangulaire plantée dans une poutre tranchait avec la douce harmonie de la pièce.

Sans prononcer un mot, Tanin avait guidé Axel à travers les différentes pièces et les passerelles de bois du Grand Arbre. Maintenant, de l'autre côté du lit, il observait sans gêne l'homme blond qui ne paraissait plus pouvoir quitter des yeux sa jeune mère adoptive.

Comment le pouvait-il ? Parce qu'Axel avait cru voir un sourire, tous ses rêves reprenaient place malgré lui dans son esprit.

Les longues jambes de Victoire se perdaient dans le nuage du drap et son corsage laissait sa fine taille découverte. Étalés comme un soleil autour de son visage, les cheveux châtain et doré dégageaient la gorge de la jeune fille, dessinant une jolie courbe avec sa poitrine. Ce n'étaient pas les lanières d'amalyse qui pouvaient dissimuler la quasi-nudité du corps et rendre la tenue moins attirante ! Axel avait bien du mal à restreindre ses envies au simple parcours autorisé des yeux.

— C'est toi le comte ? chuchota soudain l'enfant.

Brutalement sorti de sa béatitude, le jeune homme reprit conscience de la présence du petit garçon et confirma son soupçon.

— T'en as pas l'air, renchérit ce dernier.

Axel eut un regard sur sa tenue et un sourire pour la franchise de l'enfant. Il était certain qu'il n'avait rien de l'image que l'on pouvait se faire d'un noble !

— J'ai eu quelques problèmes dans le passage du Pont Sans Retour, répondit-il gentiment.

Tanin fit une moue sceptique.

— Jerry laisse entrer que ceux qu'il a à la bonne.

Axel faillit s'étouffer à cette conclusion, et préféra se lever plutôt que de répondre. Victoire s'était tournée sur le côté. Leur discussion allait la réveiller.

Il aurait voulu rester auprès d'elle mais Tanin, comme un bon petit chien de garde, n'avait pas envie de lui laisser cette joie. Axel lui fit signe de sortir avec lui. L'enfant accepta mais il ouvrit le petit tonneau avant de s'exécuter. Les amalyses d'Éléa quittèrent lentement le corps de la jeune fille pour glisser dans l'eau saumâtre qu'il contenait. Seule celle qui lui servait de Masque resta en bandeau sur ses cheveux. Axel ferma la porte dans un soupir.

Lorsqu'il se retourna, Tanin était toujours là et ne se lassait pas de l'observer. Axel devait se rendre à l'évidence, l'enfant ne le quitterait pas une seconde.

— Si tu connais un endroit où je pourrai trouver des habits, j'accepterai volontiers de te suivre.

Tanin sourit pour la première fois et exhiba deux incisives irrégulières d'une blancheur éclatante. Avec énergie, il monta sur la rampe de bois de la passerelle et attrapa de ses petites mains une racine aérienne. Il s'apprêtait à glisser lorsqu'Axel le retint.

— J'ai essuyé deux batailles aujourd'hui : je ne me sens pas vraiment capable de prendre ce chemin.

Le joli sourire enfin sympathique s'effaça immédiatement et Tanin revint sur la passerelle.

— Maman passe toujours par là, le toisa-t-il en reprenant une descente plus classique par les marches.

Leur relation ne promettait pas d'être facile.

Du haut de leur perchoir, Axel avait une vue d'ensemble sur la Forêt Interdite. Tanin adorait expliquer les choses et, bien que réticent au départ à paraître agréable, il se fit un plaisir de faire passer l'étranger par une passerelle secondaire. Emporté par sa passion des lieux, il indiqua à Axel toute son organisation.

Face au lac, la base du Grand Arbre était réservée aux salles communes. Sur deux étages, grandes pièces d'hiver, cuisines et salons étaient disposés, entourés de terrasses, d'escaliers et de racines. Vers le chemin descendant à la plage se trouvaient le laboratoire d'Erwan et, en dessous, les salles de soins. Une partie de ces salles, dirigée vers la Mer Intérieure, fournissait toute la quiétude nécessaire au rétablissement de Sten et d'Estelle. De l'autre côté de l'arbre, les salles d'armes et d'autres petites pièces finissaient d'occuper les dernières racines au sol.

—À cet étage, en face de la chambre de maman, se trouve celle de Jerry, continua-t-il. Mais, en ce moment, elle est occupée par une gentille sorcière aux yeux blancs.

Le ton de sa voix marqua son incompréhension face à ce geste de Jerry, mais aussi de la douceur envers Imma. Il leva la tête.

—Au-dessus, la bibliothèque. Elle fait tout le tour de l'arbre ! C'est la salle que je préfère. Pas pour les livres, rassura-t-il d'un sourire complice. Mais son toit est fait de vitres. Quand le livre est trop ennuyeux, il suffit de lever la tête pour s'envoler avec les oiseaux !

Finalement, il commençait à plaire à Axel.

Plusieurs petites pièces suspendues s'espaçaient entre les feuilles au même étage que la bibliothèque ou encore plus en hauteur : salles de repos ou de travail, et réserves. Et vers le sommet, quatre petites cabanes indiquaient les points cardinaux dans l'épais feuillage.

—Il est interdit d'allumer des bougies dans ces tours, prévint l'enfant avec sévérité. On les verrait du château. Mais il y a une splendide vue sur une bonne partie de Leïlan, et des hamacs ! J'adore y dormir, Jerry dit que j'en ai fait mon fief !

Il se laissa glisser sur une rampe jusqu'à l'étage du dessous en poussant un cri d'offensive, et regarda avec négligence Axel descendre les marches.

— Hier soir, maman m'a rejoint… pour pleurer.

Une lueur froide s'était éclairée dans le bleu verdâtre de ses yeux, et Axel crut qu'ils hurlaient : *j'ai compris que c'était à cause de toi.*

Un son aigu et court lui faisant soudain oublier son attaque, Tanin releva la tête et se tourna vers le bruit. Il plongea la main dans sa poche, pleine d'objets de toutes sortes, et en sortit un cône de bois. Il le porta à sa bouche, et deux petits sifflements aigus et un très long répondirent au premier. Avec nonchalance, il s'assit sur la balustrade et balança ses pieds en signe d'attente. Axel voulut continuer sa descente, quand il vit une marée d'enfants gravir les marches. Ils n'étaient en fait que huit mais, sur le moment, le jeune homme aurait juré qu'il y en avait le double.

Ils venaient à la rencontre de Tanin, mais la présence d'Axel en étonna plus d'un. Ils voulaient parler des nouveau-nés. La discussion se centra sur le nouvel adulte. Les questions, les regards et l'abondance de mouvements submergèrent Axel. Toujours sur la rampe, Tanin l'observait d'un œil critique. Les bras croisés, il avait pris l'attitude d'un chef et Axel put remarquer que sa favorite n'était autre que Chloé.

Les présentations furent longues et désordonnées, le jeune homme ne retint avec peine que l'essentiel. Les petites jumelles, les plus jeunes de la bande, devaient être les filles d'Allan et Virgine. Les deux garçons de quatre et cinq ans, déjà grands pour leur âge, se trouvaient être les frères des nouveau-nés. Et les deux derniers, un garçon du même âge que Tanin et un petit, venaient d'être adoptés avec leur sœur par Erwan et Sélène, parents de Chloé. *Ouf!*

— C'est toi qui joues du corsouflet ? demanda justement cette dernière avec une diction parfaite. Papa a beaucoup parlé de toi.

Elle ne lui avait pas laissé le temps de répondre. Ses yeux dorés envahissaient Axel, ils ne semblaient pas vouloir cesser de s'agrandir. Tanin sauta de la balustrade et prit la main de la fillette pour l'écarter d'Axel.

— Je crois que tu cherches des habits, non ? fit-il dédaigneusement en invitant le jeune homme à le suivre.

— Tu es un *forken,* un grand homme et un puissant guerrier, et tu as le cœur juste, a dit papa, continua Chloé avec innocence.

— Tu parles ! lança Tanin. Sa chemise est peut-être déchirée et répugnante, mais il n'a aucune plaie dans le dos ! Et parce qu'il a une légère blessure à l'avant-bras, il hésite à prendre les racines pour descendre !

Ce fut trop dur et trop injuste pour l'amour-propre du jeune homme. Il prit appui d'une main sur la balustrade et lança ses jambes par-dessus. Rattrapant une racine au vol, il se laissa glisser sur les dizaines de pieds qui le séparaient du sol.

— Tu disais ?! railla Chloé en admirant la descente.

Le regard buté de Tanin ne s'exprimait plus que par deux fentes. L'ovation que firent tous ses amis à l'arrivée d'Axel au sol le renfrogna plus encore.

— C'est vrai qu'il a le cœur pur, je l'ai vu blanc, affirma l'étrange petite fille en faisant briller l'or de ses yeux.

Tanin fit disparaître ses lèvres dans une grimace. Il ne voulait pas la croire, il ne pouvait pas. Mais, encore partagé entre ses sentiments pour sa mère adoptive et pour elle, il préféra s'enfuir en courant sur la passerelle de bois.

Axel s'assit sur une grosse racine terrestre, juste à côté des salles de soins. Ceban, qui en sortait, l'avait vu descendre.

— Alors tu déchaînes déjà les foules ? lança-t-il joyeusement.

— J'en avais assez de passer pour un imbécile, répondit Axel en souriant péniblement. Mais, Divinités de la Vie ! J'ai maintenant l'impression d'avoir le corps déchiré !

— Je ne t'ai pas quitté dans cet état-là. Je t'avais prévenu. Jerry n'a pas dû te laisser entrer facilement, n'est-ce pas ? Étonnant qu'il l'ait fait d'ailleurs. Ophélie m'a dit qu'elle t'avait cru mort à ton passage.

— J'ai aussi eu cette impression, et bien que je n'en aie plus aucun signe extérieur, je le ressens encore à l'intérieur.

Il bougea les omoplates avec des grimaces. Il s'était fait un plaisir de porter Victoire mais, associée à cette glissade, la sourde douleur de son corps se faisait de plus en plus ressentir.

— Je connais Jerry depuis mon plus jeune âge, j'imagine sans mal ce qu'il a dû te faire subir, reconnut amèrement Ceban. Je ne sais par quel miracle il t'a laissé la vie sauve, mais je suis heureux de pouvoir te remercier pour ce que tu as fait pour Ophélie.

Il sourit. Ses yeux marquaient son admiration et sa sincérité.

— Ne me remercie pas, répondit Axel en posant les coudes sur ses cuisses, laissant pendre ses mains entre ses genoux. Je me suis laissé bêtement suivre par Korta. C'est moi qui ai mis la vie d'Ophélie et de Maï en danger.

— Korta-le-fourbe n'a pas besoin de toi pour se trouver dans les parages. Il cherche depuis un moment notre cachette, mais il n'est pas donné à tout le monde de se battre comme toi. Tu es le bienvenu dans la Forêt Interdite, et qu'importe l'avis des enfants, tous les adultes ici connaissent ta valeur.

Il lui tendit la main :

— Je me ferai un honneur de t'aider. Et si tu veux bien te traîner jusque dans mes nouveaux pénates, j'ai du fromage et quelques galettes de réserve.

Axel saisit le poignet amicalement offert et se releva. Ceban posa sa main sur son épaule.

— Nous faisons à peu près la même taille, je te donnerai quelques vêtements. Il m'arrive quelquefois de porter des chemises en dessous de mon gilet, assura-t-il en souriant. Et tu verras que l'eau de la cascade est délicieuse pour soigner toutes les blessures.

— Merci, soupira Axel qui avait enfin trouvé quelqu'un d'agréable et de compréhensif.

— Ah ! Une dernière chose. Ma mère était une petite dentellière irréprochable et mon père un honnête armurier, cependant, ils ont fait un fils plutôt insoumis et irrespectueux des étiquettes. Je ne suis pas le seul dans cette forêt. Ne compte pas trop sur nous pour t'appeler *Votre Grâce* ou *Monseigneur*.

— Je me serais présenté comme tel dès notre première rencontre si j'avais voulu que l'on me tienne ce langage. Je ne t'en voudrai pas d'épargner mes oreilles.

Ceban se mit à rire et parut plus que satisfait de la réponse. Il se dirigea vers l'une des petites maisons qui s'individualisaient en bordure de la forêt ou de la falaise.

Tanin n'avait pas fini sa visite. À part Théon, l'ami solitaire d'Allan, les familles n'habitaient pas l'arbre lui-même. Chacune avait préféré l'indépendance dans un coin plus ou moins éloigné de la Forêt Interdite.

Du côté est, à égale distance des salles d'armes et du lac, contre les épais feuillages de chênes verts, se dressait une baraque de bois que Ceban s'était octroyée depuis peu. En face, au bord des falaises plongeant dans la mer, le foyer d'Allan, et, un peu plus loin, celui de Sten faisaient suite. Quelques poules picoraient entre les deux. Profitant de la vue sur la Mer Intérieure, une immense table et des bancs étaient disposés pour les repas extérieurs. La prairie s'étendait encore du côté est sur des centaines de pas avec des étables et des écuries au fond. Les chevaux trouvaient leur compte de liberté et Nis vagabondait parmi eux.

— Ici, les animaux ne sont pas attachés et les enfants sont libres, expliqua Ceban. Le Pont Sans Retour est notre barrière de protection et le seul passage visible.

— Jerry retient tout le monde.

— Non, il ne perçoit pas le passage d'animaux et les départs humains. La sagesse veut seulement que personne ne sorte sans défense et, même s'ils en ont la possibilité, les chevaux ne sont jamais partis : ils sont trop dorlotés.

— Mais les enfants ? demanda Axel.

— Il n'y a que Tanin pour désobéir et flâner dans Leïlan, mais je crois que sa capture à Éade lui a servi de leçon.

— C'est un enfant adopté, n'est-ce pas ?

Ceban ne vit pas l'expression d'espoir d'Axel. La teinte grise de ses yeux l'avait enveloppé de ténèbres.

— Oui, comme beaucoup. Leïlan n'avait plus d'enfants et maintenant, ce pays manque d'adultes.

La réponse aurait bien mérité plus d'explications, mais il enchaîna en poursuivant la description de la Forêt Interdite. Il garda la signification de sa remarque pour lui.

Un réseau d'eau détournée irriguait avec science un grand potager du côté ouest, derrière le lac. Ceban finit ses explications sur l'habitation mitoyenne : la maison d'Erwan et de sa femme. Son isolement intrigua Axel et il se demanda si Sélène était aussi fascinante que sa fille. La seule chose qu'il savait des Scylèses était l'ensorcellement qui les contraignait à n'avoir qu'un unique enfant.

Axel n'eut pas le temps, là non plus, de s'appesantir sur le sujet, il arrivait sur le seuil de la maison de son guide. Maï lui sauta dessus, tout heureuse de le retrouver.

— Voilà la véritable héroïne du jour ! s'écria-t-il en faisant un effort pour la garder dans ses bras.

Maï avait le même défaut que sa grande sœur : ses joues se mirent à rougir. Elle tendit ses mains vers Ceban et changea de bras.

— Il a dit que j'ai les yeux couleur d'automne, chuchota-t-elle.

— Oh ! Le beau parleur ! s'exclama Ceban en riant de la timidité et de l'émotion de l'enfant.

Ophélie rentrait du lac. À part une légère rayure sur sa joue, et quelques hématomes qu'elle avait dissimulés sous un chemisier gaufré, il n'y avait plus de trace de la lutte contre Korta. Ceban la regarda venir vers lui avec admiration.

— Estelle vient de mettre aux Mondes deux adorables bébés et Sten semble hors de danger. Ophélie est là avec Maï, Jerry t'a laissé entrer dans la Forêt Interdite et j'ai blessé Korta-le-fourbe. Peut-il y avoir plus beau début d'après-midi ? demanda-t-il avec tranquillité.

Axel pensa à un baiser de Victoire et à la mort du duc d'Alekant.

✧

Assis à cheval sur une chaise, face à une fenêtre, Korta serrait les dents de rage et de douleur. Une aiguille pénétrait la chair de son épaule, ressortait. Le fil courait sous sa peau.

Malgré son apparence passive, il fulminait et le médecin qui le soignait avait bien du mal à garder son sang-froid.

— Ce n'est pas encore fini ?! cracha-t-il en se retournant légèrement.

— Un peu de patience, Monseigneur, il ne me reste qu'un point à finir.

Korta se remit face à la fenêtre mais sentit un léger bourdonnement dans sa tête. En regardant du coin de l'œil la massive cheminée de son salon, il vit un filet de fumée rouge s'échapper de derrière ses murs.

— Va-t'en ! cria-t-il soudain en se levant d'un bond.

La violence de son geste surprit le médecin. Il n'eut pas le temps de lâcher l'aiguille : le fil se tendit et tira sur la plaie. La douleur fit exploser la colère qui bouillonnait en Korta depuis longtemps. Les fioles, les verres et les instruments, tout ce qui traînait sur la grande table valsa dans les airs. Le médecin évita les coups et les projectiles en se précipitant vers la sortie et en s'enfuyant dans les couloirs du château.

Korta claqua la porte derrière lui et se précipita sur la cheminée pour actionner le levier. Ses gestes étaient brutaux et enragés. Il tenait son bras blessé contre son torse, pour éviter que l'épaule ne bouge, mais la peau se tirait à chaque mouvement. L'aiguille, toujours pendue au fil et à la plaie, se balançait dans son dos nu.

Il arracha presque le panneau de la cheminée pour en accélérer l'ouverture et s'engouffra dans le passage. La fumée rouge se retira rapidement devant ses pas, comme aspirée, précédant sa descente et attirant les flammes des torches sous son passage. Elle resta étendue à toute la grande salle ténébreuse quand il arriva en bas. Il n'y eut pas de ricanement. Au-dessus du coffret de pierre, le masque de fumée était déjà présent, en proie aux contorsions maléfiques. Quatre statues de brutes chauves l'encadraient.

Korta s'arrêta un pied sur la dernière marche : la fraîcheur de l'endroit calmait la douleur de son épaule, et l'Esprit en face de lui, sa rage. Ibbak avait senti la promiscuité du pouvoir des Fées dans le palais, la veille. Il demandait confirmation et explication.

Les deux êtres malfaisants poursuivaient le même but de pouvoir mais pas le même combat. Korta se devait de dire la vérité s'il voulait gagner le sien ; il se rendait bien compte qu'Ibbak lui devenait d'un indispensable secours. Après une forte respiration, il lâcha tout ce qu'il savait sur le Masque. L'Esprit Sorcier ne le coupa pas, très intéressé.

— C'est une simple gamine, conclut froidement Korta pour cacher sa crainte et son humiliation.

Le visage de mort sembla sourire.

— Les mortelles sont fragiles, ricana-t-il, mais elles possèdent des pouvoirs très redoutables contre les hommes. Comment est-elle ?

— Elle a des yeux bleus.

— Mais encore ?

Les orbites vides dessinées par la fumée se resserrèrent.

— Ils sont bleu foncé… avec des lumières, bégaya Korta comme si les mots ne venaient pas de lui. On dirait une nuit d'étoiles filantes.

Ibbak devint un grand brouillard rouge, perdant sa forme un instant, et se modula en une tête animale pour persifler :

— Très bon choix des Fées ! Un simple artifice et je n'ai plus de combattant ! Pauvre imbécile ! Je suis persuadé que tu ne sais même pas la couleur de ses cheveux, ni la forme de son visage !

Korta regarda le sol, stupéfait de la véracité de ces propos. Il la reconnaissait lorsqu'il l'avait devant lui, mais était pourtant incapable de la décrire ensuite. Depuis qu'il avait vu ses yeux, il n'avait plus d'esprit. Il força sa mémoire, mais il ne voyait que le Masque ou les yeux seuls. Sa conscience avait enregistré le visage, puisqu'il savait que ce n'était qu'une adolescente, cependant il n'en avait plus l'image en tête.

— Je…

— Tais-toi avant que je ne perde subitement ma patience à ton égard.

Deux bras de fumée tracèrent de grands tours autour de Korta, comme des serpents constricteurs.

— Et Muht n'avait pas deviné que c'était une gamine ?!

Korta avala sa salive et lui rappela :

— Il disait qu'il y avait deux esprits. La fille n'était qu'une pensée hantant un homme mûr !

— Le Masque ne pouvait pas être une femme pour lui, normal. Déformation culturelle. Tu aurais dû le prévoir.

Le duc serra les mâchoires, Ibbak trouvait encore des excuses au guerrier scylès ! Cette sollicitude l'agaçait.

— Le pouvoir de cet homme est sans intérêt ! Il ne trouve même pas l'espion qui court le château ! Ses hommes sont intenables ! Ils violent et torturent les servantes les unes après les autres ! Le roi va bientôt finir par savoir…

— Je t'ai expliqué les limites de leurs capacités et les conséquences de leur présence ! Muht et ses hommes peuvent mettre du temps mais ils finiront toujours par savoir ! Mais dis-moi, tu les laisses voir tes propres pensées pour y puiser des informations ?! Non, bien sûr ! Je t'ai dit le secret de leur don pour leur dissimuler le fait que tes troupes les trahiront après leur victoire et garderont la terre d'Akal pour elles ! Mais toi, il faut que tu leur fermes totalement ton esprit !!!

Les serpents de fumée se resserrèrent violemment, étouffant brusquement Korta, broyant son épaule douloureuse.

— Qu'as-tu de si précieux à leur dissimuler ? Que me caches-tu encore ? Faudra-t-il que je te torture à chaque séance maintenant pour avoir un rapport complet ?

Les doigts agrippés dans les rubans de fumée, Korta gesticula quelques secondes avant d'être libéré.

— J'ai… j'ai vu… le visage de la princesse Éline… Je ne…

Ibbak comprit tout de suite. En cas de trahison des Pays Insolites, les Scylès pouvaient se venger en le dénonçant aux Lois Interdites. Sa tête tomberait automatiquement. L'Esprit Sorcier redevint une boule de vapeur condensée.

— Quel besoin avais-tu ?! explosa-t-il en projetant les mâchoires d'une bête monstrueuse en avant.

Korta s'était cru au-dessus des lois, intouchable de par sa force et son influence. Cette erreur était stupide. Avec ses premiers pouvoirs recouvrés, l'Esprit du Mal lui avait trouvé le meilleur allié possible ! Le plus grand pouvoir d'espionnage qui soit pour trouver son Adversaire, et voilà ce qu'il en faisait !!!

Un bras de brume gigantesque frappa Korta et l'envoya contre le mur. Le duc percuta les pierres avec violence. Il se redressa péniblement et gémit en se ratatinant sur son épaule.

— Ne te plains d'aucune faiblesse, d'aucun retard sur les recherches de Muht Dabashir. Tu ne les devras qu'à toi-même !

Le bras se dissipa, l'Esprit Sorcier reprit d'une voix plus calme :

— Revenons au Masque. Oublie son apparence. Concentre-toi sur ses vêtements, ses armes, ses mouvements. N'a-t-elle pas un bijou ?

Se relevant à peine, le duc secoua négativement la tête sur le moment, puis il se souvint de la petite corne qu'il lui avait arrachée. Il n'eut pas à la décrire en détail, Ibbak la connaissait.

— Les Fées récidivent et manquent d'originalité.

Il oubliait que Korta ressemblait beaucoup à son ancien combattant Jerraïkar. Barbiche, grande stature, guerrier d'excellence, il n'y avait pas de grands changements, là non plus.

— Cela ne peut nous éclairer sur son identité et cette recherche n'a plus d'intérêt. La dernière fois, les Fées l'avaient donnée à un bâtard, un simple gamin des rues.

— Mais à quoi lui sert-elle ? questionna Korta qui reprenait de l'assurance.

— Pouvoir d'abondance matérielle, répondit-il.

Un filet de vapeur s'étira comme un doigt crochu et fit apparaître aux pieds du duc une somptueuse cape d'un brun carmin qui l'aveugla. Il ne lui laissa pas le temps de comprendre la fatigue de ses yeux :

— Et pouvoir de guérison !

Les bras de fumée se refermèrent autour de l'homme. Korta tomba à genoux en hurlant. La surprise de la douleur l'avait foudroyé. La peau de son épaule se cicatrisa et l'aiguille chuta sur les dalles froides.

Encore suffoqué et les yeux pleins de lunules, Korta chercha l'Esprit Sorcier sans comprendre.

— J'aurais pu t'habiller et te soigner sans aucune douleur, mais il fallait bien que tu paies tes mensonges. Sois conscient de ma clémence, aujourd'hui. Couvre-toi ! Ton corps va réagir en provoquant une fièvre que je n'ai pas envie de calmer !

Korta s'enroula dans la cape sans discuter mais son regard encore pailleté resta mauvais.

— Pourquoi ne m'avez-vous pas soigné la joue lorsque le Masque me l'a balafrée, si vous possédez ce pouvoir ?

— Parce que j'ai trouvé qu'il seyait à ton personnage de porter une telle cicatrice, répondit Ibbak tranquillement sans se soucier du détail.

Le visage de fumée sembla s'enrouler sur lui-même, étirant les traits comme sur un cri d'effroi, et reprit le sujet qui l'intéressait.

— Cette gamine ne posséderait-elle pas une épée à large lame et d'aspect ancien ? Tu m'as peut-être menti sur ce point aussi ? insinua-t-il en projetant de nouveau une mâchoire aux crocs démentiels hors de l'amas de brouillard.

— Non! soutint Korta. Je vous ai seulement caché que c'était une adolescente. Son arme n'a pas d'apparence anormale. Elle semble légère, très solide et sa demi-coquille est sculptée avec un art étranger, mais rien de plus.

La gueule de vapeur fondit et un nouveau visage monstrueux apparut.

— Alors, tu ne dois tes échecs qu'à toi-même.

— Par contre, continua Korta, en faisant semblant de ne pas accuser la remarque, j'ai... oui, j'ai vu l'arme que vous décrivez dans les mains du prince Axel de Pandème.

— Quoi ! Un prince de Pandème est venu jusqu'ici ! Jusqu'au château !

Un tourbillon se forma dans la grande salle, léchant chaque voûte et resserrant son étreinte sur Korta. Les statues de la salle sombre avaient les yeux grands ouverts, et les quatre autour du coffret avaient tourné la tête.

— Oui !!! Mais c'est le Troisième Prince !!! Ce n'est que le Troisième Prince de Pandème !!! hurla Korta propulsé du sol jusqu'au mur.

La fumée frôla son visage et se déchira en crocs :

— Et en quoi cela pourrait me calmer ?!

— La Troisième Princesse de Leïlan est morte ! Il ne pourra jamais être le lien entre les deux pays ! Aucune force ne le retient ici !

— Je me moque de son amour ! Je ne veux pas de sa présence, ni de son alliance ! Qui l'aurait poussé à venir sinon les Fées ?! Comment peut-il avoir franchi la frontière si tu as fait ton travail ?!

Un tourbillon rouge releva Korta contre le mur avec violence, manquant de l'assommer sur le coup. Les yeux du duc voyaient clair maintenant, mais la fièvre prédite commençait à prendre le contrôle de son corps.

— Je... je l'ai vu près d'Orée la première fois. Il est peut-être passé par les Brumes Infernales...

Les vapeurs le comprimèrent plus fort sur la paroi, comme s'il était soulevé par des mains de géant. Des bouillonnements au bord des lèvres de fumée donnaient l'impression d'un écoulement de bave.

— Oserais-tu dire que c'est moi qui fais mal mon travail ?!

Des perles de sueur coulaient du front du duc. Il ne savait plus s'il tremblait de fièvre ou de peur. Plus personne en Leïlan ne l'aurait craint en le voyant dans cet état. Muht aurait pu lui faire ravaler une grande part de sa fierté.

— Non… je n'ai pas dit cela… Je cherchais juste à comprendre… comment il a pu éviter mes gardes.

Ibbak relâcha la pression, Korta en tomba à terre. La gueule se détourna avec mépris.

— Il y a des gens plus ou moins sensibles à la peur, je peux admettre un passage possible par les Brumes Infernales. Mais rien ! Rien n'excuse le fait que ce prince ait survécu jusqu'ici ! Surtout si tu l'as vu à Orée !

— Je ne pouvais pas savoir qui il était ! se défendit Korta en essayant de se relever.

Le retournement d'Ibbak lui fit stopper son mouvement.

— C'était un étranger. Sa venue était une menace. L'épée des Fées…

— Vous ne m'aviez jamais expliqué la puissance de cette arme !

— Parce que tu n'en avais pas besoin. Elle n'a plus aucun pouvoir… Que venait donc faire ce prince, cet Enfant des Fées, aussi près de mon territoire ?

— Il est venu porter la demande en mariage de ses frères.

— Et tu me dis que ce n'est que le Troisième en titre et que je ne devrais pas m'en soucier ?!

Korta passa une main fiévreuse dans ses cheveux humides.

— Éloïse est pour ainsi dire morte et je suis le fiancé d'Éline. J'ai le papier certifiant que...

— ... qu'il faut que tu tues le Masque pour pouvoir être roi ! Mais toi, tu préfères te laisser ensorceler par un pouvoir des Fées et permettre à ton ennemi de venir danser au château ! Sais-tu le temps qu'il nous reste ?!

Korta baissa la tête et s'emmitoufla un peu plus dans sa cape.

— Je le sais parfaitement. Cela fait deux ans que je cherche la cachette du Masque et je l'ai vu sortir de la Forêt Interdite, lieu où vous m'aviez dit qu'il était impossible qu'il se cache ! Le Monstre n'est pas un Bas-Esprit ! Je ne suis pas le seul à sous-estimer mon ennemi !!!

L'insolence de la réplique aurait mérité mille tortures. Mais la remarque stoppa un instant les nappes de fumée, juste le temps qu'elles prennent conscience que l'homme avait raison. Les brutes olivâtres se mirent alors à gémir de façon lugubre et continue. La fumée, qui semblait vouloir dévorer Korta, se mit à hurler de haine et de colère en s'enroulant et se déroulant vers le coffret de pierre. Les murs devinrent glacés autant que brûlants ; les Fées étaient plus malignes que l'Esprit Sorcier ne l'avait pensé : elles avaient réussi à se délimiter *un sanctuaire*.

Ibbak avait pourtant cru leur disputer chaque parcelle de Leïlan au début de cette nouvelle bataille. Il avait tout d'abord isolé les Monts Pétrifiés dans des tempêtes de neige éternelles pour éviter des visites de Pandème, et avait dressé le marécage des Brumes Infernales tout le long de la frontière commune. Les Fées avaient tout de suite répondu en les entourant d'un pouvoir d'illusions et de rêves s'étendant sur tout le pays, qui empêchait la mise en place de pièges mortels. Mais Ibbak avait réussi à le détourner à son avantage avec des démons reptiliens télépathes. Quand les Fées avaient sacré les Bois Obscurs comme jardin regroupant toutes les plantes de la création, il l'avait immédiatement infesté de plantes tueuses : les amalyses. Et bien que les Divinités du Bien aient parsemé les grottes du Mont Étel de sylphides endormies, il avait isolé le château royal au moyen des sariclès.

Dans leur prise de pouvoir de Leïlan, les deux entités d'Esprits opposés s'étaient partagé le pays au cours d'une guerre mesquine. Mais lorsque le Monstre de la Forêt Interdite était apparu, la malveillance de celui-ci avait trompé l'Esprit Sorcier. Sa cruauté égalait celle d'une créature issue de son pouvoir malfaisant : Ibbak avait cru qu'elle provenait d'un Bas-Esprit qui s'était octroyé un morceau du Monde de l'Est pendant le partage. Jamais il n'aurait imaginé que les Fées en étaient les créatrices ! *Comment était-ce possible ?*

Il n'avait pas revendiqué le territoire, parce que ce Monstre se montrait d'une méchanceté à son image. Il ne s'était rien approprié en retour et avait laissé la Forêt Interdite à ce Bas-Esprit sans importance. C'était trop tard maintenant.

Ibbak allait faire éclater sa rage et sa fureur sur les arcades sombres de la haute salle quand il se retourna subitement vers Korta. Trop affaibli, en sueur, le duc prenait la fuite par l'escalier.

— Tu m'as bien dit que le Masque utilise des amalyses ?

Korta le confirma avec méfiance. La fumée coula le long des murs plus noirs que jamais. Elle se ramassa et se regroupa pour former le visage initial. De plus en plus vivantes, les statues cessèrent leur plainte effroyable. En hommes d'aspect gras et brutal, elles reprirent leurs raclements de fond de gorge. De nouveau, les yeux vides d'Ibbak se fendirent, et un rire terrifiant s'éleva pour glacer l'endroit davantage que ne l'auraient fait des cris. Des crocs de fumée s'ajoutèrent au sourire machiavélique qui s'étira pour dire :

— Alors, c'est là son point faible ! Et ce sera sa perte !

Garder le silence

Le vent du soir s'engouffra par les fenêtres ouvertes. De toute sa fraîcheur, il caressa le corps d'Éléa et les deux grands yeux bleus s'ouvrirent. *Axel…* La jeune fille se retourna brusquement : elle était seule. Elle replongea sa tête dans la couette. Elle avait rêvé que le jeune homme avait réussi à franchir le passage du Pont Sans Retour, qu'il l'avait transportée jusqu'ici et qu'il veillait sur elle. Elle avait mal, mal partout en pensant que tout était imaginaire.

Le petit souffle la parcourut de nouveau.

Ses poings se refermèrent sur les plumes et elle rabattit un pan de la couette sur elle. Le courant d'air vint chatouiller ses jambes découvertes. Elle se leva, agacée sans savoir pourquoi. Par la fenêtre dirigée vers l'est, elle vit la grande table dans la prairie. La brune Virgine et la blonde Ophélie se chargeaient de dresser les couverts pour le repas du soir.

Éléa tourna le dos. Elle entendait quelques rires, quelques voix : la vie de la Forêt Interdite. Elle sentait la mort à sa frontière. Un désespoir l'envahit à cette pensée et elle se dépêcha de fermer les trois fenêtres ouvertes. Le silence de la chambre se montra bien plus cruel.

La jeune fille aurait préféré ne jamais se réveiller. Elle avait la tête qui tournait. Elle voulait fuir, disparaître.

Elle eut le sentiment qu'une volonté supérieure à la sienne la poussait à prendre la robe chaude étendue sur la chaise pour se changer. Était-ce seulement son sens du devoir qui prenait le dessus ? Même si elle n'avait aucune envie de descendre, elle n'avait pas non plus la force de rester. Elle pensa qu'elle pourrait trouver un peu de paix sur la plage dans le spectacle infini des vagues.

Le laçage de son corsage se montra irréalisable. C'était Jerry qui voulait qu'elle mette des robes dans la Forêt Interdite. Comment pouvait-elle lui obéir ? Pourrait-elle regarder son Maître en face sans vouloir le tuer pour ce qu'il venait de faire ? Tous ses arguments ne suffiraient pas cette fois. La mort d'Axel n'était pas celle de Gyl.

Elle arracha la dague plantée dans la poutre et regarda la lame briller entre ses mains. Jerry lui avait appris la fascination des armes, pas celle des bijoux. Le collier d'Éline à son poignet luisait de mille feux, mais elle n'aurait jamais eu l'envie d'en porter un semblable. Tout en restant le regard fixé sur la lame, elle attrapa une veste courte et se dirigea vers la porte.

Brusquement, elle releva la tête et fit demi-tour vers son lit. Passant sa main sous l'oreiller, elle fit glisser le médaillon d'Axel. Sten l'avait réparé. Elle pressa ses doigts sur l'anneau et ferma les yeux de douleur. La seconde suivante, la dague fusait dans la pièce et se plantait à l'endroit même d'où Éléa l'avait décrochée ; la porte de la chambre claquait derrière la jeune fille.

À l'extérieur, elle mit la veste sur sa robe mal ajustée et ne prit pas sa racine aérienne préférée. Elle n'avait le cœur à rien. Elle ne savait même pas ce qui la poussait à sortir. Les larmes ne venaient pas, il y en avait trop eu. Elle descendit doucement l'escalier. Dans la prairie, quelques enfants accouraient avec leurs sifflets pour le repas. Tout le monde devait être à table.

Elle passa sur la seconde passerelle. De là, elle pouvait voir ses amis, mais elle marchait la tête baissée. Pourtant, une impression, un espoir, un appel lui firent lever le regard vers la grande tablée. Au milieu des gens qui s'asseyaient, elle crut voir Axel.

La même sensation avait fait lever la tête du jeune homme. Il l'aperçut immédiatement à travers les feuilles. Son cœur lui dictait l'endroit où il fallait regarder. Puis il vit la jeune fille partir en courant, remonter comme une folle l'escalier et disparaître dans les étages.

Que faisait-elle ?

Éléa pleurait de joie, son cœur allait exploser à chaque marche. Embarrassée par ses jupons, elle manqua plus d'une fois de s'écrouler dans sa précipitation et se servit de ses mains pour monter plus rapidement. Elle gravit le dernier étage qui la séparait de Jerry en criant presque son nom. Mais sa voix avait disparu sous l'émotion.

Elle entra brutalement dans la salle que se réservait Jerry pour manger, et lui sauta littéralement au cou. L'être chimérique se dégagea rapidement de ses bras.

—Ne me touche pas lorsque j'ai cette forme ! lança-t-il en colère. Et ne me remercie pas ! Je l'ai torturé à plaisir et si je n'avais eu d'autre intérêt, je l'aurais tué sans hésiter !

—Cela n'a aucune importance pour moi, lui déclara-t-elle clairement en retrouvant son calme et sa place. Même si ton geste est calculé, tu es passé outre ta haine et tu lui as laissé la vie. Oh, merci, Jerry !

— Cesse tes bêtises ! intima le Monstre en lui lançant une serviette. Et sèche tes yeux, tu as le visage bouffi de stupidité !

Il se rassit avec rage et tapa la table de ses poings.

— Tu n'as que ce soir pour lui faire tes adieux ! Débrouille-toi pour qu'il parte demain matin !

Éléa voulut protester – c'était trop court ! –, il la coupa :

— Je me fiche de savoir qu'à son réveil Sten prendra tout ton temps. Dis-toi bien que si tu ne m'obéis pas, je ne te laisserai pas une seconde de répit. Alors dépêche-toi ! Et ajuste-toi, tu n'as même pas attaché ton corsage correctement !

La jeune fille eut brusquement un sourire. *Que de cris pour rien !*

Elle se dirigea docilement vers la porte restée ouverte. Jerry la regarda traverser la passerelle.

— Tu es en robe, alors prends l'escalier ! cria-t-il.

Trop tard. Les jambes de la jeune fille avaient entouré une racine et elle disparaissait dans les feuilles.

— Tête de mule, grogna Jerry dans sa barbe.

Il passa ses mains anguleuses sur son visage simiesque. Sa colère cachait en fait un grand désespoir. Il avait peur que tout change : il sentait que les Fées ne jouaient pas franc-jeu avec lui. Il aurait voulu garder égoïstement la jeune fille pour lui.

— Je souffre de te voir l'aimer à ce point, petite princesse, gémit-il. Ne m'oublie pas.

À petits gestes, Éléa défroissa ses jupons retroussés lors de sa descente et remit un peu d'ordre dans sa tenue. Elle longea par-derrière les salles de soins ; les lattes de bois de la terrasse craquèrent légèrement sous ses pieds nus.

Sten et Estelle étaient étendus sur deux lits côte à côte. La jeune femme avait la main sur celle de son mari. Il n'avait pas encore repris connaissance et elle ne pouvait s'empêcher de veiller sur lui malgré sa propre fatigue. Elle adressa un sourire paisible et reconnaissant à la furtive visiteuse.

Rassurée, Éléa se dirigea vers l'autre côté de l'arbre. Elle renvoya ses cheveux en arrière et mit de petites chaussures plates à ses pieds. La main sur la poche de sa jupe, les doigts enserrant l'anneau prisonnier du tissu, elle dépassa la dernière racine et se dirigea vers la table.

Ils l'attendaient tous, du plus grand au plus petit, du plus vieux au plus jeune, du plus amoureux au plus amical. Sur la grande table, qui ne grandissait plus aussi vite que le nombre d'occupants de la Forêt Interdite, un couvert avait été mis pour elle, juste en face d'Axel.

Son cœur battait trop vite lorsqu'elle arriva à sa place, et le sang montait à sa tête dans un bruit de pulsation assourdissant lorsqu'elle se trouva face au jeune homme : elle n'arrivait pas à dire un mot. Elle n'eut la force que d'un autre sourire et détourna rapidement le regard pour ne pas rougir.

Axel n'aurait pas dû être ici, ce soir. Il se sentait à la fois bien et déplacé à cette table. Il n'avait parlé à personne de la véritable raison de sa venue. Il attendait

Victoire. En la voyant en bonne santé et toujours aussi ravissante, il oublia ses douloureuses courbatures et ses derniers remords. Il entendit à peine la réclamation de Ceban qui présidait, ce jour, la table du côté adulte :

— Et où se trouvent Sélène, Imma et Chloé ?

— Ma fille est partie chercher Imma. Pour ma femme, je crains qu'elle ne vienne pas, répondit Erwan en grognant. Axel lui fait peur.

— Moi ? répliqua ce dernier en sortant de ses pensées et en se retournant vers le nain à ses côtés.

— Les hommes scylès ont les cheveux très clairs, expliqua doucement Éléa qui avait retrouvé la parole. Et tu es blond, Axel. C'est suffisant pour l'empêcher de venir.

La sensualité de sa voix troubla le jeune homme sur le moment.

— Pourquoi…

— Je ne t'en veux pas, coupa Erwan en le poussant du coude. Cela va bientôt faire cinq Saisons de Feuilles Vertes que nous avons quitté Akal, je ne m'attendais pas à ce que Sélène ait encore des craintes, surtout ici. J'ai fait une erreur en lui annonçant la venue des Scylès dans le pays. Je lui parlerai ce soir.

Axel aurait voulu pousser plus avant la discussion, mais ses yeux furent attirés par un spectacle étonnant : Chloé, rayonnante de blanc, guidait vers la table Imma, vêtue de rouge et de noir. Il semblait que l'ange de la Forêt Interdite amenait la femme des ténèbres.

Axel n'avait pas revu la sorcière aveugle depuis son départ d'Aces ; il fut très surpris à son arrivée. Son visage n'avait pas de traits doux, et il possédait encore quelques marques de sa maladie, cependant l'harmonie était indéniable. Dans une jolie frisure, ses cheveux couleur d'ébène caressaient ses épaules et tranchaient avec ses yeux blancs. La volupté de son corps attirait le regard autant que ses lèvres sensuelles. Drapée dans des habits de feu qui accentuaient ses formes féminines, Imma ignorait ses attraits et n'en paraissait que plus provocante. Brûlant les yeux des hommes et enflammant la jalousie des femmes, cette beauté étrange avait dérangé les Acéens qui n'avaient jamais cherché à reconnaître sa bonté d'âme.

Imma caressa la tête de Chloé et s'assit doucement entre Éléa et Ophélie. Elle aurait voulu être discrète, mais elle sentit le silence autour d'elle. Réservée, elle fut surprise de cette réaction. Tous les gens ici n'étaient que gentillesse avec elle. *Que se passait-il soudain ?*

De grands rires éclatèrent. On se moquait de quelqu'un ; elle entendit un nom.

— Axel est ici ? s'étonna-t-elle en avançant sa main.

Le jeune homme se rappelait ses facultés de voyance ; il prit ses doigts dans les siens avec confiance.

— Oui, et aussi surpris de te voir que toi de m'entendre, fit-il avec admiration.

Ceban riait de bon cœur.

— Tu as fait la même tête que Jerry ! parvint-il à dire. Sauf que lui ne s'en est pas encore remis, ajouta-t-il sous cape.

Les fines oreilles d'Imma n'eurent pas de peine à l'entendre, mais elle ne dit rien. Jerry demeurait une telle énigme pour elle : ses doigts ne l'avaient frôlé qu'une fois et ils n'avaient rien ressenti. Elle pensait que cela était dû à son état de santé du moment : elle s'était évanouie juste après ! Mais elle n'avait pu renouveler l'expérience. Plusieurs fois, elle avait tenté de lui parler, pour découvrir la personne qu'il était sans l'aide de ses yeux et de la magie de ses mains, mais les réponses demeuraient toujours évasives et l'être se faisait de plus en plus mystérieux.

Aux aguets, elle écoutait la belle voix grave, essayait de comprendre le secret que tout le monde lui dissimulait, et s'embrouillait l'esprit avec toutes les phrases qu'elle entendait sur lui. Maître d'Éléa, maître de ces lieux, d'une autorité indiscutable, sa sévérité à la limite de la cruauté n'effrayait pas Imma : il n'y avait pas personne plus avenante avec elle.

La sorcière écouta Éléa lui expliquer le choix du repas et, la trouvant bien nerveuse, effleura la jeune fille lorsque celle-ci la servit. Victoire n'était plus le Masque, combattant de sang-froid et justicier, elle n'était pas la Fille-aux-yeux-bleus, médecin légendaire, mais une jeune fille fragile qui avait du mal à rester naturelle et qui, tout en l'évitant, recherchait le regard du jeune homme en face d'elle.

— Mon seul regret est d'avoir seulement blessé Korta à l'épaule, râla Ceban en prenant de la fricassée de lapin.

— Comment as-tu pu le manquer ? le taquina Ophélie. Je croyais que tu ne manquais jamais ta cible.

— Demande plutôt à Axel pourquoi son arc est si dur à bander !

Interpellé, le jeune homme se retourna vers lui :

— C'est à cause de son bois. Solide mais aussi très

souple. Mon arc a une portée une fois et demie supérieure à la normale. Il faut juste un peu d'habitude pour s'en servir, ajouta-t-il en souriant.

— Où as-tu trouvé un tel bijou ? questionna Ceban, amusé.

— Dans les Pays Noirs.

— On raconte que ces pays recèlent les meilleurs artisans des Mondes, intervint soudain Éléa. Certains sont capables de concevoir des armes sur mesure, adaptées aux moindres défauts et qualités du combattant.

L'assurance de sa voix reflétait son indifférence, mais une légère malice semblait parallèlement animer son regard, comme si sa supposition était, en fait, une affirmation.

— C'est exact.

— Il faut que tu nous fasses une démonstration après le repas, s'écria Allan en attrapant un pain au froment qui lui faisait de l'œil depuis un moment.

— Une prochaine fois, regretta Axel. Mon bras est trop douloureux pour ce soir et je dois retourner auprès de mon roi demain.

— Dommage, fit Allan.

— Tu… tu es blessé ? demanda Éléa.

Elle connaissait le pouvoir de Jerry et avait remarqué le pansement d'Axel mais elle préféra cacher son désarroi à l'annonce de son départ en feignant l'inquiétude.

— Trois entailles sans importance qui m'empêchent seulement de refermer fortement mon poing, rassura-t-il avec un sourire. Korta est plus mal en point que moi.

— Ouais, Jerry l'a vu en proie à la fièvre, confirma Allan. Il a fermé les fenêtres de ses appartements et s'est fait porter malade auprès de la cour. On l'verra peut-être plus pendant deux ou trois jours.

— Possible, mais il va certainement faire camper des hommes devant le Pont Sans Retour pour empêcher nos sorties, répliqua l'Akalien. Et Muht revient demain.

— Nous… pourrons toujours passer par les Pierres Blanches… ou Jerry pourra nous porter au-delà des gardes, rassura Éléa, toujours préoccupée par l'idée du départ d'Axel.

— On prendra un retard fou à chaque attaque.

Théon grogna en signe d'accord avec la dernière intervention d'Allan.

— Jerry nous préviendra plus tôt, c'est tout, renchérit négligemment Ceban en engloutissant différents fromages aux herbes.

— Et comment surveillera-t-il Korta en même temps ? Avec Muht, c'est déjà suffisamment compliqué. On n'est pas assez nombreux. Même si la corne permet à Sten de se relever très vite, nous ne serons jamais assez nombreux pour contrer tous les hommes de main de Korta, n'est-ce pas ?

Éléa se rembrunit à la remarque d'Erwan. En retrait de la discussion, Axel regretta que celle-ci tourne autour de batailles, contraignant Éléa à redevenir le Masque. Lui aussi n'aurait pas voulu y penser ce soir.

— Et les leçons d'armes que Théon et Allan donnent aux habitants d'Ize, les astuces que tu as enseignées à Yla ou Aces ou encore à Yil ? reprit Éléa. Tu crois qu'elles ne servent à rien ? La nouvelle de ta victoire sur les Scylès se diffuse. Bientôt les paysans n'auront plus peur d'eux grâce à toi. Ils peuvent se transformer en guerriers, ils sont tous prêts à défendre leurs villages. Korta les a poussés à bout.

— Enfin, *Mélice*, tu crois vraiment que les Izois ou les Acéens pourront nous aider si Korta attaque encore Éade ou un village du sud ? Le peuple ne se révoltera jamais contre ce tyran, même si tu devais lui distribuer autant d'armes que de nourriture. Ils se sentent opprimés mais pas menacés. Tu es leur espoir mais pas leur guide.

Éléa fit la grimace. Il ne lui plaisait vraiment pas d'avoir cette discussion devant Axel.

— C'est tout ce que tu as retenu des Leïlannais depuis cinq ans que tu les côtoies ? répondit-elle plus agacée qu'elle ne l'aurait voulu. Tu oublies une partie de l'histoire de ce pays.

— J'aimerais seulement être sûr qu'il y a un réel espoir d'arrêter Korta un jour. Je ne connais que trop bien les batailles qui s'éternisent. Mon peuple ne connaît pas la paix depuis tant de siècles !

— Puisque l'roi est de notr'côté, pourquoi pas le prévenir des actions de Korta ?! coupa Allan qui ne voulait pas que la discussion s'envenime.

— Vas-y ! sourit Virgine. Mais j'crois pas que t'auras beaucoup de succès auprès de lui. Il a même pas réagi au discours de Vic.

Elle se rendit compte qu'Éléa la regardait de travers. La jeune femme se pinça les lèvres et baissa les yeux en regrettant son manque de respect et de tact.

Éléa ne lui dit rien, elle n'avait de toute manière rien à dire à tous ses compagnons. Ils lui reprochaient indirectement de ne pas se décider à tuer ou à capturer

Korta. Elle n'avait pas essayé de venger Gyl. Ils sentaient la tension monter sans savoir que les jours commençaient déjà à compter. Elle ne voulait pas les effrayer en dévoilant que Leïlan était le nouvel enjeu des Divinités du Monde de l'Est. Aucun de ses amis ne pouvait comprendre que ses seuls buts, depuis deux ans, étaient d'empêcher que le conflit ne sorte du pays et de limiter le mal que le duc d'Alekant pouvait faire à son peuple. Elle craignait trop l'Esprit Sorcier Ibbak, et ne voulait pas tuer Korta : elle préférait savoir qui était son ennemi. Muht avait la possibilité de prendre sa place s'il mourait. Il était moins bon en armes mais son pouvoir impressionnait la jeune fille beaucoup plus qu'elle ne pouvait l'avouer à quiconque.

Elle regarda chacun de ses compagnons :

— Si nous avons tenu deux ans sans que Korta ne nous attrape, c'est justement parce que nous sommes peu nombreux, difficiles à traquer et que notre force n'est pas seulement due à nos techniques de combat. L'alliance avec les Scylès a été… un coup dur mais l'espionnage de Jerry et les potions d'Erwan sont nos meilleurs atouts. Korta ne pourra jamais nous empêcher de sortir de la Forêt Interdite et la seule chose que nous pouvons regretter c'est qu'il ne cherchera jamais à y entrer. Je ne pense pas qu'il restera longtemps malade. Alors pourquoi ne pas plutôt empêcher Korta de *sortir* du château ?

Ils la regardèrent tous un peu sceptiques. Elle sourit.

— C'est une très bonne idée que de donner plus d'armes que de nourriture, continua-t-elle. Puisque les Leïlannais semblent encore indécis, nous allons leur donner un petit coup de pouce. De manière à entraver tout mouvement de Korta, je vous propose ceci : Ceban, Allan et Théon, vous allez vous charger de distribuer aux villages les plus près du palais toutes les armes que nous avons en stock ainsi que celles qui sont arrivées hier sur l'Île Perdue. Erwan, tu concoctes quelques centaines de pointes endormantes et de fioles contenant ta fumée aveuglante pour compléter leur défense. Je ne pense pas que tu manqueras de petites mains pour t'aider. Quant à moi... eh bien... comme d'habitude, on verra ce que Jerry aura prévu. Nous ne sommes pas les plus faibles.

L'Akalien fit une petite moue, il sentait qu'elle ne leur disait pas tout. Il n'était pas un de ces paysans que l'on pouvait enflammer par de belles paroles, il avait trop d'expérience et trop d'éducation. Mais Éléa était une princesse, elle portait à son cou une corne des Fées et elle avait sauvé la vie de sa femme et la sienne lors de leur fuite d'Akal. Trois raisons qui le poussaient à la suivre et à ne rien demander de plus. Il se mit à rire pour effacer le malaise qu'il avait suscité :

— Je t'adore, Vic. Tu devrais être chef de troupe en Akal. Ton optimisme et ta détermination auraient déjà anéanti le fanatisme des Scylès... Je ferai autant de potions que tu voudras. Ils ont plusieurs dettes à mon égard.

— Et compte sur moi pour déménager l'Île Perdue, déclara Allan.

Les autres acquiescèrent également. Éléa était heureuse d'avoir retrouvé leur confiance. Elle osa un regard vers Axel et, au sourire qu'il avait sur les lèvres, regretta de nouveau son départ.

✧

Le soleil commençait à se coucher et le spectacle sur la mer était des plus magnifiques. Ophélie débarrassa les mains d'Éléa des assiettes et lui donna de la tête l'ordre de suivre Axel, que Ceban avait délaissé intentionnellement sur les bords de la falaise. Éléa sourit et s'enfuit, à la suite du jeune homme, derrière le Grand Arbre soudain envahi de lucioles.

Elle fut arrêtée dans son élan par une petite voix dans les racines.

— Y me plaît pas, maman, il saura jamais te protéger.

Éléa recula d'un pas et vit Tanin, taciturne et renfrogné. Depuis l'autre bout de la table, lors du repas, il avait pu observer l'ensemble des convives. Il n'avait pas apprécié tous les regards qu'avaient échangés sa mère adoptive et *le comte*.

— Pourquoi dis-tu cela ? demanda-t-elle en s'approchant de lui.

— Il est mou. Il te mérite pas.

Éléa secoua la tête, étonnée par ce que ces paroles lui apprenaient de la position de l'enfant.

— Alors, tu as la même opinion que Jerry, conclut-elle avec déception. Son affection pour toi te fait oublier ce qu'il a dû faire subir à Axel, et qui il est vraiment, aussi peu que tu en saches sur lui.

Elle s'accroupit devant l'enfant et fit face à son regard buté.

— Tu as peur que je disparaisse, n'est-ce pas ? comprit-elle. Même si tout me destine à être la Championne des

Fées, tu sais que je ne suis pas invincible. Comme les autres.

Elle passa sa main avec douceur sur le visage dont les yeux s'étaient fermés devant la réalité.

— Tu as raison, continua-t-elle. J'ai bien failli ne jamais venir te chercher au château.

Les deux amandes s'ouvrirent sur un vert océan bouleversé. Une luciole éclaira furtivement son expression.

— Ize a été de nouveau attaquée et incendiée pendant ton emprisonnement, expliqua calmement Éléa. Pour éteindre le feu avant qu'il se propage à tout le village, les habitants ont abandonné les armes et nous les avons protégés des soldats. Forte de l'abandon précipité des Scylès devant les premières potions d'Erwan, j'ai surestimé notre victoire : j'ai donné le signal du départ avant la fin du combat. Il ne me restait que trois hommes, plus enclins à s'enfuir qu'à se battre. Mais j'avais oublié Korta que la lâcheté avait placé en retrait. Il s'est montré en bien meilleure forme que moi…

Elle baissa la tête.

— Il a gagné, Tanin, il a gagné. J'ai réussi à m'enfuir, mais j'ai reçu deux flèches dans le corps au moment où je franchissais la forêt.

Tanin était épouvanté. Les événements appartenaient déjà au passé mais il les ressentait au présent ! Il avait lu le livre d'Enkil, et pouvait comprendre ce qu'un échec impliquerait !

— Je dois ma vie à un homme qui passait par là, poursuivit-elle. Un homme qui avait franchi les Monts Pétrifiés, traversé les Brumes Infernales quelques jours plus tôt, et qui n'avait pas hésité après tant d'aventures à pénétrer dans les Bois Obscurs. Je l'avais aidé à comprendre les amalyses et il les avait domptées avec son cœur.

Tanin écoutait, subjugué par ce nouveau personnage.

— Me trouvant blessée et en danger, il m'a prise dans ses bras et m'a protégée dans un arbre près d'Ize. Il m'a soignée et a même combattu Korta pour reprendre la corne que celui-ci m'avait arrachée. Et, toujours insatisfait de ces exploits, il est venu me voir à mon passage en Aces et s'est battu sous les traits du Masque à ma place parce que je n'en avais pas encore la force.

Aucun mot ne sortait de la bouche de l'enfant.

— Cet homme, Tanin, c'était Axel.

Il l'avait déjà compris ; il se jeta dans les bras de sa jeune mère. Il se rendait compte de tout ce qu'il devait à ce comte qu'il avait jusqu'alors méprisé. Il retint de justesse ses larmes d'amour et de peur, et se ressaisit en se frottant le nez par habitude.

— Pourquoi il l'a pas dit ? demanda-t-il tout confus de son erreur de jugement.

Éléa prit le petit visage mutin entre ses mains.

— Parce qu'Axel possède une qualité que tu as oublié d'apprendre : la modestie, sourit-elle.

Tanin accusa la leçon d'un air contrarié. Éléa l'embrassa sur la joue.

— Va te coucher, mon cœur, et médite là-dessus. Rassure-toi, tu n'es pas le seul à commettre des injustices et j'en ai une à réparer, ajouta-t-elle en sortant l'anneau d'Axel de sa poche.

Elle voulut se relever, mais Tanin la retint un dernier instant pour appliquer ses petites lèvres sur la commissure des siennes. Éléa lui rendit le baiser dans un sourire, passa sa main dans les cheveux trop longs de l'enfant et se redressa.

Tanin la regarda s'éloigner dans le coucher de soleil, accompagnée de trois lucioles échappées de l'arbre. Elle possédait une inestimable beauté à ses yeux. Toujours un sourire, un baiser, une caresse, une parole réconfortante, toujours de sages conseils sans jamais un mot plus haut que l'autre – malgré ses bêtises –, et elle était toujours là pour le secourir ou pour le soigner. Femme-enfant, elle se montrait la mère parfaite qu'il s'était choisie.

Éléa s'avança sur les abords de la falaise. Sur le banc que Jerry avait dressé quinze ans plus tôt pour Maman Douce, Axel se perdait dans la contemplation des teintes du ciel et de la mer. Une fine écume glissait sur la plage de sable, plus bas, et étincelait dans le murmure des vagues. Les yeux du jeune homme se remplissaient de la vision apaisante du coucher de soleil. Ses cheveux et sa peau se coloraient des nuances qui l'entouraient, et se mariaient avec la nature.

Dans cette palette d'orangé, de rose et de violine, les pensées d'Axel semblaient entraînées comme une boule de feu dans cette calme mer. Le jeune homme réfléchissait. Il remettait en question le choix de garder secrète son identité. Il n'aurait pas voulu dire la vérité à Victoire mais, si elle la demandait…

Il entendit se rapprocher un bruit de jupons, ses joues se creusèrent : il avait tant espéré qu'elle le rejoigne ! Il avait décidé de reporter son départ dans le seul espoir de ce moment de solitude avec elle. Il se retourna vers la belle silhouette. La blancheur du chemisier de la jeune fille, qui dépassait de la veste sombre, accrochait le regard. Elle faisait ressortir sa peau fine, teintée par le crépuscule. Sa robe, rappel du bleu profond de ses yeux, annonçait la couleur de la nuit et trois étoiles entouraient déjà son visage.

Axel ne pourrait pas lui mentir. Impossible. Et pourtant, elle allait certainement lui demander des explications sur sa présence au palais pour l'anniversaire de la princesse Éline. D'un air coupable, il préféra prendre les devants :

— Je voudrais…

— Chut, le coupa doucement Éléa. Nous avons peu de temps, si tu pars demain. Laisse-moi parler, s'il te plaît.

Ses yeux se trouvaient tellement près des siens qu'Axel pouvait déjà voir les astres s'allumer sur la grande toile bleu nuit de ses iris.

— Dans les Bois Obscurs, je t'ai dit que peu m'importaient les rangs et la noblesse. Comte ou messager, je n'ai pas à faire la différence aujourd'hui, et je n'ai pas le droit de te reprocher ton silence.

Son visage envahissait l'esprit d'Axel. Le jeune homme ne pouvait rien ajouter.

— Garde le secret de ta présence en Leïlan, poursuivit-elle de sa voix harmonieuse. Garde tous les secrets qui te concernent, parce que je ne pourrai probablement jamais te révéler les miens.

Elle ouvrit sa main sur l'anneau d'or et le tendit à Axel.

— Et pardonne-moi, si tu peux, de ne pas avoir eu confiance en toi.

Le jeune homme fut ému par toutes ses excuses. En guise de réponse, il lui prit la main et embrassa la frontière de sa paume et de son poignet en prenant le bijou.

L'assurance qu'Éléa avait déployée pour cacher sa timidité s'enfuit. Elle prit peur devant la démonstration de ces sentiments dont la force la dépassait et retira promptement sa main. Les yeux à terre, la voix empreinte de gêne et d'innocence, elle demanda :

— Avais-tu quelque chose d'autre à me dire pour oser affronter le Monstre de la Forêt Interdite ?

Des millions. Le cœur d'Axel aurait pu parler jusqu'à la nuit des temps de son amour pour elle, mais il se souvint de la promesse faite à la princesse Éline. Il fallait trouver un moyen de sortir Éloïse de son sommeil. Sentiment ou devoir, Axel hésita quelques secondes. Malgré sa frustration, sa loyauté envers son frère Philip le retint :

— J'avais un message pour toi de la part de la princesse Éline.

— Éline ?!

Axel regretta son choix qui rompit le charme si doux. La réserve de Victoire s'était envolée, ses yeux ne le craignaient plus, ses lèvres avaient perdu leur invitation et sa voix sa sensualité. Les étoiles étaient redevenues de simples insectes luisants. La frontière qui séparait les trois personnalités habitant le corps de la jeune fille était trop facile à franchir.

— La princesse te propose un projet fou, expliqua Axel quelque peu déçu de perdre l'attention exclusive de la jeune fille. Elle a compris que le Masque était la

Fille-aux-yeux-bleus et s'est persuadée que tu devais être la seule capable de guérir la princesse Éloïse.

Malgré tous les espoirs qui reposaient sur les connaissances en médecine de Victoire, l'intérêt que portait la jeune fille à ses moindres paroles troubla légèrement Axel.

— Continue, fit-elle, absorbée.

— Chaque soir, elle allumera une bougie à sa fenêtre et l'éteindra pour prévenir d'éventuels dangers. Chaque soir, elle t'attendra… Elle croit en toi. J'ai essayé de la dissuader : les dangers sont grands, même si Jerry te porte sur son dos, et les possibilités de guérir Éloïse sont peut-être inexistantes…

Il posa sa main sur la joue de Victoire : il voulait retrouver les instants précédents et s'apercevait soudainement qu'il avait peur que la jeune fille accepte le plan d'Éline. Il y avait beaucoup de risques. *Et il ne serait plus là…*

— Ne décide pas à ma place, dit-elle en serrant ses doigts sur ceux d'Axel.

Elle ferma les yeux pour s'enivrer de la chaleur de sa main ; elle se laissait finalement emporter par ses sentiments et par ce geste tendre. Les trois lucioles dansaient autour d'eux en une jolie ronde.

— Tu n'en as parlé à personne ?

Il secoua la tête, les yeux rivés sur elle.

— Alors, continue, s'il te plaît.

— Pourquoi ? demanda-t-il par réflexe plus que par intérêt.

— Vic ! Vic ! Vic ! cria une petite voix venant des salles de soins.

Le plus grand des fils de Sten accourut. La farandole de lumière qui entourait le couple disparut brutalement.

— Papa se réveille, Vic ! Papa se réveille !

Deux ou trois mèches aux reflets dorés glissèrent sur le visage d'Éléa qui regarda tristement Axel. À contrecœur, elle enleva sa main et, avec un petit sourire désolé, se sépara de lui.

— Viens, vite, Vic ! Viens !

Emportée par l'enfant, elle eut juste le temps de dire au jeune homme :

— J'espère que j'aurai le temps de te dire au revoir demain. Tu reviendras en Leïlan ?

— Pour toi, oui.

Il regarda son sourire s'éloigner. Il n'avait retrouvé la jeune fille que pour la perdre. Lorsqu'elle se retourna une dernière fois avant de disparaître dans les salles de soins, il lui adressa un murmure découragé :

— Je t'aime.

Elle ne l'avait pas entendu, elle n'avait certainement même pas vu le mouvement de ses lèvres. Axel avait eu l'audace d'affronter le Monstre mais, devant la jeune fille, la prophétie brisait son courage. Il avait été tellement refroidi par sa réaction au château… Victoire n'avait pour lui que la simple amitié dont avait parlé son père, une simple reconnaissance pour l'avoir aidée et sauvée plusieurs fois… Le chuintement du vent dans les branches lui conseilla de garder le silence.

Une main serrant l'anneau qu'il avait remis à son cou, Axel leva les yeux au ciel par désespoir. La nuit avait tendu son voile. Deux gardiennes astrales, blanches et lumineuses, veillaient sur Leïlan. Leur tranquillité envahissait Axel. Son corps criait sa fatigue. Les chambres se situaient très haut dans le Grand Arbre scintillant, mais le banc se montrait bien trop dur pour ses courbatures.

En montant péniblement l'escalier, Axel se rappela que, s'il avait suivi son plan initial, il aurait dû passer une nuit blanche et franchir la frontière akalienne avant le matin. Le détour effectué pour Éline et le sommeil de Victoire avaient tout retardé, ainsi que son envie de profiter de ce sanctuaire. Mais son pavallois ayant joué les messagers à sa place, le roi de Pandème ne pourrait pas vraiment lui en vouloir de son retard. Indiquer à Victoire un moyen de guérir la princesse Éloïse était tout de même plus important que de retourner auprès de son père pour regarder le temps passer. *Demain*…

Le jeune homme poussa la porte d'une pièce que Ceban lui avait indiquée. Le lit l'attira tant qu'il eut juste le temps de se déchausser avant de s'écrouler. La fatigue de son corps emporta dans un sommeil sans rêves ses derniers sursauts de sagesse.

✧

Assis sur le haut tabouret de son laboratoire, Erwan suivait la montée des vapeurs d'un liquide jaune dans un alambic. Sa course éthérée, de plus en plus verte, se poursuivait dans les spirales d'une colonne à distiller, puis retombait, en gouttes émeraude, dans un grand ballon de réception. Les produits de base pour élaborer sa fumée aveuglante seraient prêts pour le lendemain. Il n'avait aucune inquiétude là-dessus. C'était plutôt la discussion qui avait eu lieu lors du repas qui lui faisait froncer ses sourcils rouges. Éléa cachait quelque chose de grave, il le sentait. Un fait beaucoup plus important que son identité.

Un petit bruit de frôlement le sortit de ses pensées. Il se retourna, mais il n'y avait personne devant les étagères constellées de flacons. Du moins, personne debout, car derrière les tonneaux posés sur le sol dépassait un bout de petit pied qu'il connaissait bien. Il eut un sourire.

— Chloé, ne devrais-tu pas être au lit à cette heure-ci ?

La petite fille se redressa en pinçant les lèvres. Ses grands yeux dorés quémandaient un pardon déjà acquis.

— Je n'arrive pas à dormir, dit-elle d'une petite voix claire et posée.

Il se pencha et tendit les bras. Toute souriante, elle courut vers lui et se laissa hisser jusque sur ses genoux.

— Et qu'est-ce qui t'empêche de faire des jolis rêves, mon ange ? demanda-t-il en passant sa main dans les cheveux de cuivre de sa fille.

Elle ne répondit pas, semblant ne s'occuper soudain que du parcours du liquide dans la verrerie.

— C'est la fabrication de ces produits qui t'inquiète.

Elle retourna ses grands yeux vers lui et hocha la tête doucement.

— Comment ça fait mal aux Scylès ? demanda-t-elle en articulant bien sur les mots encore difficiles à dire pour son âge.

C'était bien la première fois qu'Erwan l'entendait poser une question. Il avait toujours trouvé étonnant qu'elle ne demande jamais quoi que ce soit, sur l'origine de ses parents, sur leur passé ou leur rencontre, par exemple. Mais il avait jusqu'ici pensé qu'elle était encore trop jeune pour s'y intéresser. Elle ne devait même pas savoir qu'elle était à moitié scylèse. Il était heureux de voir que son esprit s'ouvrait enfin à la vie qui l'entourait.

— La fumée leur brûle les yeux.

Chloé fronça les sourcils et Erwan put lire de la peur sur son visage.

— Ne t'inquiète pas, mon ange. C'est une fumée qui ne touche que les hommes scylès. Elle trouble la liaison entre l'œil et le cerveau. Chez une personne normale, elle peut tout au plus provoquer des picotements. Comme les guerriers des Pays Insolites ont une activité visuelle au moins mille fois supérieure à la nôtre, la gêne va jusqu'à la brûlure.

La fillette ne sembla pas très rassurée.

— Ils ne reverront plus jamais ?

— Hélas, je crois que ma fumée n'a qu'un effet temporaire. Je n'ai eu droit qu'à un essai, je n'ai pas encore pu faire un bon dosage. Mais j'ai bien l'intention d'arriver à leur ôter ce pouvoir de démon.

La fillette baissa les yeux, semblant profondément marquée par cette dernière phrase. Erwan se sentit un instant gêné : il ressentait son silence comme un jugement. Avec la mort de Gyl et l'arrivée des Scylès, il avait perdu son idéalisme pacifique. Des combats pour aider Victoire, il était passé aux règlements de compte personnels. Il découvrait maintenant qu'il pouvait arrêter ses expériences et ses actions de guerre sur un mot de sa fille. Il avait déjà laissé sa fortune et ses privilèges en Akal pour Sélène.

— Tu trouves que j'ai tort ? Que je suis méchant de leur faire du mal ? demanda-t-il.

— Non, papa, répondit-elle. Je sais que c'est à cause d'eux que Gyl ne viendra jamais me voir.

Il passa sa main sur le visage de sa fille, à la fois soulagé et désolé qu'elle comprenne. Il se faisait un point d'honneur de retirer le scalp de son ami du manteau de Muht. Gyl n'avait pas mérité une telle mort. C'était un homme trop simple, trop généreux, trop insouciant, même au milieu des batailles. Lui et sa famille n'auraient pas dû payer leur aide à ce prix.

— Comment sais-tu que ces produits font mal aux Scylès ? reprit Chloé, les sourcils froncés.

L'image d'un homme efflanqué et débonnaire disparut de l'esprit d'Erwan. L'Akalien sourit à sa fille, cherchant les mots pour expliquer au mieux son passé :

— J'ai beaucoup, beaucoup étudié, et j'ai bénéficié de la science de milliers d'hommes. Avant ta naissance, je travaillais sur cette potion : j'étais un grand Alchimiste.

— Tu es toujours grand, papa, répliqua la fillette.

Il sourit encore en regardant ses pieds qui touchaient à peine le sol du haut de son grand tabouret.

— Tu es un Alchimiste Suprême. Vic dit que tu es toujours le plus grand flair d'Akal, et Erby trouve que tu es un grand homme.

Erwan manqua d'éclater de rire.

— Erby... Sacré gamin. On a presque hérité d'un deuxième Tanin. Il doit te plaire, non ?

Le visage de la fillette s'éclaira d'un merveilleux sourire à la joie de son père :

— Oui, papa, il est gentil mais c'est toi que j'aime le plus.

Il serra contre lui les petits bras qui s'étaient glissés autour de son cou.

— Moi aussi, je t'aime, mon ange.

Erwan eut l'impression de partir quelques secondes loin du monde extérieur, loin de toutes les préoccupations de sa vie : il avait la plus merveilleuse des petites filles. Il était heureux qu'elle soit protégée de toute la violence des Mondes dans la Forêt Interdite. Il embrassa ses cheveux.

— On rentre tous les deux ?

Le visage de Chloé était redevenu triste. Erwan crut qu'elle n'avait toujours pas envie d'aller au lit.

— Les petites filles doivent dormir si elles veulent grandir, et maman doit encore être en train de te chercher, ajouta-t-il.

Elle accepta de descendre du tabouret et le laissa la reprendre dans ses bras. Le sourire qu'elle affichait n'était destiné qu'à faire plaisir à son père : sa tristesse intérieure demeurait grande. Alors qu'Erwan l'emportait fièrement vers leur maison, elle se demandait si son père l'entourerait de tant d'amour si elle possédait le pouvoir de démon des Scylès.

Combat d'Amour, Histoire de Haine

Enroulé dans les draps, Axel avait l'impression d'avoir le corps moulé dans le matelas. L'intensité de la lumière du jour lui révéla qu'il ne se réveillait pas avec l'aube. Un instant désorienté par la nuit qui s'effaçait de son esprit, il reprit conscience du lieu où il se trouvait et de toutes les bonnes intentions qu'il avait eues en s'endormant. Il se retourna en râlant : il avait perdu cinq heures de cheval de plus !

Les mains sur le visage, assis au bord du lit, il se donna encore quelques secondes et se leva. L'eau glacée d'un broc lui remit les idées en place, mais la présence de l'amalyse, toujours à son poignet, renforça sa rogne. Il ne lui reprochait plus de l'avoir trahi au château, mais il désespérait de s'en séparer un jour.

Axel avait encore moins envie de partir que la veille. Comme s'il était là où il devait être. Mais la future colère du roi de Pandème ne lui laissait pas le choix. Maintenant qu'il avait transmis le message d'Éline, il n'avait plus d'excuses pour rester dans la Forêt Interdite, qui soient du moins valables aux yeux de son père. De mauvais gré, le jeune homme remit ses bottes et rassembla ses affaires. Il fallait qu'il se débrouille pour parler seul avec Victoire. Pour être sûr que tout se passerait bien durant son absence. Il voulait aussi éclaircir le fait qu'elle préférait que personne ne soit au courant de la proposition d'Éline.

Lorsqu'il referma la porte derrière lui, Axel réussit à sourire malgré sa mauvaise humeur. La quiétude de ce territoire était vraiment agréable. Sous les rayons du soleil, la Forêt Interdite se peignait d'une symphonie de couleurs : le camaïeu de vert de la végétation se mariait à merveille avec les teintes de sable ocre, de terre brune et de roche crayeuse, le tout souligné par les tons bleus du ciel, du lac et de la mer. La Nature avait répandu çà et là les vifs coloris de la saison, et la nuance de lait des sommets de la Montagne Blanche se distinguait au-dessus de la cime des arbres. Son éclat offrait aux lieux un peu de son éternité.

— Tanin ! Erby ! Mélane ! Chloé ! Revenez immédiatement !

À la droite d'Axel, s'élevait la bibliothèque dont la brune Virgine sortait, sa colère rompant le calme du moment. Du coin de l'œil, le jeune homme vit les quatre garnements cachés dans les branches de l'arbre. Mais Chloé lui fit des yeux si doux qu'Axel ne put les trahir.

Après quelques vaines menaces, Virgine abandonna sa recherche et retourna dans la bibliothèque. Quand la jeune femme eut disparu, Tanin se glissa jusqu'à la rampe et voulut aider Chloé à descendre. Axel s'approcha et attrapa les petites filles dans ses bras pour les déposer à côté des deux garçons. Il jugeait toutes ses galipettes bien dangereuses pour des enfants.

Chloé et Mélane le remercièrent et Tanin ne lui lança

pas de regard mauvais. Bien au contraire, il semblait observer Axel de façon plus saine aujourd'hui. Un imperceptible sourire se dessinait sur son visage même s'il n'osait rien dire.

—Moi et Tanin, et ben, on va aider les hommes sur l'Île Perdue, parc'qu'on est des hommes aussi ! s'écria Erby trop enthousiaste pour rester muet.

—Je croyais que vous deviez aider Erwan aujourd'hui, fit remarquer Axel.

—Cet après-midi, pour les filles, répondit Tanin, quand le mélange des produits sera prêt. Ce matin, c'est encore des leçons.

—Les vitres du toit de la bibliothèque ne suffisent plus à ton esprit pour s'échapper ?

—Avec Estelle, oui, avoua Tanin avec des yeux coupables, mais Virgine est bien plus ennuyeuse.

—Je n'ai pas besoin de ses leçons, annonça fièrement Chloé. Je sais lire depuis un an. Et je peux l'apprendre à Erby et Mélane, mes nouveaux frère et sœur.

À l'expression de Tanin, Axel comprit qu'elle venait de révéler un de leurs secrets.

—Alors pourquoi le caches-tu à Virgine ? demanda-t-il.

—Parce que les adultes sont trop fiers pour penser que les enfants peuvent savoir les choses plus vite qu'eux, répliqua Tanin.

Axel se retourna vers l'enfant, un peu sidéré par sa remarque.

—Je ne veux pas lui faire de peine, je préfère seulement aller voir Imma, expliqua Chloé avec beaucoup plus d'innocence.

À cette phrase, le jeune homme risqua une hypothèse que personne ne semblait prendre au sérieux :

— Parce qu'elle voit au-delà des yeux, comme toi ?

— Qui te l'a dit ?! Comment le sais-tu ?! paniqua Tanin.

— Elle est à moitié scylèse ! Pourquoi serait-ce si extraordinaire ?

Tanin ne savait plus s'il devait reprendre ou non son attitude défensive à l'égard d'Axel.

— Maman n'a pas ce pouvoir. Les femmes des Pays Insolites ne l'ont pas. Tu ne le diras pas, n'est-ce pas ? demanda tristement Chloé.

Axel s'agenouilla devant elle.

— C'est trop important ! Cela pourrait être utile à tout le monde !

— Ça ferait pleurer maman, répondit la fillette, les yeux pleins de larmes. Et papa, il… Tu ne le diras pas, n'est-ce pas ?

Axel regarda vers la bibliothèque, puis vers les enfants. Erby et Mélane semblaient dépassés par la situation, Tanin était prêt à montrer les crocs et Chloé pleurait tout en essayant de sonder l'esprit du jeune homme pour savoir quelle décision il allait prendre.

— Je te dirai tout, mais ne leur répète rien, supplia-t-elle.

Il regarda de nouveau ses grands yeux de Scylèse aussi dorés que le regard des Akaliens.

— S'il te plaît, dit-elle encore.

— D'accord, viens avec moi, répondit Axel.

Elle lui tendit la main avant qu'il la prenne et l'entraîna elle-même vers la cabane où le jeune homme avait dormi. Les trois autres enfants les suivirent.

— Qu'est-ce que tu veux lui faire ? grogna Tanin en entrant derrière eux.

Chloé était montée sur le lit puis s'y était assise, droite et déterminée, prête à passer aux aveux. En prenant place sur une chaise à côté, Axel n'eut pas besoin d'amorcer la première question.

— Je ne sais pas pourquoi je peux voir les pensées et pas maman. Mais cela lui ferait beaucoup de mal de le savoir.

Axel ouvrit la bouche, mais elle enchaîna plus vite que lui, de sa voix appliquée :

— Je ne sais pas si je vois comme tous les Scylès, personne ne sait comment ils font, eux. Même sous la torture, les guerriers ne parlent jamais. C'est papa qui l'a dit un jour à maman. Moi, dans ta tête, je vois des images de toi qui marches dans la cour du château. Tu repenses à quand tu as croisé Muht et que tu as fait semblant d'être un méchant de Korta. Moi aussi, je t'aurais cru. Je ne vois que ce que tu penses maintenant, et qu'avec des images. Je ne suis pas comme Imma pour savoir qui tu es et comment tu t'appelles toute seule. Mais ton esprit va plus vite que tu crois, tu as peur soudain que je voie tous tes secrets, et je les vois. Parce que tu y as pensé.

Axel se redressa.

— Je ne dirai rien, moi non plus, le rassura Chloé.

— C'est déroutant, réussit à dire Axel. Et tu…

— Je ne sais pas. Je lis quand je peux voir le visage. Mais si je connais bien la personne, je la sens très loin. Je savais que Tanin allait bien au château.

— Ah ouais ? s'exclama le petit garçon derrière eux.

—Oui, répondit Chloé en se retournant vers lui. Je ne voyais pas d'images de ce que tu pensais mais je savais que tu n'avais pas mal.

—Alors les Scylès peuvent sentir la présence d'autres personnes ? Ils peuvent aussi déterminer où ils sont ? demanda Axel.

—Je connais tout le monde ici, je peux savoir si Vic ou papa vont bien mais je ne peux pas dire où ils sont quand ils se battent. Je sentais rien pour l'ami Gyl : il n'est jamais rentré dans la Forêt Interdite. Je n'ai jamais vu son esprit. J'ai su qu'il était mort parce que cela a fait beaucoup de mal à tout le monde. Et parce qu'ils y pensent encore beaucoup.

—Tu as vu sa mort. Cela veut dire…

—Oui, si tu repenses à un combat, je le verrai, avec le sang, les grimaces et la colère.

Elle troqua son visage de marbre pour un léger sourire :

—Je suis habituée. J'ai toujours vu et personne ne le sait. Tu ne trouves plus que je suis monstrueuse. C'est gentil, mais il ne faut pas avoir mal pour moi.

—Pardon. Je n'ai jamais rencontré de petite fille comme toi. Et je n'avais pas imaginé les conséquences de ce pouvoir sur l'enfance des Scylès.

Elle eut enfin un vrai sourire.

—Je ne suis pas obligée de voir. Je le décide.

—Et…

—Et ce n'est pas fatigant. Pas plus que de lire un livre.

Malgré la gravité de ce que disait Chloé, un pli amusé fendit la joue d'Axel. *Le laisserait-elle finir ses phrases ?*

—Pour quoi faire ?

— Rien, j'en conviens. Mais je me sentirais moins mis à nu. Comment peux-tu savoir les questions que je me pose si tu n'entends rien ?

— Parce que je devine ! Les idées, c'est beaucoup plus difficile que les souvenirs, quelques fois ce ne sont que des solutions que je vois à la suite, ou des choses toutes bizarres qu'il faut comprendre : je ne réussis pas toujours, mais j'aime beaucoup jouer à deviner.

Elle eut de nouveau le sourire ravissant d'une petite fille. Elle laissa le jeune homme poser entièrement sa question suivante :

— Si je contrôle mes pensées, je peux te faire croire n'importe quoi ?

— Si tu peux t'arrêter de penser à Victoire, oui.

Axel se redressa de nouveau, saisi et terriblement mal à l'aise. Il n'avait même pas conscience que la jeune fille occupait son esprit en permanence. Il était d'autant plus gêné que Chloé s'en rende mieux compte que lui. *Ce n'était pas de son âge !*

— Je ne suis pas une toute petite fille, j'ai cinq Saisons de Feuilles Vertes.

Elle descendit du lit et rejoignit Tanin qui arborait une mine interrogative.

— J'ai tout dit. Moi aussi, j'aimerais savoir si je vois comme les Scylès.

Elle glissa sa main dans celle de Tanin et se dirigea vers la porte de la cabane. Tanin lui murmura immédiatement quelque chose à l'oreille.

— Il l'aime autant que papa aime maman, répondit-elle en lançant un dernier regard déroutant à Axel. Il reviendra, c'est sûr.

Les yeux de Tanin devinrent des fentes mais il ne dit rien. Mélane et Erby les rejoignirent pour sortir. Axel se demanda s'ils avaient vraiment conscience du pouvoir de leur nouvelle sœur et de la gravité de son silence. Le rire cristallin de Chloé à une bêtise dite par Erby lui prouva qu'elle n'avait pas seulement le corps d'une petite fille mais qu'elle possédait aussi son insouciance. Il se leva et reprit ses affaires pour les rejoindre à leur point de rencontre initial.

—Je passe par quelle racine pour descendre? demanda-t-il sans vouloir se soucier de l'encombrement de son sac et de ses armes.

Il croisa de nouveau le regard de Chloé. Il saurait utiliser à bon escient ce qu'elle lui avait dit. Et même s'il n'approuvait pas son silence, il saurait garder pour lui qu'elle n'était pas une petite fille comme les autres. Erby passa devant avec enthousiasme et tous les cinq glissèrent jusqu'à l'étage d'en dessous pour se séparer.

—À bientôt, lui dit Chloé.

Tanin reprit la main de la fillette avec toujours le même désir de l'éloigner d'Axel. Mais au dernier moment, il se retourna:

—Maman se trouve près du surplomb de falaise, à côté de la cascade. Fais attention, elle est avec Jerry.

Puis il força Chloé à fuir avec lui.

Agréablement surpris par sa nouvelle relation avec le garçon, Axel prit note de ce dernier conseil et continua sa descente. Une odeur particulière s'échappait du laboratoire d'Erwan qu'il dépassait et le jeune homme se demanda ce que l'Akalien ferait s'il savait qu'il pouvait aveugler sa fille comme les guerriers scylès. Chloé prenait un sacré risque. Il s'interrogea sur la façon dont il pourrait parler du pouvoir de l'enfant sans la dénoncer. Il n'aimait pas le mensonge.

Le parfum des cuisines attira à son tour ses narines et chassa ses réflexions : Axel réussit à chaparder une brioche à la surveillance d'Ophélie. Satisfait de son forfait, il partit sur la pente herbeuse vers le surplomb de falaise. On entendait des coups de lames, des grognements et des réprimandes aussi : un spectacle hors du commun attendait le jeune homme.

Dans sa courte jupe, Éléa faisait front à Jerry et se battait avec vigueur. L'être chimérique présentait la force stupéfiante de quatre ou cinq hommes et n'hésitait pas, par moments, à l'utiliser tout entière contre la jeune fille. Mais celle-ci parait, esquivait, virevoltait, croisait, coupait, fendait sans se soucier de la brutalité de ses gestes. Les contractions et les relâchements de ses doigts sur la poignée de son arme étaient parfaitement dosés. Elle maniait son épée avec une grande agilité et une vitesse surprenante.

Détournant par surprise la lame de son adversaire, elle fit un tour sur elle-même et décocha un puissant coup de talon dans l'estomac de Jerry.

— Plus fort ! hurla-t-il. Je n'ai même pas vacillé ! Tu as de la guimauve dans les jambes ! Bats-toi avec ton épée ! Ne baisse pas ta garde ! Tranche, n'effleure pas !

La rage de l'animal était visible, mais la jeune fille n'en faisait aucun cas, à son plus grand énervement.

Tuer, elle en était largement capable. Chaque coup de sa lame pouvait être mortel. Mais elle préférait poursuivre un entraînement plus difficile : blesser suffisamment son adversaire pour qu'il abandonne le combat sans qu'elle ait à menacer sa vie. Elle attaquait où bon lui semblait, évitait avec adresse les ripostes et ignorait les réprimandes de Jerry.

Axel avait cessé de toucher à sa brioche en voyant la jeune fille. Sa couronne de tresses la sacrait reine. Elle était aussi dangereuse que belle. Une telle concentration se lisait sur son visage ! Et toutes ces amalyses qui couraient sur son corps au gré de ses mouvements ! Fasciné, comme depuis le premier jour, Axel continua de s'approcher.

Éléa sentit sa présence et détourna légèrement la tête avec un sourire. Elle reçut en récompense une gifle démentielle qui la fit décoller du sol et tomber brutalement. Axel n'eut même pas un moment de réflexion, il balança ses affaires et se rua, l'épée en avant, sur Jerry qui n'attendait que cela. Éléa l'arrêta d'un cri.

— Non, Axel ! Laisse-le ! Je n'ai que ce que je mérite, ajouta-t-elle énervée. Ton arrivée n'avait pas à me déconcentrer.

Elle essuya sa lèvre ouverte avec le dos de la main. Elle semblait agacée et irritée de la sévérité de Jerry.

Axel regardait l'être chimérique avec haine. Il aurait voulu que Jerry soit mortel pour l'étriper. Le Monstre comprit le message et sourit sournoisement :

— Tu désires encore te battre ?

Il jeta brutalement son épée à terre.

— Alors, ce sera contre elle ! ajouta-t-il en montrant la jeune fille qui se relevait.

Quelle idée ridicule ! pensa Axel qui n'en avait aucune envie.

— Avec ton épée, crains-tu d'être battu ? siffla le Monstre perfidement.

Axel regarda la jeune fille pour chercher en elle l'écho de sa propre désapprobation, mais elle ne lui prêtait pas attention. Avec une légère grimace, elle avait appliqué sa corne sur la plaie de ses lèvres et la raccrochait à son cou. Elle lança un regard tueur à Jerry et se retourna enfin vers Axel.

— L'expérience peut être intéressante. Vu le nombre de coups que je prends depuis ce matin, tu as dû te battre de manière exceptionnelle hier, dit-elle froidement.

— Je dois partir…

— Il est presque midi, répliqua Jerry, tu n'es donc pas aussi pressé que tu le dis. Tu peux bien nous offrir une heure de plus de ton temps.

Axel n'eut rien à répondre. Éléa planta violemment son épée dans le sol pour s'avancer vers un coffre et un tonneau posés dans l'herbe derrière son Maître. Elle sortit des vêtements noirs et ses amalyses quittèrent son corps. Négligemment, elle enfila un pantalon sous sa jupe, qu'elle retira ensuite, accrocha un couteau à sa cuisse, mit ses bottes et passa une chemise sur son corsage.

— Nous sommes à égalité en ce qui concerne les vêtements, fit-elle d'un air décidé qui déconcerta Axel. Mon épée est plus légère que la tienne mais, dans ce coffre, tu trouveras d'autres lames.

Axel secoua la tête, par incompréhension, et observa pour la première fois l'arme du Masque d'un peu plus près. Ne pensant pas un jour avoir à se battre contre elle, il avait négligé cet examen. Sur une lame tranchante de métal clair, une demi-coquille de lanières d'argent entrecroisées et soudées protégeait la main. Axel comprit soudain l'allusion de la jeune fille, lors du repas de la veille : il reconnaissait dans cette arme la forge ajourée des Pays Noirs !

Axel voulait se dérober à ce combat inutile mais Victoire, ne semblant pas démordre de sa décision, arracha son épée du sol et la pointa sur lui.

— Tu m'as déjà vue me battre, ce sera ton avantage. Néanmoins, pour être sûre que tu me montreras le meilleur de toi, si tu perds, je te demanderai de quitter cette forêt *à jamais*.

— Et si tu le laisses gagner, Vic, il ne te restera pas assez de secondes de loisir pour apprécier un quelconque retour, prévint Jerry brutalement.

Éléa regarda son Maître froidement sans prononcer un mot. Était-ce vraiment contre Axel qu'elle allait se battre ? Le jeune homme semblait dépassé, entraîné dans un duel qui ne lui plaisait pas. Ce qu'il voulait, c'était prendre la jeune fille dans ses bras et non croiser le fer avec !

— Chaque coup pourra être porté avec violence : ma corne se chargera de faire payer au perdant la souffrance de son échec, acheva-t-elle aussi glaciale que l'acier de sa lame.

Elle eut un regard brûlant et abattit sa lame sur celle d'Axel. Elle ne plaisantait pas. Encore un instant décontenancé, le jeune homme para le coup au dernier moment et releva l'arme offensive. Les yeux des deux adversaires se croisèrent. La jeune fille souriait.

— Je sais que tu peux manquer d'endurance face à un homme, lui fit Axel, rassuré sur la teneur du combat.

— Si tu comptes prolonger ce duel, tu verras que j'ai des ressources pour reprendre mon souffle, répondit-elle en dégageant son épée et en lui envoyant son talon dans le ventre.

Axel évita le coup d'un bond en arrière et riposta.

— Depuis quand parle-t-on lors d'un combat?! gronda Jerry.

Les deux adversaires ne s'occupaient pas de leur arbitre, chacun se révélant soudain trop curieux de connaître les capacités d'escrimeur de l'autre. Leur échange prouvait leur valeur. Derrière l'admiration d'Axel se dissimulait aussi une autre quête. Quitte à perdre une heure de plus, il pouvait porter ses coups pour obtenir une réponse. Il usa de plusieurs feintes afin de savoir si la jeune fille connaissait les parades.

— Tu me mets à l'essai? fit soudain Éléa en se dérobant à une attaque.

Axel sourit et lui répondit, les yeux pleins de lumière:

— Je cherche à savoir qui a été ton maître d'armes.

— Vic, je t'interdis de répondre! intima Jerry qui ne comprenait que trop bien où le jeune homme voulait en venir.

Tranchant l'air de sa lame, Éléa s'écria dans un rire:

— Le meilleur, pour sûr!

— Je n'en doutais pas, répliqua Axel en arrêtant son coup.

— Tu as intérêt à gagner, Vic, je te jure que tu as intérêt, menaça Jerry.

Usant d'une nouvelle feinte, Éléa changea son arme

de main, se logea près d'Axel et plongea ses yeux de nuit dans les siens.

— Tu as envie de partir ?

— Pour rien aux Mondes, répondit-il en attaquant de plus belle, lui aussi de la main gauche.

Leurs lames se croisaient maintenant pour le plaisir. Jerry leur tournait autour, les guettait, les dérangeait, criant ou rouspétant, mais il n'intéressait pas les deux combattants. Leurs cheveux, volant comme leurs corps, dégageaient leurs sourires enjoués ou cachaient leurs regards trop provocants. Sans vanité ni orgueil, ils se présentaient l'un à l'autre toute leur science et tout leur art, les connaissances communes ou celles, plus personnelles, apprises dans des luttes diverses. Neuf ans de pratique et d'expérience se dévoilaient dans ce ballet de fers où le rythme était scandé par le choc des lames.

Ils en étaient presque à s'interrompre pour se faire des remarques ou des compliments. Au cours d'une de ces pauses, Éléa aperçut l'amalyse au poignet droit d'Axel qui rentrait de temps en temps dans sa manche. Elle sourit en constatant qu'il ne la contrôlait pas. Axel comprit son regard et fit la grimace :

— Je n'ai pas réussi à m'en débarrasser.

— Tu n'as donc jamais pensé à lui demander gentiment de partir ? s'étonna-t-elle en ramenant une de ses mèches folles derrière son oreille.

Axel resta dubitatif. Il ne savait pas s'il devait la croire. Mais Jerry coupa court à ses pensées. Leurs bavardages le faisaient enrager de plus en plus. L'être chimérique leur rappela méchamment l'enjeu du combat, et le goût de la victoire revint sur les lèvres d'Axel.

Après les techniques vinrent les stratagèmes. Pour gagner, il fallait désarmer l'autre ou le maîtriser. Si la première condition ne se montrait déjà pas sans problème, il semblait invraisemblable, sans se faire de mal, de réussir la seconde. *Pour l'un comme pour l'autre.*

Jouant d'invites et de menaces, Éléa emmenait Axel dans un piège : elle reculait lentement à ses attaques vers le bord de la falaise au-dessus du lac.

Le jeune homme n'était pas dupe. Il savait qu'elle se montrait toujours faible un instant pour gagner par la suite. Il ne devait pas se laisser entraîner car, s'il essayait de la basculer dans le vide, la jeune fille utiliserait sa force pour le faire tomber à sa place. *Tomber...*

Éléa arrivait au bord, Axel ne pourrait pas résister. Son sourire se dessina en coin : elle l'attendait. Elle pensait qu'il essaierait d'abord de la désarmer ou qu'il profiterait d'un coup pour la pousser, ou mieux, qu'il allait plonger sur ses jambes en se plaquant lui-même au sol pour la faire basculer. Elle se tenait prête.

Axel se jeta effectivement sur elle, mais pas au niveau de ses jambes. Après un coup puissant pour écarter la lame de la jeune fille, il l'agrippa à la taille et l'entraîna en arrière avec lui. Le sol se déroba sous leurs pieds, l'élan les propulsa loin et, dans un cri d'impuissance, Éléa ne put que suivre son corps dans le vide.

Bref instant de chaleur avant le plongeon final : les deux corps emmêlés s'engouffrèrent dans la fraîcheur de l'eau.

La remontée fut lente, freinée par leurs bottes. Si Axel n'eut aucun mal à enlever les siennes et à les lancer sur la rive, Éléa était bien trop submergée par ses rires pour y parvenir. Elle buvait la tasse et se noyait presque dans ses éclats.

Axel la prit dans ses bras et la soutint pour l'amener vers la berge en dessous de la falaise d'où ils venaient de tomber. Les bras autour du cou du jeune homme, le visage vers le ciel, la jeune fille se laissait emporter et offrait son rire à la vie. Non sans plaisir, Axel la saisit par la taille et la souleva sur la rive. Que le bonheur était beau sur son visage ! Il eut à cet instant l'envie de consacrer sa vie à ce que ce sourire ne quitte jamais ces lèvres.

Éléa essuya une larme au milieu de l'eau ruisselant sur son visage rougi par l'étouffement et sourit à Axel qui remontait sur la berge :

— Tu crois que Jerry va apprécier ?!

Comme une faux, un faucon scinda l'air en deux au-dessus d'eux et vint clouer ses serres dans un rocher. À chaque colère, les veinules de ses yeux jaunes éclataient : ce moment-là ne fit pas exception.

— Tu l'as laissé t'entraîner exprès, affirma-t-il gravement à Éléa.

— Non ! s'écria-t-elle en s'arrêtant totalement de rire. Comment voulais-tu que je pare un suicide ?

— Tu as échoué, c'est tout ce que je vois !

— Le combat est annulé, nous sommes tous les deux tombés de la falaise, argumenta Axel.

— Solution trop facile, rétorqua Jerry enragé. Pour ma part, vous avez perdu tous les deux ! Ce n'est pas moi qui décide de ton sort mais dis-toi que, si tu reviens dans cette forêt, ton passage sera bien plus difficile. Et toi…

Il se retourna brutalement vers Éléa qui essorait distraitement ses cheveux.

— … de la danse, tu n'as retenu que la souplesse. Je crois qu'une journée à réapprendre le sens de l'équilibre te fera du bien.

Elle le regardait à peine.

— Dans cinq minutes, je veux que tu aies grimpé cette falaise – sans amalyses ! – et que tu me retrouves dans le passage du Pont Sans Retour. Dans cet univers, nous aurons la paix !

Jerry s'envola rageusement sur son dernier ordre, laissant son élève pensive et Axel écœuré.

— J'avais espéré qu'il considère ce combat sans vainqueur et sans vaincu, regretta-t-il tout haut.

— Il n'avait pas l'intention de me laisser tranquille, répondit-elle avec un pâle sourire. Ta présence le rend odieux.

— C'est heureux que je m'en aille. Je me demande même si c'est une bonne idée de revenir.

— Si ! fit Éléa en se levant d'un bond. Ne crois pas que j'aie parié avec toi pour que tu ne reviennes jamais. Je voulais seulement juger de mes propres yeux toutes les qualités que mes compagnons louent en toi. Si je n'avais aucune intention de te laisser gagner facilement, je n'avais pas non plus envie que tu perdes.

Elle le regarda, emplie de ses aveux, et, avec un petit air étrangement inquiet, elle ajouta :

— De toute manière, je me demande si j'aurais gagné…

— Nous n'avons pas utilisé toutes nos armes, répliqua-t-il en lui indiquant le poignard attaché à sa cuisse.

Éléa sourit. Il est vrai qu'Axel aurait eu quelques surprises. Elle n'était pas du genre à l'utiliser comme deuxième épée à l'instar du jeune homme.

— Mon épée ! s'écria-t-elle soudain.

Dans les profondeurs du lac, semblant répondre au cri de sa propriétaire, la lame brilla sous l'effet du soleil.

Éléa se rassit pour retirer ses bottes, mais déjà Axel jouait les galants et plongeait pour rechercher les armes. La jeune fille l'observa évoluer doucement sous l'eau claire, et, avec effort, elle extirpa ses pieds du cuir mouillé.

Lorsqu'Axel revint, elle était toujours assise, pensive. Il allait partir maintenant. Elle eut à peine un sourire en reprenant son arme. Axel attacha la sienne à sa ceinture avec autant de joie.

— Bon… je crois que cette fois…

Éléa ne dit rien. Son départ la déprimait.

— J'espère que la princesse Éloïse sera guérie quand je reviendrai. Tu y vas ce soir ?

— Oui.

— Jerry n'a pas été trop difficile à convaincre ?

— Je ne lui ai rien dit, avoua-t-elle en se levant sans entrain.

— Comment ?! Mais pourquoi ?

— Il m'a interdit l'accès du château.

Cela changeait tout !

— Tu ne vas pas y aller seule, n'est-ce pas ? demanda-t-il avec inquiétude.

Elle releva la tête vers lui.

— Aucun de mes compagnons ne m'aidera à lui

désobéir, Ceban encore moins que les autres. Ils auraient trop peur pour moi. Je n'ai pas le choix.

—Vic, que fais-tu ? Je t'ai dit cinq minutes ! cria soudain Jerry du haut de la falaise.

—Fiche-lui la paix ! Elle récupère son arme ! hurla Axel, soudain trop angoissé pour le laisser interrompre la conversation.

Il se retourna vers les grands yeux étonnés de la jeune fille.

—Je ne te laisserai pas y aller seule, c'est trop dangereux. De quelle manière vas-tu passer les douves ?!

—En tirant des cordes vers le château, en… Je trouverai bien. Je saurai me débrouiller, affirma-t-elle en levant le menton.

—Et comment pourras-tu fuir si tu rencontres Korta, Muht ou ses hommes ? Je ne peux pas te laisser prendre autant de risques.

—Et pourquoi ?! s'énerva-t-elle. Une vie a besoin de moi. La vie de *ma* princesse. Que ferais-tu à ma place, si ton roi ou tes princes étaient en danger ? Ne risquerais-tu pas ton existence pour la leur ?

Axel resta silencieux. Elle avait de bonnes raisons. Mais dans l'égoïsme de son amour, il ne voulait seulement pas les entendre. Lui, habituellement si insouciant, inconscient des dangers, n'acceptait pas qu'elle ait le même tempérament.

—Je vais y aller, ce soir, seule, et la princesse Éloïse sera guérie à ton retour. Tu peux partir.

Axel serra les mâchoires. Au diable la colère de son père !

—Non, je reste.

—Mais…

—Il n'y a pas de *mais*. Je viens ce soir, et tu n'as rien à dire. Je suis bon archer : je pourrai t'aider à rallier le château.

Éléa parut indécise. Elle ne voulait pas qu'il parte mais sa présence au château ne lui plaisait pas du tout.

—Je croyais que tu avais mal au bras.

—Eh bien, guéris-le ! ordonna-t-il en défaisant le pansement.

—Vic ! Dans trente secondes, je viens te chercher par la peau du dos ! tonna Jerry que l'on semblait oublier.

—J'arrive ! répondit Éléa pour prolonger l'attente.

Elle fixa de nouveau Axel.

—Que vas-tu dire aux autres pour justifier que tu restes ?

—Ton combat est suffisamment juste pour que n'importe qui y prenne part. Je vais les aider à préparer les armes pour les villageois.

—Tu n'auras aucun reproche de ton roi pour ton retard ?

—C'est mon problème, sourit-il doucement. Je saurai le convaincre que tout ce que j'aurai accompli ici a plus d'importance que tout ce qu'il aurait pu me donner à faire là-bas.

Elle céda. Elle décrocha son collier et posa sa corne sur l'avant-bras d'Axel. Le jeune homme faillit crier de surprise à cette vive douleur. Il regarda les traces de ses blessures s'effacer par un artifice impressionnant. Sa peau garda un moment un doux parfum à cet endroit.

Sans être convaincue que la présence d'Axel serait une bonne idée, Éléa lui tourna le dos et fit apparaître des pieux longs et fins. Après une suée passagère, elle les enfonça dans les légères aspérités de la roche pour se hisser souplement entre chaque point d'appui.

— Hé ! Tu te sauves, là ! Où nous retrouvons-nous ?! s'exclama Axel, abandonné.

— Au premier rocher, près de la falaise qui donne sur les jardins du château. Juste avant le coucher du soleil. À la condition que tu ne dises rien, ajouta-t-elle en lui lançant un nouveau bracelet de cuir.

Il acquiesça. Le corps suspendu dans le vide, la jeune fille se balança légèrement et rattrapa un appui du bout du pied. Avec maîtrise, elle passa tout le surplomb et ne laissa derrière elle que les pieux comme marque de son passage. Au moins, Axel savait comment ils allaient escalader les murs du palais.

Il mit le bracelet offert et prit le même chemin. Arrivé en haut de la falaise, il constata à regrets que Victoire avait déjà disparu. Il s'assit dans l'herbe et soupira bruyamment. Dans quelle aventure s'était-il encore engagé ?!

Un parfum léger et chaud de fleurs et de miel effleura soudain son nez. Derrière les premiers arbres de la Forêt Interdite, certaines feuilles bruissaient. Axel tourna la tête, chassant tous les mauvais pressentiments de son esprit.

— Chloé ? demanda-t-il sans comprendre pourquoi ce nom lui venait à la bouche.

Le silence lui répondit mais la subtile senteur persista. Axel se souvint alors de la première fois où il l'avait perçue : elle provenait de la personne cachée derrière les buissons qui appelait l'enfant.

Axel afficha un sourire de circonstance, celui des découvertes agréables.

— Sélène, prononça-t-il doucement.

Elle ne répondit pas mais Axel savait qu'il avait vu juste. La femme d'Erwan était dans les ombres de la forêt : derrière un tronc, le bord d'une étoffe blanche dépassait.

— Viens, n'aie pas peur, dit-il avec calme. Je n'ai jamais vu de Scylèse, pourquoi te ferais-je du mal ?

— Tu viens vraiment de Pandème ? demanda la jeune femme craintive, toujours cachée.

— Oui.

Il retira sa chemise trempée, découvrant son torse encore bronzé.

— Mon pays est celui du soleil et non celui des glaces.

Elle bougea. Une main se posa sur le tronc, fine et blanche comme la neige, puis le bras, un bout d'épaule, une jambe enlacée par les rubans clairs de sandales. Une tunique laiteuse suivit, glissant jusqu'aux genoux d'un corps d'une minceur fragile, accentuant sa pâleur. La tête se tourna. Les cheveux platine, coupés en rond sous les oreilles, dégagèrent d'immenses yeux légèrement bridés sur un visage de statue. Ils étaient d'un turquoise limpide comme une source.

Elle avait peur. Ses sentiments se lisaient, transparents, sur son visage. Mais malgré son évidente vulnérabilité, elle osa avancer et sortir de l'ombre des arbres.

Sélène ne devait guère être plus grande que son mari, et ses trente ans se devinaient tout aussi mal que les quarante sur le visage du nain. Sculpture de craie représentant un brin de femme, menue, frêle, presque maigre, elle eut pourtant le courage de passer outre sa peur et s'approcha d'Axel. Le jeune homme n'aurait jamais imaginé une Scylèse d'apparence aussi petite et fragile.

À chaque pas, elle prenait de l'assurance et, à ses yeux comme à ses lèvres, Axel vit qu'elle perdait sa frayeur. Il l'encouragea d'un sourire. L'expression apeurée fit place à un regard docile, un peu nostalgique.

— Tu dois me trouver bien craintive et stupide, fit-elle honteusement.

— Pourquoi ? J'ignore tout du passé que je semble faire resurgir avec frayeur dans ton cœur.

— Erwan a une fois de plus raison, remarqua-t-elle en amorçant un sourire.

— C'est lui qui t'a obligée à venir ?

— Erwan ne m'a jamais donné d'ordre, répondit-elle. Il était déçu, hier soir, de ma conduite mais ne m'en a tenu aucune rigueur. Je suis venue de mon plein gré.

Elle s'assit dans l'herbe fraîche. Même si elle avait respecté une certaine distance avec le jeune homme, elle ne le craignait plus.

De toutes les femmes de la Forêt Interdite, elle était la plus parée de bijoux, sans pour autant en posséder à l'excès. Axel avait noté cette différence supplémentaire. Une fine plaque de métal ornait son cou, trois pièces rondes et plates pendaient à chacune de ses oreilles, et ses deux poignets étaient cerclés par de larges bracelets sculptés. Le tout, en argent, aurait dû accentuer l'impression de froideur mais, à la vérité, toute autre couleur de métal aurait juré avec sa peau.

Jouant avec une fleur, sans la cueillir pour autant, Sélène observait Axel de ses grands yeux. Ils possédaient la même qualité hypnotisante que ceux de sa fille. Il était difficile de croire qu'elle n'avait pas le même pouvoir.

— Il y a cinq ans, nous avions décidé d'aller jusqu'à Pandème. Crois-tu que nous avons fait le bon choix en restant ici ?

Axel ne sut si elle posait vraiment une question.

— Pandème est un pays sans guerre et sans violence, mais la jalousie, l'intolérance et la médisance n'épargnent pas ses habitants. J'aime plus que tout mon pays et j'apprécie que les Mondes le considèrent comme un idéal, mais même dans un cadre parfait, les hommes restent des hommes. Et les cheveux blonds y sont très répandus, ajouta-t-il en conclusion.

Sélène sourit : sa réponse lui plaisait et cette franchise lui confirmait tous les dires d'Erwan. Elle savait depuis longtemps que la Forêt Interdite était un havre de paix au-delà de l'espérance humaine. Elle leva la tête et contempla lentement le paysage.

Dans la lumière intense du soleil, Axel discerna, malgré le ton blanc sur blanc, une légère cicatrice partageant en travers ses lèvres fines. Un reste de blessure courant chez les enfants turbulents, mais qui gêna Axel par son contraste avec la sérénité qui émanait de la jeune femme. Il semblait anormal et déplacé.

— J'ai parcouru de nombreux États dans les Pays Insolites et voyagé souvent sur la Mer de Glace, mais je n'ai jamais rencontré une seule femme, dit Axel. Pourquoi et comment…

— Que sais-tu des Scylèses ? l'interrompit Sélène.

— Pas grand-chose. Depuis peu, je connais la rumeur selon laquelle elles ne peuvent avoir qu'un seul enfant, et sous la condition d'aimer le père. Mais je me suis toujours demandé comment les Scylès pouvaient être aussi nombreux.

— Les femmes des Glaces ne sont pas sujettes à cette prophétie des Fées. Et, si les Pays Insolites n'ont toujours pas réussi à s'approprier la terre des Akaliens, malgré le pouvoir des yeux des hommes, c'est parce qu'une guerre sévit aussi entre eux pour se voler les femmes.

— Pour un morceau de terre ? déplora Axel.

— Pour le seul accès sur la mer, avant la nouvelle série de grandes falaises, corrigea-t-elle. La Mer de Glace, dans le grand Nord, n'est praticable que trois mois dans l'année, mais tu dois le savoir mieux que moi…

Sélène resta un instant silencieuse. Il fallait qu'elle parle, il fallait qu'elle exorcise ses cauchemars.

— C'est grâce à moi si tout le monde connaît la prophétie des Scylèses… Si tu n'as jamais vu une seule femme dans les Pays Insolites, c'est parce que les hommes sont trop occupés à les battre ou à les fouetter. Ils épargnent aux étrangers la vue de leur sang.

Elle venait de parler d'une voix tellement neutre et indifférente qu'Axel en resta incrédule :

— Mais, comment font-ils pour avoir des enfants ?!

Les grands yeux turquoise se posèrent sur lui.

— En détournant la prophétie. Les Scylèses sont isolées de tout dans des cachots dès leur plus jeune âge. Elles ne connaissent que la violence de leur père et des amis à qui il les offre. Quand un homme vient un jour en enlever une et qu'il lui dit qu'il l'aime, elle ne peut qu'y croire. Bref moment de rêve. Dès la naissance de son enfant, elle perd tout, la vie comme le reste, parce qu'une Scylèse déjà mère n'a plus aucune utilité.

Axel n'osa dire un seul mot sur le moment. La statue devant lui s'était changée en spectre. La pâleur de Sélène faisait maintenant penser à la mort. Elle rejeta violemment ses mèches en arrière dans le tintement de ses boucles. Elle essayait, désespérément, de se dégager de l'histoire de son peuple. Mais pour Axel, elle semblait soudain aussi terrifiante que Muht.

— Et aucune femme ne peut deviner les intentions des Scylès avec un pouvoir de double vue ? demanda-t-il pour s'assurer de la réponse.

— Seuls les hommes le possèdent.

— Alors Chloé…, commença-t-il pour s'interrompre immédiatement.

— Chloé est une fille et elle est à moitié akalienne. Le seul pouvoir qu'elle possède sera de ne jamais connaître toute cette horreur. Jamais !

Elle reprit son calme dans un profond souffle, gênée d'avoir crié. Elle n'avait aucun pouvoir, il n'y avait plus à douter. Et Axel comprenait le silence de Chloé.

— Dans les Pays Insolites, je n'avais jamais entendu parler de l'existence des Fées, mais maintenant je sais que ce sont elles qui ont permis à ma vie de ne pas prendre la même route que celle des autres Scylèses. J'ai tout appris en surprenant une conversation lors d'une tentative d'évasion. Pour punition, j'ai été envoyée dans un camp près d'Akal pour subir mille expériences servant à passer outre la prophétie… Un jour, les Akaliens ont attaqué le camp. Ils sont peut-être petits, moins nombreux et n'ont pas le pouvoir de double vue, mais ils sont supérieurs aux Scylès dans l'art du combat et des armes. Le camp est tombé et, pour la première fois dans l'histoire des Pays Insolites, une Scylèse a été capturée… Au début, à part l'arrêt des expériences, je n'ai vu aucune différence. J'ai changé de camp et de cellule.

Elle eut un pâle sourire et continua :

— Et puis, la chance a fait qu'un petit homme aux cheveux rouges, comme les autres et pourtant très différent, entre dans ma cellule.

— Erwan, appuya Axel qui croyait avoir tout compris.

Sélène acquiesça avec un sérieux qui montrait que l'histoire n'avait pas été aussi simple. Mais elle n'avait pas envie de s'étaler sur le sujet.

— Sur le moment, je le détestais au même titre que les autres. Et lui haïssait les Scylès qui avaient décimé toute sa famille et tué sa femme. Pourtant une confiance s'est installée malgré lui, malgré moi. Mais les Akaliens n'ont pas accepté cet amour qui naissait entre nous. J'étais accueillie comme l'étrangère martyre mais certainement pas comme sa future épouse ou même la mère de son enfant.

Sélène baissa sensiblement les yeux. Elle regarda un double anneau qui enserrait l'annulaire et le majeur de sa main gauche. Axel ne l'avait pas remarqué sur le moment parce qu'il était très fin et composé d'un simple fil de fer torsadé. Axel plissa les sourcils.

— Je comprends votre fuite maintenant, dit-il gravement. Et le roi de Pandème vous aurait donné des terres, sans aucun doute. Le peuple aurait peut-être été plus réticent, mais je sais que mon souverain n'aurait pas hésité à vous accueillir. La noblesse de sang est d'abord noble de cœur dans mon pays.

— Peut-être irons-nous un jour ? La Forêt Interdite ne devait être qu'une halte.

— Comment êtes-vous arrivés ici ?

Elle eut soudain un sourire magnifique. Les nuages douloureux du passé s'étaient évaporés.

— Les Fées ont fait croiser notre route avec celle d'une jeune fille aux yeux de nuit.

Axel sourit doucement.

— Vic nous a proposé de rester dans la Forêt Interdite le temps que l'on jugerait nécessaire pour oublier le passé. Nous avions l'intention de poursuivre notre route jusqu'à Pandème après la naissance de Chloé, mais nous avons découvert Leïlan et le combat de Vic… Quand Erwan a appris quel était son but, la cause était trop noble pour qu'il n'y participe pas. Dans son pays, il était un Alchimiste Suprême du roi. Il n'a pas hésité à reprendre son épée et ses potions pour faire partie des trois maîtres d'armes du groupe, et nous sommes restés.

— Je crois que j'aurais fait la même chose, confia Axel pensivement.

Chacun resta un moment silencieux. Les yeux de Sélène, qui ne se lassaient pas d'admirer le paysage, tombèrent soudain sur le Grand Arbre.

— Oh ! fit-elle d'une voix consternée.

Axel se retourna. La couronne de cuivre de Chloé et les tresses blondes de Mélane sautillaient vers la plage.

Sélène eut un soupir de déception qui se termina tout de même par un sourire.

— Va, mon ange, murmura-t-elle, tu as tous les privilèges et le plus important est celui de la liberté. Apprends-le à Mélane.

Elle croisa le regard d'Axel.

— Tous les enfants et les adultes peuvent avoir une éducation ici, expliqua-t-elle. Erwan y est très sensible. J'ai aimé apprendre à lire et à écrire, mais aucun de nous n'a la force d'empêcher Chloé de courir.

— Tu ne devrais pas t'inquiéter pour elle, sourit Axel. Elle semble être une petite fille très particulière.

— Elle est le résultat d'un mélange de deux peuples : je doute qu'elle en ait tiré un quelconque profit. Elle ne pourra vivre dans aucun des deux pays.

— Tu n'as jamais imaginé que les Scylès puissent s'arranger pour que leurs femmes perdent le pouvoir de double vue, par un poison quelconque par exemple ?

Sélène se leva mais ne quitta pas le jeune homme du regard.

— Cela fait près de cinq ans que je suis ici et je n'ai jamais vu au-delà de mes propres yeux.

Axel ne dit rien de plus. Il avait touché le point sensible sans le vouloir. Malgré la flagrante ressemblance, la jeune femme reniait chez sa fille toute appartenance au peuple des Pays Insolites.

Dans le mouvement de son départ, la bretelle de la tunique de Sélène descendit sur son épaule. Axel ne put s'empêcher de regarder l'étrange couleur de sa peau. Des stries plus claires marquaient son dos de statue. De fines cicatrices qu'une peau fantastique essayait de cacher, rendant le discours de la Scylèse plus cruel encore.

Elle rétablit sa bretelle en regardant Axel :

— Des souvenirs de mon père… Utahn Qashiltar.

Axel resta abasourdi. Elle était la fille du Haut Commandant des armées de Scyl, le chef de Muht !

Les boucles de Sélène tintèrent dans son mouvement de tête, effaçant de leur joli son le passé brumeux et sombre qui entourait la jeune femme. Elle sembla vouloir s'évanouir comme elle était arrivée, mais le rêve – des yeux turquoise sur fond de neige – se contenta de s'éloigner vers le Grand Arbre.

Axel la laissa partir seule, pensif et touché. Le pouvoir des Fées de l'Est, concentré à Pandème, parvenait à peine aux premiers États des Pays Insolites. La haine guerrière provoquée par l'Esprit Sorcier Ibbak s'élevait comme un mur. Les Fées avaient certainement espéré, par le sort jeté sur certaines femmes de ces pays, que l'amour nécessaire à la conception des enfants adoucirait peu à peu la soif de sang des hommes. Mais tout s'était retourné contre elles. Leur prophétie se révélait être au service du Mal, de la torture de femmes et des plus ignobles machinations contre l'Amour.

Face à un obstacle ou une résistance, l'homme ne parvenait donc jamais à user de patience et de tendresse, mais leur préférait toujours la violence et la haine.

Ce fut sur cette pensée que les yeux d'Axel se posèrent sur son bras droit : l'amalyse avait retrouvé sa place à son poignet. Le jeune homme se sentit soudain coupable. Il n'avait jamais pensé à employer la douceur pour l'enlever, comme le lui avait suggéré Victoire.

Mal à l'aise au souvenir de sa réaction, il posa sa main sur le sol.

— Va-t'en, s'il te plaît, demanda-t-il doucement, bien qu'encore sceptique.

L'amalyse bougea, s'étira et glissa sur l'herbe.

Axel se sentit soudain odieux vis-à-vis de cette plante si pacifique et si fidèle. Il frotta lentement son poignet libéré sur sa poitrine en regardant la demi-sphère verte. Elle était semblable à une grosse goutte de rosée, recroquevillée et abandonnée sur le sol. Elle paraissait lui crier qu'il ne valait pas mieux que les Scylès ! Axel détourna le regard : il accordait trop de sentiments humains à cette chose informe.

Comment ?! Cette créature translucide ne ressemblait ni à un animal ni à une plante. Comment pouvait-on croire qu'elle s'animait par une volonté amoureuse ? Il était trop facile de lui prêter de tels sentiments !

Les yeux d'Axel se posèrent en coin sur l'amalyse immobile.

Mais alors, comment expliquer les réactions des plantes tueuses face à la peur, la haine et l'amour ? Axel fit une moue renfrognée. Il avait plusieurs fois pu vérifier les dires de Victoire. Mais pourquoi cette amalyse était-elle différente des autres ? Pourquoi avait-elle perdu son agressivité et s'était-elle collée à lui comme une ventouse ? Parce qu'elle l'aimait ?

— Ridicule ! se dit Axel en se levant.

Il ne pouvait lui prêter ces sentiments. Il s'était débarrassé de la plante et allait s'empresser de l'oublier.

Axel tourna le dos à l'amalyse dans l'intention de partir, mais resta immobile. Devant sa résistance, il avait usé de force plutôt que de tendresse ; devant l'inexplicable, il préférait la fuite et l'ignorance. Il dénigrait peut-être un sentiment comparable à celui d'un être humain par scepticisme et prétention.

Il secoua la tête à cette dernière supposition et s'éloigna vers la pente de prairie sans regarder l'amalyse.

La petite boule gélatineuse ne prit pas sa suite. Elle se tassa un peu plus sur elle-même. Des plis apparurent à sa surface et sa couleur passa à un vert plus foncé : elle semblait se déshydrater. Elle commença à couler dans les herbes, fondant comme neige au soleil, quand une main se posa à côté d'elle. Axel était revenu.

— Allez, sèche tes larmes, si je dois appeler ainsi le liquide que tu répands sur le sol. Je n'accepterai pas une chose gluante ou visqueuse sur mon bras.

La plante retrouva en un éclair sa forme, sa texture et sa couleur initiale. De son plus beau blanc, elle glissa sur la main du jeune homme.

— D'accord, mets-toi sur mon bras mais ne bouge plus, commanda-t-il doucement.

L'amalyse obéit immédiatement. Elle semblait vouloir se conformer maintenant à ses moindres désirs. Axel eut un sourire amusé. Il ne chercherait pas à comprendre.

— Je suis fou, constata-t-il enjoué, ça y est, complètement fou ! Eh bien, si Victoire ne peut m'aimer, je te demanderai de prendre la forme d'une splendide princesse ! s'écria-t-il ensuite dans un rire.

Il se releva sur cette note de folie et de bonne humeur. Il restait. Il restait pour Victoire, pour Philip, pour Éloïse, pour les Fées. Il dévala la prairie vers le Grand Arbre pour rejoindre la mer et les compagnons de la Forêt Interdite.

À chacun ses préparatifs

Elle avait survécu. L'amalyse géante qu'Éléa avait perdue dans les douves était là, sous le château, noire, tapie dans un coin de roche. Les sariclès lui avaient longtemps tourné autour mais, maintenant, elle sentait un autre désir de destruction l'effleurer.

La bataille avec les créatures tentaculaires n'avait connu aucun vainqueur. Trop de perte, trop de douleur. L'amalyse s'était réfugiée dans la partie immergée des grottes souterraines du Mont Ételi. Trop grands, ses ennemis avaient préféré ne pas la suivre. Ils avaient envoyé plus d'un tentacule la chercher, mais ils avaient fini par comprendre à quel point elle était capable de les broyer.

Une fumée rouge ne leur avait pas laissé assez de temps pour céder à leur envie de vengeance. Coulant des parois des grottes, bouillonnant au-dessus de l'onde, elle s'était immiscée entre eux. À son approche, l'amalyse en avait oublié les sariclès et était sortie de l'eau. Pour la première fois de son existence, elle avait perçu un sentiment de peur et de mort dans l'air qu'elle ne pourrait jamais détruire ou écraser. Elle s'était sentie dominée, envoûtée. Elle avait compris immédiatement qu'elle avait devant elle son maître absolu.

Hypnotisée, elle avait suivi l'Esprit Sorcier dans les grottes, remontant les parois, glissant entre les stalagmites, se déformant et s'étirant pour passer entre les mêmes interstices que les mains ou les crocs de fumée. Après des dizaines de galeries et de grottes semblables, son Créateur l'avait finalement laissée dans une salle dont la moitié des parois était formée par les fondations du château.

Elle attendait, maintenant, s'apercevant qu'elle perdait étrangement la mémoire du bien-être qu'elle avait connu à danser ou à être caressée dans l'atmosphère et le décor qui l'entouraient. Elle se sentait de moins en moins capable de pardonner une crainte ou une blessure par une chanson douce. Chaque composante de sa matière cherchait à comprendre le trouble qu'elle ressentait. Quelques remous vert foncé dans sa substance se raccrochaient péniblement au souvenir agréable de la peau d'une jeune fille qui avait été sa maîtresse.

Un mécanisme se déclencha et le mur près d'elle s'ouvrit. La fumée rouge revenait, accompagnée d'un homme de sinistre apparence. L'amalyse sentit immédiatement la peur humaine, si fragile, si facile. Elle voulut exorciser son malaise en l'attaquant mais la puissante fumée rouge lui barra la route. La plante tueuse se recroquevilla à toute vitesse à l'autre bout de la pièce.

—Ressaisis-toi ! cria l'Esprit Sorcier à Korta. Es-tu trop lâche pour contrôler ta peur ?! Tu dois la dominer si tu veux être son maître. Je veux que ses attaques envers toi ne soient plus provoquées que par ta haine. Ma présence l'empêche de te faire quoi que ce soit.

Le duc redressa le torse, énervé que sa faiblesse soit si visible.

— C'est mieux. Tu as préparé la potion que je t'ai demandée ?

Korta sortit une fiole de sa poche. Mélange d'acides et de venins.

— Bien, nous allons remémorer à ma petite créature ce qu'est le Mal, sourit la fumée machiavélique. Une mesure de cette substance devrait la rappeler à l'ordre.

Sans dire un mot, Korta s'approcha de l'amalyse ratatinée. Il déboucha la fiole et versa une petite quantité de potion dans le bouchon. Comment ce produit allait-il ramener la haine dans cet être ?

— Vas-y, jette ! ordonna Ibbak avec impatience.

Korta lança le liquide sur la gelée noire et recula d'un pas. Au contact du produit, l'amalyse devint folle. Elle sembla exploser, s'étendre le plus loin possible pour diluer une douleur infinie. Chacune de ses composantes chercha à fuir, à attaquer, à se diviser encore. Korta fut impressionné par leurs mouvements agressifs et désordonnés. Ressemblant à des dizaines de limaces, elles grimpèrent sur ses jambes, se jetèrent sur son visage, voulurent même l'étrangler. Sans la protection d'Ibbak, il n'aurait eu aucune chance.

La notion d'amour ou de pardon n'existait plus. Une haine trop forte envahissait les amalyses, provoquée par cette douleur. Les souvenirs partaient dans des cris qu'elles ne pouvaient pousser. Elles se rassemblèrent de nouveau en une seule plante tueuse plus noire qu'aucune ne l'avait jamais été, vibrante comme si elle restait choquée et essoufflée par la souffrance. Une idée de vengeance naissait au fond d'elle, une vengeance dirigée vers une personne qui n'avait pas su la protéger d'une telle épreuve. Une personne qui l'avait trompée et endormie par des chansons d'amour.

Ibbak bouillonnait d'excitation et glissa vers Korta.

— Approche-toi maintenant, que je t'apprenne à être son maître. Elle sera bientôt sous ton contrôle et tu pourras la faire plier à tes moindres désirs. Nous nous occuperons alors des autres, restées dans les Bois Obscurs.

✧

— Encore ! hurla de joie Tanin en se ruant dans les bras de Ceban et d'Axel.

D'une forte poussée de leurs mains jointes, les deux jeunes hommes firent voler dans les airs l'enfant qui retomba de tout son poids dans la Mer Intérieure.

Ceban commençait à en avoir assez et Axel avait mal au bras, mais Erby prenait déjà la relève pour plonger. Comment était-il possible que les deux enfants aient encore la force d'être aussi dynamiques après avoir porté autant de sacs d'armes ?

— Plus haut ! cria Erby en riant.

Axel et Ceban se regardèrent. Arriveraient-ils à épuiser ces deux garnements un jour ? Cela leur semblait impossible !

Erby et Tanin avaient été adorables tout l'après-midi : ils avaient mis tout leur cœur à l'ouvrage pour aider les hommes à déplacer les armes provenant d'alliances secrètes passées avec des marins mercenaires d'Oye, d'Akal et même de Pandème. Les hommes devaient beaucoup aux deux enfants. Aussi Axel et Ceban s'étaient sacrifiés pour leur offrir le plaisir du jeu après tant d'efforts. Mais ils n'en pouvaient plus et désespéraient de se débarrasser des petits garçons.

Ils envoyèrent Erby le plus haut possible et, dans le même élan, refusèrent les bras de Tanin. Ils déclaraient forfait. Le petit garçon insista encore tandis qu'Axel et Ceban sortaient du bord de l'eau. Ils se tenaient par les épaules, comme pour se soutenir dans une rude épreuve.

— Vous êtes fatigués ?! s'écria Tanin en secouant la tête pour ébrouer sa longue frange.

— On s'arrête déjà ? s'étonna Erby en barbotant de son mieux.

Axel et Ceban s'éclipsèrent rapidement. Ils rejoignirent Erwan qui descendait de son laboratoire, son corsouflet à la main. L'Akalien avait passé sa journée derrière ses alambics et ses marmites.

— Tu n'aurais pas fait une pointe endormante en trop ? lui demanda Ceban.

Erwan rit de sa demande :

— Ne vous inquiétez pas, ils tiennent sur les nerfs. Ils s'endormiront tout seuls, d'un seul coup. Et j'aimerais en faire autant ! J'ai la tête comme une grelourde !

Axel et Ceban échangèrent un regard sceptique. Les deux enfants accouraient derrière eux avec une énergie débordante.

— On peut essayer de tirer à l'arc, demanda Tanin avec frénésie.

— Demain, demain, répondit Ceban à bout de forces et d'arguments.

Ils arrivaient enfin au pied du Grand Arbre. Des fumets délicieux s'échappaient entre les racines aériennes et se mélangeaient dans l'atmosphère entourant la grande tablée. Quelques baisers, deux ou trois câlins d'enfants, un soupçon de nouvelles et un brin de compte rendu de l'après-midi s'échangèrent.

— Cent dix fioles aveuglantes et trois cent vingt et une pointes endormantes ! s'exclama Chloé à l'arrivée de son père.

— C'est bien, mon ange, répondit-il en l'attrapant dans ses bras. Mais il en reste encore autant à finir !

— *Pff!* dit-elle en faisant mine de s'évanouir.

Elle partit d'un grand éclat de rire juste après, accompagnée d'Erwan.

— Eh ben nous, on a fini le transport des armes, annonça Allan en arrivant derrière eux. Y nous reste plus que les provisions pour Olase et on peut transporter le tout dans la Grande Plaine. Erby et Tanin ont été formidables.

Chloé glissa des bras de son père pour sauter dans les bras des deux garçons. *Admiration ou reconnaissance ?* En tout cas, elle les embrassa tous deux sur la joue.

Une fois de plus, Erwan trouva le comportement de sa fille étrange. Elle semblait comprendre l'importance du combat de Victoire. La présence des Scylès dans le pays avait changé quelque chose dans la vie de Chloé, à moins que ce soit lui qui fasse plus attention à ses faits et gestes. Elle n'avait pas voulu s'occuper des fioles de fumée aveuglante, elle avait tenu tête à Virgine pour finir les pointes endormantes, même si elle courait le risque de s'endormir pour plusieurs heures. Sa fille eut un éclat de rire d'une innocence qui lui montra que toutes ses questions n'avaient vraiment aucune importance.

— On ne pourra pas aller à Olase si on distribue les armes, dit Ceban. Les villageois autour du Duché d'Yil devront les aider plus longtemps. Il faudra en parler à Vic.

— Tu devrais aussi parler à ta sœur aînée, Ceban, déclara Ophélie. Elle a pris un petit remontant et veut déjà reprendre sa place de combattante parmi vous.

— Déjà ?! Où est-elle ?

— Elle mange avec Sten et ses enfants dans la salle de soins. Sten va beaucoup mieux. Il voudrait déjà être guéri mais Vic ne veut pas utiliser sa corne sur lui avant demain midi. Si bien que lui et Estelle n'arrêtent pas de se disputer sur le sujet de qui reprendra les combats le premier.

— À chaque accouchement, c'est la même chose, grogna Ceban.

— Des fenêtres de mon laboratoire, j'ai vu Vic sortir du Pont Sans Retour. Elle doit être sous la cascade et ne va pas tarder, les rassura Erwan en passant près d'Axel.

Cette phrase fut celle qui retint le plus l'attention du jeune homme. Il n'avait pas revu la jeune fille depuis le matin. L'idée de leur escapade au château le rendait nerveux malgré lui.

— Tiens, Axel. Joue du corsouflet en attendant ta *Mélice*, ajouta le nain.

Le surnom d'Erwan intrigua Axel pour la deuxième fois mais le jeune homme n'osa pas dire à l'Alchimiste qu'il ne maîtrisait pas parfaitement le dialecte akalien. C'était certainement une traduction de *Victoire.*

— Pourquoi n'en joues-tu pas toi-même ? préféra-t-il demander.

— Parce que j'aime à entendre le cœur d'un étranger.

L'assistance renchérit si bien qu'Axel ne put qu'accepter. La petite troupe s'était assise à table. Le repas n'était pas encore prêt, mais c'était surtout une occasion de se réunir. Tous avaient envie de profiter d'un moment de paix dans tous leurs préparatifs de guerre.

Axel décida de jouer un air de son pays. Allégresse, joie de vivre, bonheur insouciant, douceur et amour tranquille se reflétaient dans sa musique. *Quels soucis pouvaient donc bien toucher un peuple comme celui de Pandème ?*

Sous l'effet des notes, les couples s'étaient rapprochés, les enfants s'étaient calmés. Sur les genoux des uns, le bras autour du cou des autres. Le temps s'était suspendu sur un calme tableau, et Axel se laissait prendre par sa propre musique. Comme Imma qui écoutait les yeux fermés, il se sentait seul. Les jolies notes amoureuses lui rappelaient ses espoirs impossibles. Ses doigts couraient toujours avec justesse sur les cordes, son souffle donnait des sons purs, la tristesse de son âme ne rendait la musique que plus belle. Il émerveillait Erwan sans le savoir.

Éléa n'osa pas le couper. Elle s'était approchée le plus silencieusement possible. Axel lui tournait le dos, il ne pouvait pas la voir. Elle était charmée par le petit air. Son cœur avait compris que le chant s'élevait pour elle. Ceban lui sourit, mais la jeune fille n'en eut pas conscience.

Le temps sembla reprendre brusquement son cours lorsqu'Axel s'arrêta, sauf peut-être pour Erwan qui resta encore les yeux dans le vague.

Les mouvements dus à l'arrivée d'Éléa firent se retourner Axel. La jeune fille, dans sa robe bleue, se sentit presque indiscrète, mais le regard d'Axel lui prouva à quel point elle était attendue.

— C'était… c'était très joli, dit-elle, intimidée. Peut-être un peu trop doux pour Erby et Tanin, ajouta-t-elle en souriant.

Affalés sur leurs coudes, les deux garçons avaient succombé au sommeil.

— Axel, je te déclare le meilleur musicien de ces Mondes ! s'écria Ceban en lui tendant la main.

Axel la serra en riant. Il avait maintenant le cœur en joie. Mais il avait tort, Victoire n'était venue que pour la musique.

— Vous n'auriez pas dû m'attendre, fit-elle. J'avais dit à…

La petite Maï mit la main devant sa bouche et fit de grands yeux ronds et confus : elle avait oublié. Éléa fit une légère grimace.

— Vous n'aurez jamais fini de manger avant le coucher du soleil, ajouta-t-elle avec une certaine angoisse.

Ses yeux frôlèrent ceux d'Axel mais échappèrent vite à son regard.

— La nuit ne nous a jamais empêchés de manger, constata Ceban, étonné par sa remarque.

Éléa fut un instant paralysée, lorsqu'elle sentit une souris blanche monter sur son épaule.

— Cette journée sans combat n'a pas été une journée de fête. Les enfants ne tiennent plus debout, trancha-t-elle avec ce sérieux qui déroutait toujours.

Un silence passa, un malaise s'insinua. Ceban regarda Éléa. Il n'eut aucun mal à percer le cœur de sa sœur de lait. Pourtant, elle semblait trop inquiète pour un simple rendez-vous avec Axel. Heureusement pour elle, Jerry était trop sûr de son autorité pour s'en apercevoir.

— Tu n'as pas envie de savoir ce qui les a autant épuisés ? demanda Erwan.

— Cent dix fioles aveuglantes et trois cent vingt et une pointes endormantes ! s'écria fièrement Chloé.

— C'est parfait... parfait, répondit Éléa. Je n'en attendais pas moins de vous tous.

— Alors viens t'asseoir, nous avons plein de choses à nous dire, proposa gravement Ceban à la jeune fille.

— Non, on parlera de la défense de la Grande Plaine demain matin, répondit-elle avec un calme fatigué. Maï aurait dû vous dire que je ne mangeais pas. Je m'occupe de Sten et je vais me coucher. Excusez-moi.

Elle s'approcha de Tanin et dégagea de ses doigts quelques mèches brunes de son visage endormi.

— Je crois que je peux emmener ces deux garçons avec moi.

Elle regarda la souris sur son épaule. Celle-ci sauta en l'air et se transforma en l'être chimérique décidément trop connu. Jerry souleva avec légèreté Erby et enleva Tanin à la compagnie de Chloé. Chacun sur un bras, les deux enfants ouvrirent à peine un œil.

— M'man, émit faiblement Tanin. Erby et moi, nous avons aidé les hommes sur l'Île Perdue aujourd'hui.

— Vous avez été des hommes à part entière, corrigea Allan.

Tanin et Erby s'endormirent avec le sourire, sous les mains caressantes d'Éléa.

Leur départ laissa un froid. Jerry n'avait pas pris la parole ; la jeune fille marchait d'un pas souple mais lent : leurs silhouettes s'effaçaient déjà derrière les branches.

Le Monstre était son Maître. Ophélie repensa à sa tante Askia lorsque celle-ci disait que la Fille-aux-yeux-bleus était la seule personne libre de ce pays. Depuis qu'elle habitait la Forêt Interdite, Ophélie n'avait pas la sensation d'un être plus prisonnier. La princesse Éléa se battait pour la liberté de son peuple mais n'avait pas elle-même le privilège d'être libre.

Ophélie prit un instant Maï dans ses bras, qui ne savait pas comment se faire pardonner son oubli, et, le cœur amer, elle apporta le repas.

Il n'y eut pas beaucoup de discussions, pas beaucoup de rires. Quelques réflexions coupèrent seulement le bruit des plats et des assiettes. Même Axel ne parvint pas à sourire. Et son regard s'assombrit à la vue de celui de Ceban. La franche amitié avait pris la couleur noire de la peur dans son regard. Il avait parfaitement compris ce qu'Axel et Éléa allaient faire ce soir. Un dialogue sans paroles s'échangea.

Jerry te tuera s'il l'apprend, semblait crier Ceban.

Mais les yeux émeraude avaient déjà pris leur décision. Ils préféraient mourir plutôt que de laisser la jeune fille partir seule.

✧

Muht marchait d'un pas énergique dans les couloirs du château. Il ne se dirigeait pas vers les appartements de Korta mais en sortait : le duc parlait avec le Grand Ibbak et le Scylès n'avait aucune envie de s'approcher de l'Esprit Supérieur dès son retour. Il sentait que ce dernier gagnait de plus en plus en puissance. Il percevait sa menace qui suintait de tous les murs des bas étages. Pourrait-il encore arpenter les couloirs du château dans quelques semaines ? Ou serait-il hanté par mille horreurs qui arriveraient à le faire pâlir malgré son propre sadisme ?

Il grimpa deux étages d'un escalier de marbre en colimaçon et ralentit enfin le pas. Si quelqu'un à cet instant l'avait traité de lâche, il l'aurait tué sur le coup. Il considérait son refuge dans les hauteurs du château comme une simple recherche de confort. Il avait trop regardé l'Esprit : il percevait sa présence et sa nuisance. Il ne cherchait qu'à s'en éloigner un peu pour retrouver un semblant de calme intérieur.

Pourtant il n'était pas fier de lui, et pour une fois il marchait en regardant le sol ; mais son malaise ne disparaissait pas. Cette aile du château semblait plus envahie que les autres.

Qui pouvait rester de glace devant une Divinité ? Korta ? Parce qu'il était inconscient d'être exploité, inconscient de sa misérable valeur, inconscient de sa faiblesse ! Le duc se sentait plus grand, plus fort avec le Grand Ibbak, mais il oubliait que même un Esprit peut manquer de parole. D'autant plus si c'était une Divinité du Mal ! Le duc imaginait bien peu ce qu'il risquait s'il perdait, mais était-il sûr d'obtenir ce qu'il désirait dans le cas contraire ?

Muht n'avait aucune confiance dans l'alliance qu'il avait passée avec Korta. Et Utahn Qashiltar avait eu la même intuition, même s'il avait feint le contraire devant le duc leïlannais. Pourquoi Korta essayait-il de masquer son esprit ? Muht ne pouvait pas croire à une marque de pudeur. Korta lui cachait quelque chose : une trahison à venir ou un secret qu'il voulait dissimuler même à Ibbak.

Lors d'un dialogue intérieur, Utahn Qashiltar avait fait comprendre à Muht qu'il n'appréciait guère cette alliance avec un homme qu'il ne cernait pas. Muht avait senti que sa place n'était pas encore acquise auprès du plus grand chef des armées de Scyl. La promesse d'une attaque par le sud de la langue de terre akalienne qu'il convoitait ne l'avait pas autant enthousiasmé que Muht l'avait espéré. Le guerrier scylès avait l'impression de jouer le rôle d'un jeune combattant que l'on attend au tournant. Il allait devoir se vendre un peu plus à Korta alors qu'il le méprisait. Parviendrait-il à se hisser dans cette hiérarchie de complots et de combats qui régnait à Scyl ? Après tout ce qu'il devait supporter avec le duc, il ne concevait pas d'échouer.

Il entendit un bruit venant d'un couloir sur sa gauche. Il redressa brusquement la tête, les yeux en chasse, et bomba le torse. Avant même l'apparition de Misty, il reconnut la vieille fille. Une atmosphère surannée se dégageait d'elle, et il ne fut pas étonné de constater que les pensées de cette femelle allaient vers Korta quand il croisa son visage fripé.

Misty resta un instant interdite devant le guerrier scylès. Une lueur de frayeur passa dans son regard et une teinte rose monta à ses joues. Après une courte révérence, elle réussit à reprendre son chemin vers les chambres des princesses.

Muht savait très bien que la vieille fille frémissait à

sa vue au même titre que les autres. Il la trouvait encore plus ridicule et stupide de craindre que soit révélé son amour pour Korta ; comme si celui-ci ne le connaissait pas ! Mais la satisfaction procurée par cette peur remonta le moral du guerrier. Il eut un instant envie de la rattraper et de la violer dans l'escalier ou sur un rebord de fenêtre. Aussi laide qu'elle soit, elle pouvait très bien satisfaire certaines pulsions. En signe de remerciement et de reconnaissance de sa supériorité !

Mais Muht pensait d'abord à son ambition. Il retint son envie en se rappelant qu'il n'était pas dans son pays. Les nombreuses femelles qui couraient les couloirs n'étaient pas des prisonnières de guerre sur lesquelles il avait tous les droits, et il n'y avait aucune Scylèse à prendre de force dans les cachots. Il eut un soupir de regret et comprit le mécontentement de ses hommes.

Ses pensées allèrent un instant à Erkem et Gorth : ils avaient retrouvé la vue. La douleur causée par le produit de l'Akalien s'était dissipée et leur pouvoir était réapparu. Muht avait eu peur que leur corps ait plus de mal à oublier le choc. Mais ils étaient jeunes, la souffrance n'avait pas souvent croisé leur vie. Ils ne risquaient pas de perdre leur pouvoir comme les femmes scylèses sous la torture.

Et puis maintenant, ils avaient une arme, une résine spéciale, rapportée de Scyl, pour contrer le petit Alchimiste du Masque. Les souffleries de verre du château chauffaient déjà pour lui. Le sourire revenu sur ses lèvres minces, il prit un escalier pour descendre observer de plus près le résultat.

✧

Éléa était assise sur le rocher convenu lorsqu'Axel s'approcha. Habillée de noir, sa silhouette se découpait encore dans la ceinture de feu du soleil couchant.

La jeune fille tenait à la main une corde d'une étrange finesse. Elle testait sa solidité en la passant sous sa botte. Elle était tellement absorbée par ses préparatifs qu'elle entendit à peine l'arrivée d'Axel. Elle se retourna un peu surprise. Sa vue la fit sourire.

— Regarde, fit-elle, passionnée, en lui tendant la fine corde. Quand j'ai regagné ma chambre, tout à l'heure, j'ai demandé à ma corne un filin léger et solide, et vois ce que les Fées m'ont offert ! J'ai encore mal aux mains mais cette corde en valait la peine.

Les reflets des mailles serrées accentuaient le caractère féerique de la corde. À sa légèreté, Axel crut avoir de la ficelle entre les doigts, mais sa résistance à la traction semblait à toute épreuve. Est-ce qu'une corde de ce genre pouvait vraiment exister ?

— Et comment comptes-tu t'en servir ? demanda le jeune homme avec beaucoup moins d'entrain.

Elle lui fit poser ses armes et le fit ramper jusqu'au bord de la falaise avec elle.

La vue de l'échauguette en bordure des jardins du château fit sourire Axel. Lorsqu'il était assis à l'intérieur avec la princesse Éline, il avait tant souhaité que la Fille-aux-yeux-bleus apparaisse sur la falaise. Ce soir, il s'y trouvait avec elle.

L'aventure lui plaisait bien plus qu'il ne le laissait entrevoir. Il allait pénétrer en catimini dans un château pour porter secours à une princesse. Et même si celle-ci n'était pas la sienne, les attraits séduisants de sa partenaire, moulée dans des chausses collantes et un pourpoint cintré, demeuraient la plus belle des consolations. Une nuit de cache-cache avec elle. Combien de fois aurait-il la chance de la serrer contre lui ? Il avait soudain envie de revivre une scène de son passé avec neuf ans de plus et l'innocence en moins.

— J'ai pensé qu'on pouvait attacher la corde autour du créneau juste à côté de l'échauguette.

— Comment comptes-tu l'*attacher* ? Si j'envoie une flèche, elle ne va pas revenir.

Elle sourit pour la première fois depuis qu'ils s'étaient allongés dans l'herbe haute.

— J'ai des oiseaux dressés pour surveiller, d'autres pour rapporter ce que je leur demande.

Elle se retourna sur le dos et leva une main gantée vers le ciel. Immédiatement, surgissant des nuages noirs dont se chargeait le ciel, un oiseau apparut et vint se poser sur le perchoir de ses doigts. Son envergure était modeste, mais ses yeux étaient perçants et son obéissance paraissait irréprochable. Mélange d'espèces inconnues de rapaces, cet oiseau venait des Bois Obscurs. Comme les charatons, il demeurait sauvage mais possédait un don particulier.

— Il n'y a pas que les pavallois de Pandème qui soient fabuleux, murmura Éléa.

Trois plis se formèrent aux bords des lèvres amusées du jeune homme :

— D'accord, la flèche peut *revenir*. Mais nous passerons trop près des sariclès.

À cette réflexion, Éléa sortit d'une petite bourse de flanelle trois boules de verres identiques à celle qu'Erwan avait utilisée lors de leur première entrée au château.

— J'ai trouvé les munitions nécessaires dans le laboratoire d'Erwan.

— Voleuse.

— Elles ont été fabriquées en vue de toute intrusion dans le château royal. C'est bien le cas, non ?! s'exclama la jeune fille avec innocence.

Il n'eut rien à dire. Mais l'idée du créneau ne lui convenait pas.

— La corde se défera pendant notre glissade, ou l'arrivée sera difficile

Éléa eut une moue d'enfant. Elle le savait mais elle ne voulait pas s'avouer vaincue avant même d'avoir essayé.

— Si tu n'as pas de meilleure idée, je prendrai tout de même le risque.

— Je le sais. Regarde plutôt par la fenêtre de l'échauguette. Du plafond descendent une chaîne et des anneaux.

Elle concentra davantage son regard : elle aperçut une lueur pâle et métallique, puis finit par vraiment les discerner.

— Comment les as-tu remarqués ?!

— Je suis allé dans cette échauguette, il n'y a pas si longtemps de cela. Je m'en suis souvenu.

— Mais comment veux-tu accrocher la corde à cet anneau ?!

— En attachant ton filin à l'une de mes flèches et en la faisant passer à travers l'un de ces anneaux, dit-il avec évidence.

Elle n'avait pas quitté la tour des yeux. L'idée d'Axel était bien meilleure que la sienne mais semblait encore moins réalisable.

— C'est trop loin. On voit à peine l'anneau.

— On va le savoir, répondit-il. Dans moins de cinq minutes, il n'y aura plus assez de lumière, je n'ai pas droit à trente-six essais.

Quelques instants plus tard, un homme était visible sur la falaise de la Forêt Interdite. Silhouette noire et découpée, bandant un arc magnifique à double courbure. Éléa admira la pose, la force, la concentration, l'homme lui-même. Elle trouva Axel si beau et si majestueux!... Elle ne se soucia même pas du départ de la flèche suivie de la corde. Ses yeux s'étaient arrêtés sur le séduisant visage éclairé par les derniers rayons de soleil. À son sourire, elle comprit qu'il avait réussi.

— Tu es fantastique, murmura-t-elle pour taire son admiration excessive.

— Merci, dit-il fièrement en s'agenouillant à côté d'elle. Mais sincèrement, je ne croyais pas pouvoir réussir du premier coup.

Elle sourit à cet aveu et regretta un peu plus d'avoir entraîné Axel dans cette histoire. Il n'était que comte, mais sa simplicité, son cœur et sa bravoure le rendaient plus grand qu'aucun roi à ses yeux. Elle n'avait pas pensé qu'il puisse autant s'engager dans cette aventure. Elle se sentait indigne de son aide.

Tout en maintenant le filin par une extrémité, Éléa envoya son oiseau chercher l'autre bout attaché à la flèche. Le tout fut accroché à la base d'un chêne. Une liaison s'établissait maintenant entre la Forêt Interdite et les jardins du château, au mépris des doubles murs de protection.

La nuit étirait son drap, une brise froide s'élevait sous la couverture des nuages, il ne restait plus qu'un liseré de soleil à l'horizon. Une lumière s'alluma au sommet d'une tour sombre du château, une lueur faible par rapport aux autres fenêtres. La clarté d'une seule bougie.

La jeune fille s'arma d'un petit sac plat en bandoulière qui, à son bruit métallique diffus, devait contenir les pieux pour gravir le château.

— Il est temps que je m'en aille, je préfère attendre la nuit dans l'échauguette.

— Il est temps que *nous* nous en allions, rectifia Axel.

Les yeux bleus s'élevèrent vers lui sans protestation.

— Muht est rentré ? demanda Axel.

— Oui. Mais il ne s'approche pas des princesses. Il ne rôde pas près de leurs chambres.

— Mais dans les couloirs, oui. Nous pourrions très bien le croiser.

— Je n'aurai pas d'autre choix que de fuir, si c'est ce que tu veux savoir, dit Éléa en baissant la tête.

— Ce serait, certes, la meilleure solution. Mais…

— Tu sais quelque chose sur leur pouvoir ?

— … Oui.

Éléa resta muette sur le moment. Elle avait lancé la question au hasard. La facilité avec laquelle Axel s'était sorti de sa rencontre avec Muht pouvait donc s'expliquer autrement que par une grande part de chance et un bon concours de circonstances !

— Je crois qu'ils ne voient que ce que tu penses sur le moment.

— Comment cela ?

— Ils voient en images tout ce qui te passe à l'esprit à l'instant où ils l'observent. Si tu as peur qu'ils découvrent un secret, c'est à ce moment qu'ils l'apprendront ; si tu fais exprès de penser à autre chose, il y a des chances qu'ils ne percent pas ton secret.

Éléa regarda Axel sans arriver à le croire.

— Comment peux-tu en être sûr ?

— Je n'en suis pas sûr, mais j'ai réussi à éviter les soupçons de Muht au château en essayant de penser comme un mercenaire de Korta.

— C'est un Scylès qui t'a dit comment faire ?! Tu as un ami parmi eux ?

Le jeune homme hésita à répondre, puis se décida, un pli malicieux sur la joue :

— À chacun ses sources. Cela fait partie de *mes* secrets.

Éléa eut du mal à admettre cette réponse. Mais elle finit par sourire, prise à son propre jeu. Elle resta un bon moment l'esprit occupé par l'envie d'embrasser Axel et de lui tordre le cou.

— On y va ? intervint-il.

Le visage de la jeune fille perdit alors toute la lumière qui l'éclairait : son expression devint plus guerrière, froide et déterminée. *Qui allait vouloir tordre le cou de l'autre ?* Elle sembla hésiter encore quelques secondes, puis elle sortit une sarbacane de sa poche :

— Me laisses-tu passer en premier ? proposa-t-elle. Je n'aurais jamais réussi à tirer cette flèche mais, pour viser en volant, je me défends.

Axel céda.

Des affaires qu'elle avait ramenées, Éléa sortit une roue d'où pendait une longue poignée. Elle l'accrocha sur le filin tendu. Puis, elle en sortit une autre pour Axel, qu'elle laissa sur le sol en attendant qu'il puisse s'en servir. Elle noua ses cheveux en une queue-de-cheval basse avec un ruban bleu nuit et les enroula dans un foulard. Elle adressa au jeune homme un dernier regard, étrange, avant de rabattre son amalyse : aucune expression n'y perçait.

D'un bond, elle agrippa la poignée, y suspendit ses genoux et la glissade commença. La petite roue sur le fil se mit à accélérer. Éléa se renversa rapidement avant de passer la première muraille, porta la sarbacane à sa bouche et tira une boule de verre d'Erwan avec précision dans les douves qu'elle allait survoler ensuite.

Mais elle arrivait vite. Elle arrivait trop vite. Les sariclès risquaient de ne pas attaquer la boule de verre mais elle. Éléa eut soudain peur, elle se recroquevilla sur la poignée et fila vers les eaux en priant. Elle se rappela la douleur de la brûlure ressentie la dernière fois. Elle avait gardé ses amalyses sur elle et leur intima l'ordre de rester. Elle atteignait les limites du danger.

Un éclair incandescent illumina l'eau juste au moment où elle passait. Une demi-douzaine de tentacules en fureur se dressèrent en dessous d'elle. Éléa ferma les yeux de terreur et traversa au beau milieu de cette agitation. Elle eut envie de hurler. Malgré la vitesse, elle sentit la présence visqueuse des sariclès, leur hurlement sinistre et leur odeur de mort la frôler.

Lorsqu'elle ouvrit les yeux, elle s'engouffrait saine et sauve dans la fenêtre de l'échauguette. Elle n'eut pas le temps d'anticiper son arrivée. La roue frappa l'anneau avec violence et Éléa s'écroula comme un paquet sur le sol. La jeune fille resta un moment immobile, non pas de douleur mais sous l'effet de la frayeur qu'elle venait d'avoir.

Le cœur d'Axel lui aussi avait du mal à reprendre son rythme normal. Victoire aurait vraiment pu se faire tuer ! Il avait tiré ses cinq dernières flèches pour stopper l'attaque des tentacules avant qu'ils touchent la jeune fille. Encore heureux que les sariclès aient ensuite abandonné l'agression, repoussés par le produit d'Erwan !

Axel reprit contenance et se prépara pour la descente. Il ne risquait plus rien, les sariclès s'étaient éloignés ; il avait néanmoins du mal à se remettre de son émotion. La nuit promettait d'être intense.

Il ajustait la roue sur le filin quand, soudain, tout s'écroula sur le sol. La corde gisait à terre : elle s'était rompue. *Rompue seule ?* Non, Axel comprit très rapidement ce qui se passait.

— Peste ! maugréa-t-il avec rage.

Il se retint de justesse de hurler ce qu'il pensait de Victoire mais, tout enragé qu'il était, il ne voulait pas mettre la jeune fille en danger. Il se retourna violemment, cherchant à se battre contre quelque chose, contre cette injustice, mais il n'y avait que du vent autour de lui. Il attrapa les sacs qu'elle avait amenés. Il ne trouva à l'intérieur qu'une robe qu'elle avait prévue de mettre pour se changer le lendemain. Axel s'assit sur le sol. Victoire s'était servie de lui. Se mordant les lèvres, les sourcils froncés, il se reprochait sa crédulité. Il étouffait de rage.

Il n'avait aucune possibilité de la rejoindre, il n'avait même pas de ce mystérieux liquide qui faisait fuir les sariclès pour passer à la nage. Malgré les risques, il l'aurait fait. Mais Victoire avait tout emporté avec elle. Elle était loin d'être stupide.

Il se passa la main sur le front. Il s'était laissé rouler par un beau regard. Comment avait-il pu croire qu'elle l'emmènerait avec elle ? C'était lui qui était stupide. Stupide de croire qu'elle le laisserait entrer dans sa vie, d'espérer qu'elle accepterait d'être aimée. Il n'était pour elle qu'un archer qui l'avait aidée à désobéir. *Rien de plus.*

Sale prophétie ! Elle brisait la vie du jeune prince.

Les coudes sur les genoux, le visage dans les mains, l'esprit et le cœur bouleversés, Axel aurait voulu comprendre pourquoi il aimait à ce point Victoire alors qu'il la détestait tant ce soir.

Cinquième partie

Trop de risques

L'homme marchait à pas lents sur le chemin de terre qui entourait le logement où il s'était établi provisoirement. La nuit montait avec l'angoisse que le jour à venir n'apporterait pas les réponses attendues.

Il entendit un craquement de branche derrière lui et entrevit une silhouette de la taille d'un adolescent se cacher rapidement. Ses faits et gestes étaient épiés, il le savait. Il serra le poing et chaque muscle de ses épaules massives se tendit. Il eut envie d'attraper cet espion maladroit et de le secouer violemment pour lui faire entendre une bonne fois pour toutes que cette surveillance énervante était inutile. Mais il eut suffisamment de sang-froid pour desserrer les doigts et ignorer ce gardien, ce soir encore. Il fallait qu'il ait une nouvelle conversation avec *le très estimé et bien-aimé souverain* au plus vite.

Cette pensée lui remit en tête un autre roi et ses mémoires :

« À l'heure où j'écris, la simple évocation des Fées éblouit. Il est facile de le comprendre rien qu'en regardant les changements à Pandème. Mais ce sont des Divinités discrètes, visibles par de très rares personnes, peu enclines à démontrer Leur pouvoir en permanence. Leur plus grande manifestation réside dans cet amour simple, semblable à un hasard romanesque qui fait se rapprocher un homme et une femme, chacun miroir de l'esprit de l'autre.

Les Fées de la Vie restent dans l'ombre, sans autel, sans rituel ; comment peuvent-Elles ne pas craindre l'oubli ou la négligence des hommes ? La paix pourrait devenir un état naturel pour les hommes, sans gratitude, sans même le souvenir de Celles qu'ils doivent remercier.

Je suis certain que bon nombre de gens ne Les auront pas oubliées dans quatre cents ans, mais est-ce que Leur pouvoir sera toujours pris au sérieux ? Ne risque-t-il pas d'y avoir amalgame entre croyance et superstition ? »

L'homme était toujours pris de ce même doute en se rappelant la conversation qu'il avait déjà eue avec *la bien-aimée Majesté*. Les Fées n'avaient pas été oubliées. La foi était restée intacte et pure dans bien des cœurs. Mais pour certaines personnes, leur existence était de plus en plus rattachée à un conte imaginaire, à la beauté d'une mythologie qui pouvait expliquer l'inexplicable, rassurer les peuples et les rendre plus forts. Il lui avait semblé que *la très estimée Majesté* parlait aux Fées comme elle parlait aux étoiles. Et pourtant… Un autre passage du livre remontait à l'esprit de l'homme :

« J'ai maintenant une marque sur la nuque, preuve de mon assignation par les Fées à mon devoir de souverain. Chacun de mes fils et filles en héritera comme n'importe quelle Altesse dans tous les pays de ce Monde. Le peuple suivra leurs ordres les yeux fermés plutôt que d'obéir à n'importe quel autre individu, aussi puissant soit-il. »

Alors ? Le *très estimé souverain* allait réfléchir. Il ne pourrait que le croire, parce que les Fées existaient pour lui. Parce qu'il portait cette marque comme Enkil. Même s'il désespérait de ne pas avoir d'héritiers, malgré toutes ses prières.

L'homme passa une main lasse sur sa barbe blonde. Il se demandait s'il avait bien fait d'engager toute sa famille dans cette histoire. Il n'avait pas le choix, il le savait. Il regrettait un livre, un livre qu'il avait lu mille fois en cachette et qui demain aurait pu lui faciliter la tâche. Un livre qu'il aurait dû partager avec les personnes qui l'entouraient. Et surtout une personne…, surtout une…

« Le prochain Champion des Fées ne pourra être que de sang royal. »

Entre sœurs

Assise sur le banc de bois, Éléa fixait le mur de pierres devant elle. La pièce était nue et déserte. Le jour faisait un dernier clin d'œil, le froid et les nuances obscures des ténèbres enveloppaient le néant où elle se trouvait. La petite tour était noire et glacée.

Éléa ne craignait pas cette atmosphère: l'obscurité était une question d'habitude et le froid passerait avec l'effort, mais le sentiment de solitude la figeait. Elle avait coupé la corde. Sa dague luisait encore dans sa main. Elle avait le sentiment d'avoir tranché le lien qui l'unissait à Axel.

Le jeune homme ne l'aurait jamais laissée voir Éline seule. Éléa n'avait pas eu le choix. Il aurait préféré l'empêcher de partir si elle lui avait dit, dès le départ, qu'il ne viendrait pas avec elle. Éléa se persuadait du bien-fondé de son geste mais son cœur hurlait à la trahison, comme celui d'Axel, et il pleurait dans ce vide qu'elle avait créé, noir et glacé comme cet endroit.

Il faisait suffisamment nuit maintenant, il fallait partir.

Elle devait oublier Axel encore quelques heures, quelques jours peut-être. Si elle trouvait un moyen de sauver la princesse Éloïse, Éline n'aurait plus besoin de cacher les véritables agissements de Korta au roi. La félonie du duc serait dévoilée et une partie de la bataille gagnée. Éléa voulait revenir au palais la tête haute, et avoir la liberté d'aimer Axel.

— Après ce que tu viens de lui faire, il ne lèvera plus jamais les yeux sur toi, marmonna-t-elle pour elle-même.

Elle se leva en soupirant au souvenir de ses rêves. Dans sa tête, elle était une adolescente comme une autre, elle songeait aux princes charmants et à leurs beaux destriers blancs. Mais, princesse sans couronne, elle savait qu'ils n'existaient que dans les histoires pour enfants. Elle gâchait tout, elle brisait les moindres attentions d'Axel. Il allait perdre patience, et partir aimer une personne moins difficile à obtenir qu'elle. Non, elle ne voulait pas qu'il s'en aille !

Elle dévala les marches de la tour jusqu'aux jardins. Elle s'arrêta dans la nuit épaisse. Les lunes étaient à moitié cachées par des nuages amassés, cependant la lueur de quelques étoiles permettait de deviner la présence et la grandeur démesurée du château.

Éléa allait sauver sa sœur Éloïse. Dût-elle y passer la nuit pour trouver le remède ! Et quand tout serait fini, elle serait prête à aller chercher Axel au bout des Mondes.

Légèrement fatiguée des exercices de la journée, mais le cœur soudain regonflé d'enthousiasme, elle s'élança dans les sinistres buissons aux formes angoissantes d'où s'échappait un parfum d'aubépines et de jasmin en fleurs.

La muraille était lisse, les joints si bien faits qu'elle ne les sentait même pas sous les doigts. Aucune aspérité, aucune saillie qui faciliterait l'escalade ; Éléa regardait la fenêtre éclairée de la vertigineuse tour avec la nervosité d'un chat devant un oiseau inaccessible.

Encore essoufflée de sa longue course, elle passait des mains fébriles sur les pierres blanches. Elle n'abandonnerait pas si près du but. Comment était-il possible qu'il n'y ait aucun point d'appui ou aucune faiblesse dans cette muraille ?

Les lierres ?! Ceux-ci devaient bien tenir par quelque chose !

Éléa glissa le long des murs sur une centaine de pas. Elle était à découvert, mais la chance lui souriait dans cette nuit qui se voulait noire : la blancheur du château ne ressortait pas dans la pénombre et la présence de la jeune fille pouvait passer inaperçue.

Ses mains touchèrent des feuilles, des branches tordues courant sur la paroi. Éléa scruta l'obscurité. Elle distingua la légère brillance du cuir végétal et l'expansion rayonnante des tiges volubiles et de leurs vrilles. Avec une volonté de titan, les lierres avaient réussi à se creuser leurs propres brèches. Rongeant de leurs crampons la pierre nue, ils étaient parvenus à prendre racine. Ils s'élevaient sur cinquante pieds jusqu'au deuxième étage, au niveau d'un chemin de ronde secondaire.

Maigre solution et de surcroît peu sûre pour l'ascension, mais Éléa avait ses amalyses et celles-ci pourraient servir de sécurité. De toute manière, elle n'avait pas d'autre choix que d'essayer.

Elle enleva ses bottes et se débarrassa de son sac, dont le contenu ne lui était plus utile. Elle cacha ses affaires à la base des lierres. Elle allait devoir improviser. Sortant du pourpoint, les amalyses se répandirent sur son corps et la jeune fille commença son escalade.

Au départ, rien ne fut plus facile : les tiges étaient presque des branches et elles s'agrippaient à la muraille autant qu'Éléa aux lierres. Mais passé les trente premiers pieds, les signes de faiblesse et de fragilité se firent sentir. La discrétion, qui n'était déjà pas le point fort de sa situation présente, devint carrément inexistante. C'était la première fois qu'Éléa entrait de façon aussi désastreuse dans un palais.

Elle peinait, à moitié suspendue dans le vide, feuilles et fleurs dans la figure. Elle craignait sans cesse de voir apparaître la tête d'un garde par-dessus les créneaux. Cela devenait risqué, dangereux. Éléa avait plongé tête baissée dans l'aventure, elle avait oublié Prudence et Bon Sens dans la Forêt Interdite. Elle se rendait compte de sa bêtise – elle avait pensé que le château de son père serait tout aussi facile à infiltrer que les autres – mais elle était lancée maintenant. Il restait moins de dix pieds à escalader, il fallait que cela résiste.

Doucement, elle desserra l'emprise d'une de ses mains et étendit le bras dans la direction d'un créneau. Une amalyse s'élança et s'enroula autour d'un merlon. Une prise assurée. Éléa s'éleva encore d'un ou deux pieds ainsi attachée, et fit de même avec l'autre bras lorsque le lierre devint trop faible pour la soutenir. Elle se hissa péniblement, un peu plus silencieusement. Éléa blessait les amalyses et ne l'oubliait pas : elle savait qu'elle n'avait rien pour les calmer par la suite.

La traction ne dura que quelques secondes ; la jeune fille attrapa de sa main le bord de la pierre, s'y agrippa et grimpa à cheval dans le créneau, sur un parapet large de deux bonnes coudées. Elle resta là, sans vraiment le vouloir, car ses alliées avaient besoin de réconfort. Éléa n'avait pas d'eau salée à leur offrir et ne pouvait pas non plus se mettre à chanter. Mais de simples caresses et ses pensées pour Axel semblèrent suffire aux créatures gélatineuses : elles s'éclaircirent et furent bientôt prêtes à poursuivre la route.

La jeune fille et ses compagnes s'avancèrent sur le chemin de ronde en direction de la tour princière. Éléa était loin d'avoir atteint son but. Huit étages la séparaient encore de la princesse Éline. Mais finalement, en voyant les postes de garde habituels vides, la jeune fille se dit que les habitants de ce château étaient plus prétentieux qu'elle. Ils étaient persuadés de l'inviolabilité du palais et ils négligeaient certaines protections.

Éléa retira sa remarque, un pli enjoué sur les lèvres. Le roi avait bien posté des hommes, mais elle entendait un puissant ronflement. Elle distingua dans la pénombre un homme assis contre le parapet, le menton appuyé contre son torse. Elle passa comme une ombre furtive et feutrée dans les rêves du garde pour s'élancer sous un chemin de ronde couvert. Glissant sans bruit avec ses chausses collantes, elle s'approcha d'une tour de garde presque accolée à celle de la princesse.

Une légère lumière brillait à l'intérieur. Éléa s'avança avec prudence. Elle vit en premier lieu une table de bois grossier, un pichet de vin et un banc servant de lit à un piquier endormi. En face de lui, encore debout, somnolait un deuxième garde devant un escalier qui montait dans les étages.

Éléa ne pouvait pas les attaquer par surprise pour les assommer : elle ne voulait laisser aucune trace de son passage. Traverser la pièce, malgré l'état comateux des gardes, était trop téméraire. Elle se pinça les lèvres et regarda autour d'elle. Elle cherchait une solution : l'escalier brillait plus qu'un diamant dans son esprit.

Elle leva le bras vers le ciel noir de nuages et son oiseau rapporteur apparut. Il se posa sur sa main, méfiant et obéissant. Elle regarda de nouveau la pièce.

Que pouvait donc emporter l'oiseau pour que les deux gardes sortent ? Une arme ne suffirait pas.

Sur un geste, l'oiseau s'engouffra dans la pièce et saisit dans ses serres l'anse du pichet de vin.

Éléa avait bien choisi sa cible. Le courant d'air que l'oiseau produisit et le vin qu'il renversa réveillèrent les deux gardes qui, comme un seul homme, essayèrent de rattraper le voleur. Contenant leur seule ration de vin pour la nuit, le pichet était des plus précieux.

Maugréant, mais sans oser hurler pour ne pas mettre tout le château au courant de leur mésaventure, les gardes sortirent sur le chemin de ronde et poursuivirent l'oiseau qui les narguait en volant à hauteur humaine. Plaquée jusqu'alors dans un coin sombre, Éléa pénétra dans la pièce. Dans la lumière de la torche, elle fit signe à l'oiseau de lâcher le pichet. L'animal lui obéit alors qu'elle disparaissait dans l'escalier. Les deux gardes, tout heureux de rattraper leur pichet au vol, se contentèrent du fond de vin restant pour leur nuit.

Un étage... Deux étages... Éléa se dépêchait et montait les marches aussi silencieusement qu'un chat, mais de façon plus alerte encore que ledit félin. Soudain, elle s'arrêta net, entendant des bruits de pas et des voix. Des gardes venaient d'en haut.

Elle se retourna. Elle ne pouvait pas redescendre. Ses yeux croisèrent une alcôve trop petite, puis s'élevèrent vers le plafond de l'étage. Sans hésitation, elle prit appui, lança ses amalyses sur une grosse poutre et se hissa prestement. Allongée, tapie jusqu'à vouloir se confondre avec les fibres du bois, elle vit quatre hommes descendre. Ils parlaient fort, le ton montait : une dispute pour une servante infidèle. Ils s'arrêtèrent quelques instants sous la jeune fille, les dagues presque sorties, puis continuèrent leur chemin sur de simples paroles agressives.

Une dizaine de caresses d'amalyses plus tard, Éléa sautait de la poutre et reprenait son ascension.

À l'étage suivant, la fenêtre donnait sur le côté de la tour princière. La chandelle n'était plus qu'à trois étages. Éléa sourit : son cœur se réjouissait à l'avance. Reliées par des arcs-boutants, les tours étaient suffisamment près l'une de l'autre, Éléa pourrait facilement traverser en s'aidant des poutres transversales des toits pointus.

Elle continua de monter quelques marches pour atteindre le palier suivant. Elle arrivait sans le savoir au dernier étage de la tour de garde, mais une surprise l'attendait, bien plus grave que cette triste nouvelle.

— N'a pas l'air d'apprécier c'que tu lui offres, ton oiseau, disait un homme dans la pièce du sommet.

Éléa se cacha derrière un pilastre et osa risquer un œil. Trois hommes se trouvaient dans une pièce semblable à celle du rez-de-chaussée. L'un d'eux, moustachu, se tenait devant la fenêtre. Un autre était assis sur la table, à moitié endormi, et le dernier, avec un menton quasiment inexistant, restait affalé près de l'escalier.

— J'ai qu'ça à t'offrir, p'tite hirondelle, déclara le moustachu en lançant des morceaux de pain sur le rebord de la fenêtre. T'es bien difficile, dis donc. Tu préfères les histoires, hein ?

— Tu vas pas r'commencer avec ça ! protesta le garde sans menton près d'Éléa. T'es timbré ou quoi ? Qu'a-t-il à faire de ta vie, c't'oiseau ?

— Ben, il a l'air d'écouter, c'est tout, se défendit le moustachu. Et ça a l'air de lui plaire puisqu'y vient presqu'tous les soirs. C'est pas par intérêt puisqu'y demande même pas à boulotter !

— Oh ! Divinités de la Vie ! s'exclama son compagnon, atterré par la réponse.

Le même cri avait traversé l'esprit d'Éléa. Son regard s'était glacé à la vue de l'hirondelle. Ces yeux jaunes dans la lumière de la torche, elle était capable de les reconnaître entre mille : *Jerry !*

Elle se retourna vers l'escalier, le visage paniqué. Elle avait toujours imaginé que Jerry se contentait de visiter les appartements de Korta. Elle avait bien pensé à l'éventualité d'une rencontre avec le duc cette nuit, même avec Muht, comme l'avait craint Axel, mais jamais elle n'aurait imaginé croiser son Maître !

Elle redescendit lentement à l'étage inférieur. Il fallait qu'elle se calme, elle n'avait rien à craindre. La fenêtre de la pièce donnait de toute manière sur l'autre côté de la tour : elle n'aurait donc pas pu atteindre la tour d'Éline par là ; et ni les gardes ni Jerry ne pourraient la voir l'escalader. La jeune fille jouait avec le feu depuis le départ, Jerry n'était qu'une étincelle supplémentaire. À elle d'être suffisamment prudente pour ne pas se brûler.

Elle se hissa sur le bord de la fenêtre qu'elle avait précédemment croisée. Elle regarda en direction de la chambre de la princesse, si difficile à atteindre. Il y avait toujours trois étages mais, là où la jeune fille se trouvait, un arc-boutant enjambait le vide et rejoignait les deux tours.

Un pied de largeur, trente de long, ce bras de pierre demeurait la dernière solution.

Éléa se laissa glisser sur sa base et regarda autour d'elle. Cent quatre-vingts pieds la séparaient du sol et elle n'avait rien à portée d'amalyse aux alentours. La jeune fille prit une forte respiration et fixa le mur à atteindre en face d'elle. Elle devait oublier la hauteur à laquelle elle se trouvait. Elle avait fait des exercices d'équilibre toute la journée, il n'y avait aucune raison pour qu'elle tombe ce soir.

Progressivement son pied gauche glissa sur l'arête de pierre et avança. De l'autre côté son pied droit fit de même. Cette poutre était suffisamment large, à peine inclinée, elle devait y arriver.

Concentration, résolution, confiance en soi.

Très haut dans le ciel, les nuages dérivaient sous l'action d'une légère brise. Un vent ascendant remonta sur les jambes de la jeune fille et poursuivit dans un frisson sa course le long de son dos. Éléa allongeait ses pas sur l'arc, guidée par tous ses sens en éveil. Comme un funambule, elle bravait sa peur. Forme fragile dans le noir, suspendue dans le vide, hypnotisée par l'autre bout, l'autre côté, l'autre tour.

Plus que deux pas... Plus qu'un... Éléa embrassa le mur de ses deux bras. Le visage collé à la paroi, elle respira profondément et laissa son cœur se libérer de sa peur. Quelque part, elle regretta que Jerry ne l'ait pas vue : il ne lui aurait plus jamais reproché de manquer d'équilibre.

Triomphante, elle releva la tête. Plus que soixante-dix pieds. Il n'y avait pas de fenêtre à cet endroit : les étages étaient décalés par rapport à ceux de la tour de garde. Les parois demeuraient toujours aussi lisses, mais Éléa savait qu'entre les corbeaux qui ornaient le sommet de la tour, elle rencontrerait des poutres de bois. Il faisait trop noir pour les distinguer mais toutes les architectures de château se ressemblaient : Éléa connaissait leur disposition.

Il fallait qu'elle utilise sa corne, elle n'avait plus le choix. Elle s'accroupit contre la paroi et réfléchit quelques secondes aux solutions les plus efficaces et les moins fatigantes. Jerry ne lui avait pas appris à se servir d'un arc, mais elle savait parfaitement viser. Elle pouvait toucher une poutre de cinq pieds de large, même à cette distance, avec une arbalète. Elle en fit apparaître une qu'elle posa sur ses genoux et enchaîna tout de suite les apparitions avec un carreau spécial : très près de sa pointe, une corde était accrochée, et de celle-ci partaient trois filins alourdis par trois poids de plomb.

Éléa avait fait exprès de demander une longue corde, prévoyant sa descente. Mais à travers ses gants, elle avait l'impression d'avoir des milliers de coupures et elle ressentait l'échauffement du tressage du chanvre entre ses doigts. Elle resta les mains coincées sous ses bras croisés à attendre que le prix de sa demande s'estompe.

Plus d'une demi-heure plus tard, elle put se relever. En faisant attention de ne pas trébucher ou perdre pied sur la base de l'arc-boutant à un moment aussi crucial, Éléa pointa son arme vers les corbeaux et tira. Un petit claquement sec se fit entendre, un bruit sourd de pierres frappées lui répondit et le silence de la nuit restaura son empire.

Elle resta encore un moment sans bouger. Jerry et les gardes n'avaient pas pu l'entendre, mais elle craignait la présence d'autres personnes dans les parages. Lorsqu'elle fut rassurée sur sa tranquillité, elle accrocha son arbalète sur son dos et attrapa la corde. Celle-ci résistait comme prévu, les trois filins lestés avaient enlacé une poutre de bois avec fermeté.

À la force des bras, poussant sur ses pieds, Éléa se hissa jusqu'à la première fenêtre. S'appuyant discrètement sur le rebord de pierre, elle fit une halte sur la traverse supérieure. L'ascension était éprouvante après une telle journée et les demandes faites à sa corne. Malgré ses gants, la corde lui faisait mal et elle avait en outre l'impression de s'arracher les bras.

Encore un effort, il n'y en avait plus pour longtemps, se répétait-elle pour s'encourager.

Elle s'élança de nouveau et parvint péniblement à la fenêtre suivante. Épuisée, elle se cramponna au rebord et, la pièce étant plongée dans l'obscurité, elle s'assit dessus. Elle reprit son souffle, se leva le long des carreaux sertis de plomb et attrapa sa corde pour la dernière fois.

Mais soudain, elle entendit du bruit à l'étage. Elle eut juste le temps de s'élancer dans le vide sur le côté, avant que la lumière ne s'allume. Précipitamment, ignorant à présent ses douleurs musculaires, elle grimpa jusque sur le rebord supérieur de l'encadrement de pierre de la fenêtre. Ce qu'elle craignait arriva, la fenêtre s'ouvrit.

Crucifiée sur la paroi par ses amalyses, le souffle coupé, le ventre creusé par la peur, Éléa, du bout des doigts, écarta des côtés de la fenêtre la corde qui pendait au-dessous d'elle. Elle regarda droit devant elle et devina l'étendue de jardins, les murs d'enceinte et la falaise de la Forêt Interdite. Elle pensa à Axel : elle l'aimait.

Elle sentit une brise légère lui caresser les lèvres comme un doigt posé pour faire silence. Petite tache noire découpée sur la pierre blanche, elle ferma les yeux et se sentit soudain emportée par la folie de ses deux dernières heures. Elle entendit un bruit de tapotement sur la pierre en dessous et la fenêtre se referma.

Éléa ouvrit les yeux sans y croire. La personne ne l'avait pas vue, avait seulement vidé sa pipe sur le bord de la fenêtre. L'effluve de tabac s'élevait jusqu'à elle. Une petite musique lui parvenait aussi. Éléa crut que c'était son cœur qui criait victoire mais, en réalité, au-dessus d'elle, quelqu'un jouait de la harpe.

Éline !

Guidée par les légers fredonnements d'une voix agréable, Éléa escalada les derniers pieds qui la séparaient d'elle. La jeune fille négligea soudain sa fatigue et oublia toute l'angoisse qu'elle avait affrontée pour parvenir jusque-là.

Éléa poussa doucement la bougie, toujours allumée, pour s'asseoir et passer ses jambes sans bruit dans la chambre. Elle entraîna la corde avec elle et déposa son arbalète sur le sol.

La chambre était d'un ocre jaune et agréablement parfumée par des bouquets de fleurs odorantes. Éline lui tournait le dos et finissait sa chanson. Assise devant sa harpe sur un tabouret, son ample manteau d'intérieur à parements d'argent s'écoulait sur le tapis. Ses cheveux châtains, retenus par un simple serre-tête, glissaient dans son dos. Brillants, souples, ils s'ordonnaient en une bande presque infinie.

Ses doigts avaient pincé les dernières cordes. L'onde musicale suscitait un léger écho dans la grande pièce riche et claire.

— Je ne porte pas de voile, annonça doucement Éline.

Éléa releva son amalyse sur son front et enleva son foulard.

— Je ne porte pas de masque non plus, lui répondit-elle.

— La loi sanctionne par la mort toute personne voyant mon visage, en dehors de ma sœur et de ma chaperonne, continua Éline sans se retourner.

— La cour m'accuse de bien des crimes, mais elle ne pourra jamais m'exécuter pour celui-ci.

— Tu n'es ni Éloïse ni Misty. Seule une troisième personne pourrait avoir la prétention que tu affiches. Pour cela, il faudrait que tu te nommes Éléa, que tu sois née de sang royal sous une pluie d'étoiles filantes et, qu'au solstice d'été, ta mort fête ses dix-huit ans.

Éline semblait attendre la réponse.

— Je me nomme Éléa. Je suis fille de roi. Les étoiles de ma naissance brillent encore dans mes yeux et, dans une lune, ma vie fêtera ses dix-huit ans.

Il y eut un silence et la princesse Éline se retourna.

Son visage était frais comme un matin, et ne trahissait pas plus de dix-neuf ans. Aucune mèche folle de cheveux ne venait déranger sa peau de nacre, vierge du moindre défaut. Elle avait la perfection d'une figurine. L'éclat rosé du collier de perles fines à son cou s'assortissait à la douce couleur de ses joues. Et, à ses doigts, des bagues de diamants étincelants et le grand saphir azuré de la reine brillaient comme ses yeux.

Éléa avait du mal à croire qu'elle pouvait avoir une sœur pareille. Éline avait la beauté incomparable d'une princesse de rêve.

Pourtant, en voyant le visage des deux jeunes filles, il demeurait impossible de ne pas constater de ressemblance : celle-ci était frappante. Avec sa peau claire, ses cheveux d'un châtain uni et ses yeux bleu ciel, le visage d'Éline possédait plus de contraste. Mais ce furent justement les reflets de soleil pris dans les cheveux et la peau d'Éléa, et la liberté brillant dans son regard éblouissant qui plurent à la princesse. Sa petite sœur avait un air sauvage qu'elle n'aurait jamais et une douce rébellion qui lui manquerait éternellement animait son corps.

Poupée de porcelaine, poupée de cire, elles restèrent un moment sans se parler. Puis leurs cœurs se reconnurent, et peu à peu un sourire se dessina sur leurs lèvres.

— Comment est-ce possible ? demanda Éline qui n'avait pas besoin de voir la tache royale d'Éléa pour la croire.

— C'est bien compliqué à expliquer, et bien douloureux à entendre, répondit-elle en baissant les yeux au sol pour chercher ses paroles. Il serait peut-être préférable de voir Éloïse d'abord.

— Misty se couche très tard en général et la cloison de sa chambre donne sur celle d'Éloïse. Malgré notre impatience, je crois qu'il nous faudra attendre. Par sécurité.

Éléa releva la tête pour acquiescer et lui fit un petit sourire avant de s'expliquer.

— Il faut remonter à la fin de la Guerre des Siècles, lors de la première victoire des Trois Fées de l'Est sur l'Esprit Sorcier Ibbak, il y a quatre cents ans. Les Divinités du Bien ont interrogé les grandes lignes de l'Avenir, et elles ont su qu'elles auraient besoin d'un lieu protégé pour la prochaine bataille… Elles ont mis la méchanceté d'un homme à leur profit. Coupable des pires méfaits, elles l'ont transformé en Monstre dans la Forêt Interdite…

— Tu essaies de me dire que ce lieu est un sanctuaire des Fées ?!

— Oui, Ibbak n'a aucun pouvoir sur ce territoire. Le Monstre a fabriqué sa légende, et l'Esprit du Mal n'a pas jugé nécessaire de s'en occuper.

— C'est impossible, des centaines de gens sont morts, et les Fées en seraient à l'origine ?!

— Non, la rassura Éléa. Elles ont donné certains pouvoirs à ce Monstre pour le faire passer pour un Bas-Esprit, et elles ne sont pas intervenues dans ses tueries.

— Ce que tu me dis m'afflige. J'ai tellement prié les Fées que je commençais à croire qu'elles n'existaient pas, et tu m'annonces que leur pouvoir est allié à un être maléfique, qui ne se soucie même pas de la valeur d'une vie humaine.

Éléa ne répondit rien sur le moment.

— La mort est quelquefois nécessaire pour que le Bien règne de nouveau. Et ce Monstre ne tue plus… plus autant qu'avant, rectifia-t-elle.

— Comment le sais-tu ?

— C'est mon Maître.

La princesse Éline en resta pétrifiée. Tout ce qu'elle entendait la dépassait. Elle eut le réflexe de se lever. Elle avait envie de s'éloigner, de laisser son esprit réfléchir.

— Je ne comprends plus, fit-elle, désorientée dans ses croyances.

Éléa glissa sur le sol et s'approcha d'elle. Elle s'arrêta, la main sur un montant torsadé du grand lit à baldaquin. Éline s'était réfugiée derrière les voiles mouchetés et brodés de liserons blancs.

— Je n'ai pas décidé de ma vie, lui expliqua Éléa. Je n'ai pas été élevée en princesse mais en guerrière. Je ne suis pas une criminelle pour autant, je n'ai jamais tué qui que ce soit. Mes mains sont aussi blanches que les tiennes.

Éline revint vers le montant du lit, face à Éléa.

— Mais pourquoi toi ? demanda-t-elle comme une enfant perdue.

— Parce que je devais fuir le château royal et être protégée dans un lieu sûr. Le roi, sous l'emprise d'une potion administrée par Korta, a tenté de me tuer à ma naissance.

— Tu mens ! cria Éline. Jamais père n'aurait commis un acte pareil !

— Sous l'effet de l'Élixir de la Folie, même le plus pacifique des hommes peut tuer.

— Non ! Non ! refusait Éline en se retournant pour cacher son désarroi face à cette vérité irréfutable. Il est un homme juste et droit…

— Juste ?! Comment peux-tu dire cela, alors que chaque jour, il t'oblige à porter un voile sous le prétexte d'une loi non fondée ?

Éline ouvrit la bouche mais resta sans voix. Elle baissa la tête et s'appuya sur le montant de bois.

— Sous la douleur, le cœur peut commettre des erreurs. Je ne puis plus lui reprocher son geste, je sais qu'il le regrette du plus profond de son âme.

— Le roi te l'a expliqué ?

— Non, répondit Éline en secouant légèrement la tête. Mais je suis la seule personne avec Éloïse à lui faire baisser les yeux. Il n'a osé me regarder qu'une seule fois, avec des yeux brouillés de larmes tant il avait honte.

Elle considéra Éléa : son regard trop brillant disait son émotion.

— Et la seule chose qu'il ait réussi à me dire avant de s'enfuir fut : *pardon*.

À ces mots, ce furent les yeux d'Éléa qui se baissèrent, se fermèrent même. Tout ce qu'elle apprenait sur son père depuis trois jours lui rendait la vie étrange et difficile. Haïr cet homme lui avait été si facile, pourquoi son cœur était-il si bouleversé maintenant ?

— Je ne porte mon masque que pour combattre les gens du château. Tous les villageois, comme mes compagnons, connaissent mon visage.

— Mais les Lois Interdites stipulent que toutes les princesses de Leïlan…

— Alors, il faudrait tuer tous les gens de la Grande Plaine et tous ceux des pays étrangers que j'ai traversés. Une loi disparaît lorsqu'elle n'est plus applicable. Tu n'y as jamais pensé ?!

— Si, bien sûr. Mais avant que tout le monde ait vu mon visage, on m'aurait arrêtée et j'aurais condamné plusieurs personnes à la mort. Je n'ai pas voulu le faire non plus à cause de père. Et puis, je m'y habitue…

Elle s'assit au bord du lit, comme épuisée par les tourments.

— Le roi m'élève en future reine, et il a toutes les attentions. Il m'aime, même s'il ne me l'a jamais dit. Mais je sais qu'il aimait encore bien plus notre mère. La mort de celle-ci l'a brisé à jamais. Il lui a toujours été fidèle. Il n'a jamais voulu se remarier, même pour avoir un fils… Nous ne parlons jamais d'elle, nous ne parlons jamais de nous. Il est des dialogues qui n'ont pas besoin de paroles… Il me considère comme une personne de toute confiance, il me demande souvent des conseils et j'ai mal de lui mentir depuis six ans… Je me sens coupable de tous les malheurs du peuple : le duc d'Alekant me tient sous sa dextre et le roi de Leïlan croit sa fille.

Éléa s'assit à côté de sa sœur. Elle ne savait que lui

dire, tout lui paraissait futile. Elle n'osait pas la toucher, elle se contentait d'être là, tout près, comme elle aurait toujours voulu l'être.

— Je me suis fait le serment de ne pas quitter Éloïse tant que je n'aurai pas trouvé le remède, lui dit-elle simplement.

Éline lui adressa un faible sourire. Sa seule joie était de parler à cœur ouvert ce soir, et Éléa semblait comprendre le poids de sa responsabilité.

— Viens, chuchota-t-elle. Il est temps de tenter quelque chose pour la sauver.

Elle se leva et se dirigea vers une petite porte située au fond de sa chambre à côté de la cheminée. Elle leva le grand loquet de fer et poussa doucement le battant sans le faire grincer.

Une marche plus bas, dans une chambre à l'image de la précédente, se trouvait une princesse endormie. Inerte, les mains sur sa poitrine, un voile sur son visage. Les couleurs semblaient fanées autour d'elle. Éléa crut que son imagination lui jouait des tours mais, lorsqu'Éline releva le voile, elle fut étonnée de constater la réalité de cette impression.

Les cheveux d'un blond foncé, d'une beauté semblable à celle de ses sœurs, Éloïse avait un teint cadavéreux à faire peur. La pâleur d'un corps déjà parti pour l'autre monde, semblant entraîner tout ce qui le touchait avec lui. Éloïse portait une robe d'un ton bois de rose, cintrée sous la poitrine, mais sa couleur n'était plus qu'un vague souvenir, les pierres chamarrées n'avaient plus d'éclat, la dentelle semblait jaunie par le temps. Éloïse était une fleur qui s'éteignait.

Éléa resta un moment surprise à sa vue. En descendant la marche, elle eut la désagréable sensation de s'approcher de la mort. Elle sentit son froid lui parcourir les os, son odeur l'effleurer. Un linceul imaginaire avait déjà recouvert la princesse Éloïse. Ce n'était pas réel, ce n'était pas possible! *Aucune maladie en ces Mondes ne pouvait donner cette impression!*

— Le duc d'Alekant l'a empoisonnée et me donne régulièrement un antidote pour la maintenir en vie, mais évidemment trop faible pour la guérir, chuchota Éline. Chaque jour, il m'oblige à mentir et il a réussi à obtenir ma main. Père a hésité au départ, malgré l'amour que je simulais pour l'ignoble individu, puis il a mis une condition : si tu venais à mourir, Éléa, je serais condamnée à l'épouser.

— Il faudrait qu'il extermine tous mes compagnons pour cela, car ceux-ci prendraient tour à tour mon masque pour poursuivre le combat, murmura-t-elle en réponse.

Éline lui sourit. Elle l'enviait d'avoir des amis aussi fidèles, au point de ne même pas douter d'eux devant l'éventualité de sa disparition.

— Est-elle devenue ainsi du jour au lendemain? demanda doucement Éléa.

Elle était hypnotisée par le corps d'Éloïse.

— Non, avoua Éline. Elle s'est d'abord endormie pour une nuit. Puis, elle n'a jamais pu se réveiller et tout a sombré avec elle vers la mort. Ces derniers temps, cela en devient effrayant. Elle peut être plus ou moins malade. Tout dépend de mon comportement et de la potion que me donne Korta en conséquence.

— Vile charogne ! étouffa Éléa entre ses dents. Mais personne n'a trouvé un remède ?! Le roi n'a pas cherché de médecins compétents ?! s'écria-t-elle ensuite.

— Si, répondit Éline en calmant son ton.

Elle regarda, inquiète, vers sa droite où se trouvait le mur mitoyen de la chambre de Misty, et même vers l'autre porte, celle qui donnait dans un couloir commun aux trois chambres.

— Une centaine de médecins, au moins, sont venus la voir, reprit-elle plus bas. Les meilleurs du royaume et d'autres encore des pays voisins. Je suis persuadée que certains d'entre eux avaient trouvé la solution. Plusieurs sont partis pour rechercher une plante rare, mais aucun n'est revenu, ou alors les sariclès étaient là pour dévorer les plus futés. La légende de ton savoir est parvenue jusqu'à moi, mais c'est surtout que toi, tu peux passer au-dessus des douves avec ton oiseau.

— Pas vraiment. Mon oiseau est mon Maître et Jerry n'est pas au courant que je suis ici.

— Comment as-tu pu y parvenir ? s'exclama Éline.

— Peu importe, j'y suis arrivée, c'est tout ce qu'il faut retenir, répondit Éléa en s'avançant vers Éloïse.

Il y eut un phénomène étrange à son approche, comme si une auréole de lumière et de couleurs entourait subitement Éléa. La jeune fille n'avait rien de magique, du moins pas en elle-même. Elle comprit très vite ce qu'il se passait et décrocha le collier de son cou. C'était la corne qui émettait le rayonnement. Comme un soleil, ses feux réchauffaient le corps prisonnier des ténèbres glacées. Un instant, Éléa crut qu'Éloïse allait se réveiller, mais la princesse n'étant pas blessée, la corne n'avait aucun pouvoir de guérison sur elle. Elle dissipait l'illusion des yeux, elle enlevait seulement l'artifice maléfique qui entourait le corps endormi.

—Elle est sous l'emprise d'Ibbak.

—Que veux-tu dire ? demanda Éline.

—Jerry m'a dit que l'Esprit du Mal est dans ce château…

—Dans le château ?! s'écria Éline, épouvantée, en regardant autour d'elle.

—Il se dissimule dans les bas-fonds, mais Éloïse doit être dans le champ de son pouvoir.

Elle pensa soudain que les rayons de sa corne pouvaient révéler sa présence. Mais aucun maléfice ne l'avait entourée lors de sa première venue dans le château. Un doute lui fit tout de même ranger le bijou dans son pourpoint ; le linceul funeste recouvrit Éloïse de nouveau.

—Il n'y a rien à faire, alors, s'effondra soudain Éline.

—Je n'ai pas dit cela. Cet artifice qui entoure Éloïse est dû à Ibbak, son aspect étrange dérange l'esprit, mais il ne contribue pas à la maintenir dans cet état.

Dans les yeux azur, les questions défilaient et lorsqu'Éléa lui expliqua l'origine de la corne, une lueur d'espoir sembla renaître avec une foi admirable.

—Lui fait-on porter toujours les mêmes vêtements ?

Éléa s'était assise sur le bord du lit, près du visage maintenant terni.

—Non, mais les habits changent de couleur à son contact. J'ai surveillé les choix vestimentaires de Misty, j'ai souvent changé Éloïse moi-même, je l'ai même habillée de mes propres robes pour être sûre.

Éléa avait enlevé ses gants et passait sa main sur le visage princier. Il n'y avait aucune fièvre. Délicatement, elle lui ouvrit les yeux : ses iris bleu cendré étaient révulsés et immobiles. Le pouls demeurait lent, la résistance musculaire nulle. La vie semblait ralentie mais non pétrifiée. Il n'y avait pas eu d'arrêt dans le développement du corps. Éloïse s'était endormie à quatorze ans, mais elle avait les formes de ses vingt ans.

— Comment la nourrissez-vous ?

— La potion semble suffire, annonça Éline.

— Ah !

Éléa resta un instant dans ses pensées : elle avait trouvé le premier indice. Une seule plante dans les Mondes était capable de remplacer la nourriture, mais son action était limitée.

— Lors des grandes sécheresses, la Baie du Sommeil est utilisée sous forme de pommade à Zhol, un pays du Monde du Sud. Elle met le corps dans un état d'hibernation semblable à celui des animaux dans nos régions. Mais il serait impossible d'endormir quelqu'un plus de trois mois sans le tuer en utilisant ses propriétés.

— J'ai enlevé toutes les pommades de la chambre de ma sœur et je surveille chacune de ses toilettes. L'empoisonnement ne vient pas d'un onguent quelconque.

Éléa l'écoutait attentivement, les idées filaient comme le vent dans son esprit. La princesse Éline avait tenté beaucoup de choses pour trouver la solution, elle n'était pas restée les bras croisés : elle avait accumulé les potions en cachette pour les donner en grosse quantité, elle les avait arrêtées... Son désarroi n'avait pu que croître au fur et à mesure que les années passaient.

— Les habitants de Zhol l'emploient ainsi, mais ce n'est pas pour autant sa seule utilisation possible. J'ai avec moi un Alchimiste Suprême d'Akal. Il m'a souvent dit qu'il n'y a pas seulement la quantité qui influence l'action d'un produit, mais aussi son moyen de préparation et d'administration… Éloïse ne porte jamais les mêmes habits, mais les bijoux ?

— Je les ai inspectés méthodiquement, ils n'ont rien d'anormal et je les fais changer fréquemment, répondit Éline que le désespoir envahissait de nouveau.

— Ne perds pas courage. Si des gens sont morts, c'est que la vérité est trouvable.

Bonne réflexion, mais qui laissait Éline encore désabusée. Sur son front diaphane pouvaient déjà se voir les marques du sacrifice. Elle avait envie de pleurer.

Éléa se retourna vers Éloïse. Elle devait trouver la solution.

La Baie du Sommeil sécrétait une graisse. Si celle-ci était utilisée pure, où pouvait-elle être disposée pour garder un contact permanent avec le corps d'Éloïse ? Les yeux d'Éléa tombèrent sur l'énorme améthyste qui ornait son collier. La pierre avait un aspect gras naturel, mais qu'elle trouva soudain suspect.

— Personne ne peut venir changer les bijoux pendant mon absence, précisa Éline avec lassitude. Les clés de ma chambre et de celle d'Éloïse sont toujours sur moi et, s'il y a un passage secret, je ne l'ai pas encore trouvé après six ans de recherches.

Éléa ne l'écoutait plus, elle cherchait l'utilité de la Baie du Sommeil sous cette forme. Elle commençait à comprendre. Il n'y avait pas qu'un seul produit mais l'association compliquée de plusieurs, et c'était ce qui déroutait les recherches. Si Éloïse avait besoin d'un antidote de temps en temps pour rester en vie, le produit initial devait être mortel. Et la probabilité qu'elle arrête de porter des bijoux était beaucoup trop grande pour que le poison soit uniquement la Baie du Sommeil elle-même. Elle ne devait donc être utilisée que pour accentuer l'effet narcotique. La Baie du Sommeil était même probablement nécessaire pour empêcher que le véritable poison ne domine complètement le corps d'Éloïse. Cela expliquerait l'alternance des états, critique ou meilleur, de la princesse au gré des jours. Le prétendu antidote de Korta devait avoir la même propriété ou permettait l'association des produits sans rejet et mort du sujet.

— Aurais-tu encore du produit que Korta te donne ?

— Oui, dans ma chambre, il m'en reste.

Éline se leva et Éléa, avant de la suivre, regarda une dernière fois le visage d'Éloïse. Elle aurait voulu la dénuder de toutes ces pierreries maléfiques, mais les conséquences risquaient de lui être fatales. Elle rabaissa le voile et sortit de la pièce. Elle referma doucement la porte.

— Tiens.

Éline sortit Éléa de ses pensées en lui présentant une petite fiasque rouge clair et une autre plus foncée.

— Celle-ci m'a été donnée par le duc hier. L'autre est un fond datant de deux jours. L'ancienne avait redonné des couleurs à Éloïse, la plus récente l'a rendue encore plus malade.

Éléa prit les deux fiasques et les déboucha. L'une sentait plus fort que l'autre, une odeur étrange, qui ne lui était pas inconnue. Mais le nom de la substance ne lui venait pas à l'esprit, pas sur le moment du moins. Elle ragea un peu : Erwan aurait trouvé instantanément. Qu'à cela ne tienne, elle les emportait avec elle !

Elle fit apparaître deux minuscules fioles à l'aide de sa corne et versa un peu de produit dans chaque. La princesse Éline fut saisie par ce miracle mais retrouva du même coup sa confiance dans le pouvoir des Fées.

— Il n'y a pas des millions de combinaisons possibles entre les poisons, déclara Éléa en s'épongeant le front comme si elle avait soufflé le verre elle-même. Mon ami akalien trouvera le nom de celui-ci, si je ne le peux moi-même, et je trouverai le poison mortel initial.

— Merci de me redonner espoir, répondit Éline.

— Je n'étais pas au courant du mal d'Éloïse, sinon je serais venue plus tôt. Je… ne savais même pas que la reine était morte, réussit-elle à dire soudain. Je n'ai su tout ceci que la veille de ton anniversaire.

Elle s'arrêta un instant.

— Je croyais que vous étiez cloîtrées, mais que notre mère était à côté de vous. Je l'ai toujours imaginée aussi belle qu'une Fée et aussi douce qu'un songe. Les bras et l'amour d'une mère ne m'ont pas manqué, mais j'ai toujours pensé à vous deux. Te souviens-tu de la reine ?

Éline la regarda. Elle était touchée par cette question qui semblait si douloureuse pour Éléa.

— Je n'en ai qu'un souvenir très flou. J'avais à peu près quatre ans lorsqu'elle est morte. Le bouleversement dans ma vie a été gigantesque, mais je ne me rappelle que d'un visage, aussi doux qu'un enfant peut l'espérer, et aussi blanc que la mort qui l'emportait… Néanmoins, c'est ce qu'elle m'a dit qui n'est jamais sorti de mon esprit. Elle me suppliait d'être forte et de vivre. Elle me disait qu'elle m'aimait, que je ne devrais jamais l'oublier, mais elle m'a surtout demandé de protéger mes sœurs et de prendre soin d'elles.

Les regards d'Éline et Éléa se croisèrent.

— Lourd fardeau pour une enfant aussi jeune, n'est-ce pas ? fit Éline en se pinçant les lèvres. Je n'ai jamais voulu abandonner Éloïse et, pour toi, je ne pouvais pas croire que notre mère était folle. Peut-être à cause de la vénération démente que notre père avait pour elle.

— Tu n'as jamais douté de ton souvenir ?

— Non.

Éléa sourit de cette assurance.

— Et tu n'en as jamais parlé à quelqu'un ?

— Jamais, pas même à Éloïse.

— Pourquoi ?

Éline haussa les épaules sans vraiment s'en rendre compte.

— Les enfants sentent l'anormalité des choses, et bien souvent restent muets. Mais comment as-tu regagné la Forêt Interdite ? la questionna-t-elle à son tour. Il y avait un enfant mort dans le berceau.

— Un enfant né dans la journée et mort naturellement. Les Fées ont passé un accord avec le Monstre de la Forêt Interdite. S'il me sauvait…

— Il est capable de sortir de son territoire ?! coupa Éline, effrayée.

— Oui, sous la forme de n'importe quel animal. Il peut aller où bon lui semble, mais il est alors incapable de nuire à qui que ce soit.

Malgré ces dernières paroles, Éline ne semblait pas très rassurée.

— Les Fées lui ont dit que s'il faisait de moi un combattant apte à affronter Korta plus tard, elles lui redonneraient sa forme humaine.

— Mais c'est un homme indigne ! Cruel ! Tu m'as dit qu'il était coupable des pires méfaits.

— Oui, mais les Fées l'ont déshonoré en conséquence, et si Jerry avait une seule qualité, c'était bien celle de l'honneur.

— Jerry… Quel drôle de nom pour un homme méchant ! s'étonna Éline.

Éléa savait parfaitement quel effet allait produire sa réponse, mais elle tenait à la faire :

— Il est difficile pour un enfant de prononcer le nom de Jerraïkar.

Si les iris azurés d'Éline avaient pu changer de couleur, ils seraient devenus blancs.

— Le…

— Oui, affirma gravement Éléa. Mais il ne mérite plus ce nom, et pour moi il s'appellera définitivement Jerry.

— Mais c'est un sauvage, un tueur, un monstre ! continua Éline.

— Les sauvages sont plutôt tous ceux qui ont participé au massacre des enfants après ma naissance, non ?

Le visage d'Éline devint blême de nouveau.

— Tu veux dire que c'est toi qui étais visée dans ce massacre ?

— Oui, et je crois que nous ne sommes que deux à avoir survécu. Le petit garçon de ma nourrice et moi.

Le mot *nourrice* surprit Éline.

— Le Monstre a laissé la vie sauve à une dentellière, sa fille et son bébé, venus se réfugier dans la Forêt Interdite. Tu vois, ce n'est pas toujours un tueur.

— Il avait un intérêt. Je doute qu'il pouvait te donner le sein, fit Éline, sarcastique.

— Il fait beaucoup de choses par intérêt, c'est exact, mais quelquefois non.

— Aussi méchant qu'il soit, il représente beaucoup pour toi, comprit Éline. Et tu lui cherches des excuses. Je crois que je ne comprendrai jamais ta relation avec lui. Pas plus que toi, celle qui me lie à notre père.

— Peut-être, admit Éléa. Mais il a changé. Jerry a sauvé beaucoup de gens et a recueilli plusieurs personnes sur son territoire.

— Vous êtes aussi nombreux qu'on le raconte.

— Oh, non, hélas ! Au départ, il n'y avait que Ceban et Estelle, mes frère et sœur adoptifs. Puis, il y a cinq ans, nous avons recueilli deux étrangers qui fuyaient Akal : une Scylèse torturée et l'Akalien dont je t'ai parlé... À peu près en même temps, Estelle s'est éprise d'un paysan izois. C'est mon colosse mais il est gravement blessé actuellement, ajouta-t-elle, pensive. Ensuite...

Elle ne pouvait pas parler de Gyl. Non, son cœur ne pourrait expliquer sa mort. Elle avait trop honte de sa fuite. Elle vit de nouveau les Scylès galoper vers eux, elle entendit Jerry lui hurler de partir et préféra fermer les yeux. Éline s'aperçut de la douleur qui passait sur son visage mais ne put la comprendre, car Éléa enchaîna sans qu'elle puisse poser de question :

— ... Il y a eu deux soldats et la famille de l'un d'eux, que nous avons accueillis il y a un an, et ces derniers jours, une jeune villageoise douée pour la danse et une sorcière.

— Une sorcière ?!

Éléa lui expliqua l'origine de ce mot et l'histoire de cette femme, comme celle des autres. Toutes sauf celle de Gyl. Éline écoutait la vie de ces gens qu'elle rêvait de rencontrer. Elle imaginait cette foule d'enfants grouillant dans la Forêt Interdite. En un sens, elle commençait à croire que Jerry n'était pas si mauvais. S'il avait eu un intérêt à recueillir des adultes, il n'en avait eu aucun pour les enfants.

Apparemment, le Monstre n'était intransigeant qu'avec Éléa, et comme tous les maîtres, il ne devait certainement l'être que pour garder son autorité. Sans raison, il avait raconté sa vie et son passé à son élève, et paraissait avoir une moralité un peu meilleure que celle d'un monstre normal, du moins dans l'esprit d'Éline. Il était hélas encore loin d'être humain, mais Éléa semblait convaincue qu'il était sur la bonne voie. Les Fées paraissaient du même avis puisqu'au lieu de laisser ce Monstre se tuer pour l'honneur après avoir retrouvé son apparence humaine, elles lui avaient offert une raison de vivre en lui donnant un amour : Imma. À savoir si la sorcière, même aveugle, pouvait aimer un Monstre…

À savoir si Éline pouvait aimer et être aimée du prince Cédric, comme le pouvoir des Fées le laissait imaginer.

Éline, qui n'avait jamais franchi les frontières du château, envia Éléa pour ses voyages et sa connaissance. Celle-ci avait parcouru quinze pays dans les différents Mondes : Zhol, les deux Xylilasia, trois pays d'Oye, cinq Pays Noirs et quatre autres contrées dont le nom même lui était étranger. Éléa avait appris la médecine et toutes les disciplines capables d'en faire un combattant d'excellence. Éline était émerveillée et en oubliait soudain le Maître.

Et pendant qu'Éléa rêvait d'être aussi raffinée et princière qu'Éline, celle-ci se voyait dans la peau de sa sœur et imaginait toutes ses aventures avec passion et désir. Éline avait besoin d'espace et d'évasion.

La nuit montait, les nuages s'en allaient, le temps passait. Dans la chambre adjacente, une princesse attendait. Éline et Éléa auraient bien parlé toute la nuit, mais la guérison de leur sœur était le dernier obstacle à leurs libertés respectives.

— Après-demain, je reviendrai, assura Éléa. Et j'aurai trouvé. Si rare que soit la plante que certains médecins sont partis chercher, je la trouverai dans les Bois Obscurs et je la ramènerai.

Il y avait de la lumière dans les yeux d'Éline, de la peur et de l'espoir dans son cœur. Elle arrivait à y croire. Les deux sœurs ne purent se séparer ainsi, leurs bras les serrèrent l'une contre l'autre.

Puis, sous les yeux étonnés de la princesse, Éléa se pencha à moitié dans le vide et, de trois lancers de couteaux dans le toit de la tour, rattrapa la corde qui lui avait servi à monter. Le plus fabuleux qu'elle put voir fut un oiseau étrange qui récupéra les trois couteaux. Éléa emportait tous les indices de son passage. Pour repartir, elle attacha la corde au crochet du volet intérieur, au-dessus de la fenêtre, ce qui devait permettre à Éline de la décrocher facilement pour la raccrocher plus tard.

— Remercie le comte de Mont-Allois pour moi, dit Éline avant qu'Éléa parte.

— Axel ?

— Oui, Axel, appuya Éline avec un sourire pour ce simple nom.

— Je n'y manquerai pas, promit Éléa d'une voix grave.

Elle se laissa glisser de la fenêtre. Éline la retint encore un peu.

— L'aimes-tu ? lui chuchota-t-elle avec intérêt.

Éléa resta un moment interdite et surprise. Même dans le noir, son émotion dut se voir.

— Inutile de me dire oui, ton bouleversement est évident, sourit Éline. Dépêche-toi de partir, dans moins de deux heures, il fera jour. À après-demain.

Éléa lui dit aussi au revoir, sans comprendre sa dernière question, et se laissa glisser en silence tout le long de la tour. Quelques secondes plus tard, Éline décrochait la corde à sa demande et une ombre furtive repartait dans les fourrés.

Éline avait soudain le cœur léger. Elle poussa un grand soupir et se retourna vers son lit. Elle retira ses derniers bijoux, son manteau d'intérieur et s'apprêtait à se coucher quand une grande ombre à l'une de ses fenêtres obscurcit la clarté de la nuit. Elle faillit pousser un cri de surprise, mais l'animal était un grand oiseau blanc avec de grandes plumes rouges !

À la vue du pavallois, Éline retint sa joie en mettant une main devant sa bouche. Le prince Axel lui avait dit que l'oiseau lui ramènerait une lettre de son frère Cédric, mais elle n'avait pas voulu le croire. Elle s'approcha lentement du somptueux animal. Il la laissa retirer le message de sa patte et roucoula presque sous sa caresse. Éline était enchantée.

Folle et déjà amoureuse, elle alluma la troisième chandelle de la nuit et se jeta sur son lit pour lire la missive. Elle dut la relire dix fois au moins et elle serra ses coussins de satin en pensant au prince. Il fallait qu'elle lui écrive ! Un moment encore, elle resta intimidée devant ce geste : qu'allait-elle lui répondre ? Mais, lorsque sa plume toucha le papier, son cœur prit la parole et les mots s'enchaînèrent sous l'effet de la passion.

Nourri de cerises et de caresses comme jamais il ne l'avait été, le pavallois repartit vers sa condition d'oiseau messager, dans la perpétuelle recherche de ses maîtres. Les coudes affalés sur le rebord de la fenêtre, Éline le regarda s'éloigner. Son regard était embrumé par l'amour et par l'effet d'une nuit blanche. Elle restait dans ses rêves, déjà en route pour le royaume du sommeil avec un merveilleux prince. Elle n'entendit pas un léger bruit, derrière la porte de sa chambre.

Dans la pénombre du couloir, quelqu'un d'autre se tenait devant une fenêtre depuis un long moment. Un sombre regard luisait de jalousie et de méchanceté.

Plus concerné qu'on ne le croit

D'un autre filin et de deux nœuds solides, Éléa avait raccordé les bouts de corde rompus. Par prudence, elle avait préféré lancer une deuxième boule de l'Élixir d'Erwan dans les douves avant de remonter sur la falaise de la Forêt Interdite. Il n'y avait eu aucun incident. Elle était certaine que sa visite n'avait eu aucun témoin.

Maintenant, elle mettait pied à terre dans les herbes hautes, si chères à son enfance. Elle regarda le château encore entouré des teintes silencieuses de la nuit, et sourit.

La sensation d'une présence et d'une légère respiration la fit se retourner. Elle devina Axel endormi, allongé contre le rocher. Elle eut un autre sourire. Le jeune homme n'était pas parti. Il avait passé la nuit à l'attendre. Il ne devait avoir sombré dans le sommeil que depuis peu, puisqu'il ne s'était même pas réveillé à son arrivée. Éléa l'enviait. Son corps endolori n'aspirait plus qu'au repos, mais elle n'avait pas le temps. *Pas encore.*

Doucement, elle décrocha la corde et fit disparaître ce moyen de liaison avec le château. Le bruit glissant dérangea Axel, mais il ne fit que se retourner dans l'herbe.

Avant de prendre le risque de rencontrer quelqu'un, même à cette heure-ci de la nuit, Éléa passa une robe sur place, comme elle l'avait prévu. Chargée de la corde, du paquet de vêtements noirs et de son arbalète, elle s'approcha discrètement d'Axel. Penchée par-dessus le rocher, elle n'osa s'avancer plus près. Elle ne savait pas encore ce qu'elle allait lui dire. Elle se contenta de lui envoyer un baiser en pensée et s'éclipsa.

Près du surplomb de falaise, elle trouva le coffre que Jerry n'avait pas rangé, et put se débarrasser de ses affaires. Toute joyeuse, elle dévala la langue de prairie et se dirigea vers le laboratoire d'Erwan au-dessus des salles de soins. Si son cœur était en fête, c'était en raison de sa découverte. À force de se triturer l'esprit, elle avait trouvé le nom du produit que donnait Korta à Éline : du Rouge de Gyzom. Elle hésitait encore sur la méthode de préparation et, par mesure de sécurité, elle tenait à s'en assurer en comparant cette odeur avec celles d'autres produits appartenant à l'Akalien. Mais, au moment même où elle voulut baisser la poignée, elle s'aperçut qu'un filet de lumière filtrait sous la porte du laboratoire.

Par prudence, elle fit lentement le tour des terrasses de bois pour trouver une fenêtre ouverte. Hissé sur sa haute chaise, au milieu des alambics, des cornues et des flacons, elle trouva le petit homme. Éclairé par l'ambre de deux lampes à huile, il semblait perdu dans ses pensées. Une double bague en fil de fer accrochée à sa chaîne de naissance passait et repassait dans ses doigts.

— Bonjour Erwan, fit gentiment Éléa.

L'Akalien sursauta et regarda par la fenêtre. Sur le fond noir et luisant de la mer, il reconnut la jeune fille.

— *Mélice ?!* Que fais-tu debout ?

— Je... me suis couchée tôt hier soir, et je n'avais apparemment pas tant besoin de sommeil, mentit-elle à regret. Mais toi ?

— Oh ! fit le nain désabusé. Sélène a encore eu un mauvais rêve. Elle a réveillé et effrayé les enfants. Lorsque j'ai réussi à arrêter les pleurs de Chloé, à tous les rassurer et à les rendormir, je n'avais plus sommeil moi-même.

— Sélène a encore beaucoup de cauchemars ? s'inquiéta Éléa.

— Non... En fait, seulement lorsque les nuits sont trop sombres. J'ai de la chance d'habiter un pays où la nouvelle lune n'existe plus, ironisa-t-il pour s'obliger à sourire.

Des bulles éclatant à la surface d'un produit chauffé intriguèrent Éléa.

— Tu fabriques encore des fioles aveuglantes ?!

— Non, ce produit n'a rien à voir avec nos plans.

— Tu cherchais une potion pour supprimer les cauchemars ? fit-elle, étonnée d'une telle possibilité.

Erwan eut soudain un petit rire.

— Non, déclara-t-il joyeusement. Et même si un tel breuvage pouvait exister, je ne ferais jamais une seule expérience sur Sélène.

Il avait pris son parti du silence de la jeune fille sur ses secrets. Il eut un air innocent et farceur pour expliquer sa préparation insolite.

— Je concocte un puissant faiseur de rêves. Un petit hydromel garanti sans mal de tête après abus, dit-il fièrement avec le plus grand sérieux.

— Erwan ! Tu vas faire de ma troupe un tas d'ivrognes ! Je te croyais un grand alchimiste !

— Je suis un Alchimiste Suprême ! s'indigna le petit homme en se redressant sur le haut tabouret, fier des paroles de sa fille. Le plus grand flair d'Akal et l'un des meilleurs préparateurs, rappelle-toi. Mais, ma belle, laisse Connaissance tromper Sagesse, Fantaisie a tant de charmes ! Nous allons tous en avoir besoin.

Éléa sourit de son ton convaincant et de ses yeux implorants. Il savait mieux que quiconque que le dénouement d'une bataille dépendait du moral des combattants.

— Le plus grand flair ?! fit-elle plus intéressée par cette réflexion que par les autres. Alors, mon illustre Erwan Al Kyort, je te lance un défi. Trouve-moi ce que ces deux fioles contiennent.

Renvoyant ses cheveux rouges en arrière d'un fier mouvement de la tête, Erwan saisit les deux petites bouteilles. Celles-ci commençaient déjà à rougir sous l'action du produit qu'elles contenaient.

— Ma chère enfant, annonça le nain avec de grands airs, sans même utiliser mon nez, je peux vous déclarer qu'elles contiennent une substance que l'on appelle Rouge de Gyzom, du nom de celui qui a trouvé cette plante dans les sommets désertiques du Monde du Sud. Outre ses propriétés curatives, elle a la particularité de se fondre dans tout objet et teinte même le verre. Preuve en est céans. L'une des deux fioles est d'ailleurs plus concentrée en ce produit que l'autre.

Il s'arrêta, un sourire sur les lèvres, un sourcil plus haut que l'autre.

— Facile.

Puis, il reprit avec à peine plus de sérieux :

— Maintenant, il existe six variantes pour la préparation du Rouge de Gyzom : brûlé, flambé, chauffé, oxygéné, distillé ou décanté puis filtré. L'exploit consistera donc à deviner duquel il s'agit ici ? dit-il en agitant ses petits doigts.

Il renifla un grand coup et laissa le silence de la nuit pénétrer la pièce. Ses yeux dorés fixant les flammes des lampes, il déboucha les deux petites bouteilles et les passa sous son nez.

Éléa, impatiente de savoir, craignait de devoir encore attendre, mais la réponse fut immédiate.

— Du Rouge de Gyzom uniquement chauffé, déclara-t-il comme l'évidence même.

— Tu es génial ! Dis aux hommes de préparer uniquement deux chariots de nourriture pour Olase. Nous pourrons ainsi distribuer les armes en même temps demain sur cinq villages ! Finissez les fioles ! Si vous avez besoin de moi, je suis dans la bibliothèque !

— Mais il n'y a pas que cette substance ! cria Erwan, étonné par son départ précipité.

Le visage d'Éléa reparut à la fenêtre.

— Heu… Il est possible que j'aie rempli une fiole déjà utilisée à d'autres usages. Pourquoi ? Que sens-tu d'autre ? demanda-t-elle le plus innocemment possible.

— Ce Rouge de Gyzom a été coupé par de l'extrait de fleurs malignes, de la pelure de racine de Tue-Temps et de l'huile d'une…

Il repassa le produit sous son nez :

— … voire deux feuilles de Restacle, la plante de

l'équilibre. Es-tu sûre que ce soit un mélange hasardeux ? Où as-tu trouvé cette fiole ? questionna-t-il avec un malaise dans la voix.

La nuit cacha le visage confus d'Éléa.

— Eh bien… Je ne me rappelle plus… Tu sais, j'ai fait beaucoup de voyages… Tu es le plus grand, sourit-elle au petit homme pour changer de conversation. Je n'en ai jamais douté, je voulais juste tester la susceptibilité de mon Akalien, poursuivit-elle en s'éloignant. Préviens les autres pour ce que je t'ai dit ! À plus tard !

Elle avait déjà disparu dans les passerelles. Le mélange laissait encore Erwan pensif.

— Ce n'est pas une coïncidence, *Mélice*, pensa-t-il à haute voix en hochant la tête. J'espère que tu sais ce que tu fais.

Et après un moment de réflexion, il se décida à retourner à sa préparation.

✧

À Cithaë, une ville au sud d'Akal, l'homme aux épaules massives regardait par les petites fenêtres rondes d'une auberge. Sa mâchoire carrée était serrée derrière sa barbe blonde. Ses yeux cachaient un étrange mélange de colère et de désespoir. Il n'aurait pas sa réponse aujourd'hui, comme il l'avait craint la veille.

— Frédérik ? interpella une voix légèrement grave et cotonneuse.

Le roi de Pandème se retourna vers sa femme. Il aurait voulu sourire au beau visage si cher à son cœur, encadré de boucles naturellement blondes et cendrées. Mais ce matin, la douceur de son épouse ne pourrait pas le calmer, ni même le rassurer. Il admira seulement les ondulations de la robe rose thé se faufilant entre les bancs de chêne pour venir jusqu'à lui.

— Est-ce le retard d'Axel qui vous préoccupe, mon aimé ?

Il embrassa les fins doigts richement bagués avant de les laisser se poser sur son pourpoint broché d'argent.

— Il ne viendra pas, dit-il doucement.

— Il ne vous a jamais désobéi…

Il eut un faible sourire avant de lui répondre :

— Il ne m'a jamais obéi non plus.

La reine Céliane ne trouva rien à répondre, la situation lui faisait mal. Elle savait tous les espoirs qui reposaient sur les épaules de son plus jeune fils, elle connaissait tous les efforts que son époux avait dû faire pour céder à tous ses caprices d'évasion, toutes les douleurs que son départ avait engendrées huit ans plus tôt. Frédérik de Pandème n'avait jamais admis que son fils puisse devenir un homme sans lui. Les yeux de la reine Céliane glissèrent sur les murs blancs de l'auberge, jaunis par les lampes à huile accrochées au mur.

— Regrettez-vous de ne pas avoir envoyé Cédric à sa place ?

— Je ne sais pas, soupira le roi… Non, je n'avais pas le choix. Envoyer Cédric ou Philip aurait été une erreur. Cédric aurait tout oublié pour voir la princesse Éline, et Philip… je crois qu'il aurait jeté la lettre avant même de franchir la frontière, ajouta-t-il avec un sourire sarcastique.

— Tout de même ! s'écria-t-elle en manquant de rire à cette exagération.

Un court instant, son sourire aurait pu emporter les soucis de son époux, mais il n'avait pas envie de rire, même de ses propres plaisanteries.

— Il me fallait quelqu'un de suffisamment têtu pour vouloir traverser le pays de manière anonyme. J'ai besoin de savoir si le roi de Leïlan s'opposera à notre venue ou non, si Philip n'est pas en train de perdre son temps en négociations avec Akal. Je ne sais même pas si je fais déplacer utilement les armées de Pandème. Dans quel état d'esprit est mon voisin ? Pourquoi ne vient-il plus aux Conseils du Monde de l'Est ? Pourquoi…

— Mon aimé, j'ai vu Axel partir avec le pavallois qu'il partage avec Cédric. Peut-être lui a-t-il déjà envoyé un courrier ? Comme vous avez préféré envoyer votre fils aîné s'occuper de contrebandes avec les Pays d'Oye, nous recevrons…

— Faites vos reproches correctement, ma douce, sourit-il en coin en passant une main sur sa joue pâle. Je me suis débarrassé de mon héritier avec la première affaire que j'ai trouvée pour ne plus le voir tourner en rond.

Elle acquiesça en lui rendant son sourire.

— Je sais qu'il faisait des efforts pour rester calme, continua le roi, mais il m'aurait rendu fou avant la fin du mois… Trouveriez-vous raisonnable qu'Axel fasse passer un message d'une aussi grande importance avec un simple oiseau ?! reprit-il soudain plus gravement. Un animal qui peut se faire abattre par le premier chasseur ?!

— Qui pourrait tuer un pavallois ?! s'indigna la reine.

— Toute personne qui ne voudrait pas que le message passe. Toute personne qui comprendrait la véritable valeur de ces mariages, le nouveau Disciple de…

Le roi ne put dire le nom de l'Esprit Sorcier. La reine eut un frisson et se blottit dans les bras de son époux. Il aurait pu en profiter pour lui rappeler sa folie de vouloir l'accompagner. Mais il avait déjà usé de tous les arguments sensés pour qu'elle reste à Pandème : les risques de bataille, les périls du voyage, l'inconfort… Il se rendait bien compte ce soir qu'il était un souverain respecté de tous ses sujets mais sans une once d'autorité sur sa famille.

— J'aurais peut-être dû dire à Axel…

Des bruits de pas sur les marches du perron lui coupèrent la parole. Deux Akaliens en armes postés au-dehors laissèrent entrer un grand jeune homme vêtu de cuir. Le roi et la reine s'écartèrent légèrement l'un de l'autre pour faire face à leur fils cadet. De par la largeur de ses épaules, Philip était le prince qui ressemblait physiquement le plus à son père. Cédric et Axel étaient plus longilignes, de caractère moins renfermé aussi, mais l'unicité de leurs regards verts, hérités de leur père, et leur allure trahissaient leur parenté.

— De bonnes nouvelles, Philip ?

— Oui, père, répondit-il en se signant légèrement, Sa *bien-aimée* Majesté d'Akal consent à nous permettre de faire passer la totalité de nos troupes par son pays. Cette auberge est nôtre et le quartier sud de Cithaë accueillera nos hommes. Bien sûr, nos moindres déplacements seront toujours sous surveillance.

— Parfait, je suis fier de vous.

— Cela n'a pas été bien difficile, père. Je vous soupçonne d'avoir eu une discussion avec le roi d'Akal, insinua Philip avec froideur.

Frédérik de Pandème fit une légère moue.

— C'est exact, admit-il. Mais cela n'a pas grandement influencé sa décision.

— Pourquoi ne pas avoir mené toutes les négociations vous-même, dans ce cas ?

— Parce que vous maîtrisez parfaitement le dialecte akalien, et qu'il est plus délicat dans ce pays de discourir dans cette langue. Et parce que je vous laisse les commandes pour les vingt jours à venir afin de ramener nos troupes de la frontière pandémoise jusqu'ici.

Philip baissa les yeux. Son père était de plus en plus secret ces derniers temps, inquiet aussi, et le jeune prince, trop direct et assez susceptible, ne savait pas comment prendre chacune des décisions de Frédérik de Pandème. Cette armée, ce silence, ces conciliabules avec la reine lui paraissaient déplacés pour de simples mariages obligatoires.

— Vous m'éloignez comme Cédric ?

— Non.

J'ai maintenant une marque sur la nuque, preuve de mon assignation par les Fées à mon devoir de souverain, pensa Frédérik en se répétant les phrases d'Enkil qui hantaient sa tête.

— Nos hommes préfèrent suivre leurs princes ou leur roi à tout autre capitaine, expliqua-t-il simplement. N'oubliez pas la tache que vous avez sur la nuque. Je ne cherche pas à vous éloigner, bien au contraire, je vous demande de suivre les volontés de nos Divinités. Je sais que vous serez suffisamment adulte pour ne pas vous enfuir.

Philip releva les yeux. Il aurait voulu rétorquer *« je n'ai pas le choix »*, mais cela lui sembla de trop. Il préféra dire :

— Je vous ramènerai vos hommes, père.

Il allait partir quand une question lui vint à l'esprit :

— Ce n'était pas aujourd'hui qu'Axel devait arriver ?

Il comprit une part de l'inquiétude de son père en voyant le froncement de ses sourcils.

— D'après les Akaliens, aucun étranger venant de Leïlan n'a encore franchi la frontière. Envoyez une semonce à Axel, il accélérera le pas. Et attachez-le bien quand il sera là. Il ne se sent plus concerné.

Son père le laissa monter les marches conduisant au premier étage de l'auberge. Il n'ajouta un murmure qu'après son départ :

— Il l'est bien plus que tu ne le crois. Et j'aurais dû le lui dire depuis longtemps.

✧

Axel se retourna deux, trois fois, puis ne bougea plus du tout. Il s'éveillait et se sentait observé. Il pensa aux loups qui l'avaient encerclé quelques jours plus tôt et ouvrit les yeux brutalement.

Envahi par la lumière timide de l'aube, un grand regard doré était penché sur lui. Assise sur le rocher, Chloé lui sourit :

— Je ne suis pas un loup.

Axel se redressa, un peu courbaturé.

— Tu as la même manière de surprendre.

— Pourquoi tu dors dehors ? Je croyais que tu avais un lit.

Axel se réveilla totalement et regarda autour de lui. Il n'avait pas voulu s'endormir, mais il n'avait pas vraiment lutté contre le sommeil non plus. Les rêves avaient emporté les soucis en trop. Il constata avec soulagement que la corde avait disparu. Victoire était donc rentrée. Chloé prit un petit air inquiet en découvrant les pensées du jeune homme. Axel comprit immédiatement et mit un doigt sur la bouche de l'enfant.

— C'est un secret, imposa-t-il à voix basse. Je n'ai pas révélé le tien à ta mère, alors ne parle à personne de celui-ci.

La fillette accepta.

— L'as-tu vue ? demanda-t-il soudain.

L'enfant savait de qui il parlait. Les images défilaient dans l'esprit d'Axel et elle pouvait les regarder comme dans un livre ouvert.

— Elle est dans la bibliothèque, répondit-elle comme forcée.

Il se levait déjà dans la direction indiquée.

— Tu lui en veux tant que ça ?

Il ne lui répondit pas et s'éloigna. Il attrapa brutalement son arc au passage.

— Non, Axel, je sais que tu ne peux pas lui en vouloir autant que ça ! cria l'enfant.

Il se retourna. Le pouvoir de Chloé devenait impudique et dérangeant. Elle sembla le transpercer de son regard, lui prouvant presque ses dires, mais Axel l'affronta des yeux et repartit.

Il traversa la forêt, longea la rivière jusqu'à la cascade, dévala la langue de terre d'un pas de plomb pour s'élancer dans l'escalier de bois du Grand Arbre. Il rencontra peut-être quelques personnes – tout le monde se levait avec le soleil – mais son esprit n'en prit pas conscience. Il monta les marches avec une seule idée en tête, et rien ne pouvait l'écarter de son chemin.

Il lâcha ses armes à côté de la porte et entra avec détermination. Mais Axel n'était jamais venu dans la bibliothèque. Même s'il n'avait pas l'esprit à regarder autour de lui, il ne put s'empêcher de marquer une pause une fois à l'intérieur.

L'énorme bâtisse s'enroulait comme un collier autour de l'arbre. Tout le plafond était composé de vitres en losange à l'image des fenêtres du château. Le quadrillage d'osier accentuait l'effet de vertige généré par la naissance des branches supérieures, les feuillages s'élançant tout autour du tronc énorme et les quelques fuites de ciel bleu. Axel comprenait soudain la sensation d'évasion qu'éprouvait Tanin en les regardant.

Les murs de la construction s'élevaient jusqu'à dix pieds et semblaient tapissés de manuscrits. Seules quelques fenêtres ou quelques poutres, où s'accrochaient des lanternes, rompaient la succession de cuirs gravés de lettres d'or. Il y avait plus de livres qu'on ne pouvait en lire en une vie.

Quelques tables et chaises étaient disposées contre le tronc suivant la circonférence de celui-ci. Victoire ne semblait pas être là.

Axel commença à faire le tour de cette montagne de manuscrits. Toutes les matières y étaient répertoriées :

un véritable puits de science et de littérature. La main gauche du jeune homme courait sur les reliures de toutes tailles, douces et éclatantes, avec l'envie de pouvoir découvrir tout ce qu'elles contenaient par ce seul toucher. Sans la connaître, Axel éprouva un certain respect pour la personne qui avait regroupé autant de savoir en un seul endroit.

Subjugué par le lieu, il en avait presque oublié sa colère et l'objet de sa venue lorsque, dans un tournant, il découvrit Victoire.

Dans une robe claire et fraîche, qu'Axel trouva ravissante mais tout à fait inadaptée à la situation, elle compulsait un grand livre au milieu de cinq ou six autres. Faisant tourner d'une main la lame de sa dague sur la table, elle semblait absorbée dans sa recherche. De temps en temps, elle croquait une pomme à pleines dents. Elle n'avait pas entendu Axel. Il s'appuya avec patience sur le bord d'une table, les bras croisés, le regard soudain brutal.

Éléa dut le sentir car elle tourna ses yeux vers lui. Son cœur se glaça. Axel avait un regard si froid, un visage si dur. Elle se leva et demeura la bouche ouverte sans rien dire.

—Je te dérange? Désolé, fit-il avec une ironie réfrigérante.

Ses bras se crispèrent, son visage devint un peu plus impénétrable et accusateur. Éléa baissa les yeux. Elle avait pensé qu'il allait prendre mal son abandon, mais pas à ce point-là. Elle se pinça légèrement les lèvres.

—Tu ne pouvais pas venir, articula-t-elle difficilement. Et tu n'es pas un homme à qui l'on peut dire non.

Axel ne se laissa pas désarçonner par ces mots. Il l'aimait. Il l'aimait trop, mais il ne voulait pas lui pardonner aussi facilement !

— C'est ta seule excuse ? siffla-t-il entre ses dents.

Elle releva vers lui des yeux désemparés. Devant la réaction d'Axel, elle se rassit. Ses lèvres s'ouvrirent, se refermèrent ; elle cherchait ses mots.

— Il fallait que je sois seule. Et je ne peux t'expliquer mes raisons, murmura-t-elle en baissant la tête pour faire disparaître ses yeux couleur nuit et ses lèvres douces.

— Bien sûr, je ne suis qu'un étranger, juste bon à faire l'archer et rien de plus ! cracha-t-il avec violence.

— Non ! s'écria-t-elle d'une voix coupée par la surprise. Tu as beaucoup plus d'importance que tu ne crois. Je ne peux pas te dire…

— Tu ne peux rien me dire, tu ne *veux* rien me dire. Des secrets, toujours des secrets ! Je n'aime pas être manipulé ! J'avais confiance en toi et tu as agi en traîtresse ! Tu es la digne élève de Jerraïkar !

Il s'arrêta de parler. Pourquoi s'emportait-il aussi vite ? Il n'avait pas voulu dire cela. Ses paroles étaient allées plus vite que son esprit. Il ne les pensait pas. Mais il avait soudain besoin de lui faire mal pour consoler son cœur de l'injustice de sa souffrance.

Éléa s'était raidie au nom de Jerraïkar. Seule elle, et maintenant Éline, connaissaient ce passé de Jerry. Mais peut-être le Monstre avait-il avoué son identité à ce Pandémois, lors de leur bataille dans le passage du Pont Sans Retour ? Pour accentuer la haine entre eux ? Éléa n'avait jusqu'alors pas protesté aux accusations, elle avait même baissé la tête, mais Axel venait de dépasser la limite. Elle osa soudain lever les yeux sur lui : il avait touché à son *Maître*.

— Il y a des noms qui ne se prononcent pas ici, précisa-t-elle froidement.

Axel hésita avant de répondre. Le terrain était glissant, la guerre inutile, et la cause perdue.

— Comme le tien, dit-il en refrénant sa colère. Il appartient aux Lois Interdites. Tu es une criminelle aux yeux du peuple.

Éléa ne disait plus rien, son regard demeurait froid comme une nuit d'hiver, même les étoiles de ses iris s'étaient éteintes.

— Tu es peut-être le Masque pour réparer ta faute. Tu as probablement un passé à l'image de ton Maître. Peut-être viens-tu de la même époque ? continua-t-il en haussant de nouveau le ton.

Il fit soudain face au visage de marbre, les mains sur la table.

— Quel âge as-tu ? exigea-t-il.

— Celui que me donne mon visage, répondit-elle sans peur.

— Comment pourrais-je te croire ?

— Je ne t'ai jamais menti ! Je ne t'ai jamais dit que tu viendrais avec moi ! protesta-t-elle brusquement.

Axel et Éléa étaient face à face, leurs cœurs tiraillés entre l'amour, l'injustice et la colère.

— Uses-tu de cette mauvaise foi avec ta troupe ou lui préfères-tu carrément les mensonges ? Savent-ils qui tu es et qui est ton Maître ?

— Je n'ai rien eu à dire à mes amis pour qu'ils me suivent ! Je ne leur ai même pas fait miroiter une existence paisible dans la Forêt Interdite pour qu'ils combattent à mes côtés, comme tu sembles l'imaginer. Je suis une criminelle aux yeux du roi ou seulement *porteuse* d'un nom criminel. À toi d'en juger. Théon, Allan, Virgine, Sten, Ophélie, Erwan et Sélène ont fait leur choix. Ils n'ont pas eu besoin de savoir pour me croire. Et tout le peuple est depuis longtemps avec moi !

— Tu t'es bien gardée de lui dire qui est le Monstre et qui se cache derrière ton pouvoir des Fées !

— Laisse Jerry en dehors de cela ! Tu le juges sur un passé que tu n'as même pas connu, et tu refuses de voir le présent !

— Il tue avec la même sauvagerie qui a créé sa légende !

— Jerry a quitté Pandème ! Cela ne te concerne plus !

— Rien ne me concerne ! s'écria Axel en levant les bras au ciel brutalement. Je juge faussement parce que l'on me refuse des explications ! Tout le monde accepte mon aide, mais je n'ai pas le droit de poser de questions ! Tu te sers de moi et je ne dois rien dire car tout ce qui m'entoure ne me concerne pas ! Qu'en sais-tu ?! Tu ne veux même pas le savoir !

Les longs cheveux châtain et doré de la jeune fille tombaient de part et d'autre de son visage refermé. Ses yeux étaient insaisissables, ses lèvres closes. Axel lui trouvait toujours cette beauté fabuleuse, celle qui lui avait fait croire qu'elle était un être divin lors de leur première rencontre. Mais sa douceur pouvait devenir aussi tranchante que la dague passée près de ses doigts.

— De toute manière, je crois que je n'ai plus envie de te le dire, prononça-t-il amèrement avant de se retourner.

Il n'avait plus rien à faire dans ce pays. Il n'aurait jamais dû rester, c'était inutile et douloureux. Il laissa son cœur se nouer à en mourir dans sa poitrine et se dirigea vers la sortie. Il fallait qu'il se détache d'elle. Il devait oublier ses appels. Il ne devait plus écouter sa voix qui le suppliait. Elle ne pouvait que lui faire du mal.

Mais, au moment où il voulut franchir la porte, un éclair d'acier lui frôla le visage et s'enfonça avec violence dans la poutre à côté de lui. La dague lui avait coupé le souffle. À un pouce près, elle l'aurait touché. Immobile, il retourna lentement son visage vers la jeune fille.

Il n'avait pas voulu l'entendre. Éléa ne supportait pas son départ. Tout son corps en souffrait. Ses doigts s'étaient serrés sur la dague. Elle n'avait pas trouvé d'autre moyen pour arrêter le jeune homme. Elle ne reprenait pas son souffle, sa poitrine se gonflait dans son corsage, ses yeux se brouillaient de plus en plus, ses lèvres ne connaissaient plus qu'un seul mot, si difficile à prononcer :

— Reste.

— Et pourquoi ? demanda Axel avec sang-froid.

Éléa ne savait que lui dire. Elle perdait confiance en elle. Si Axel avait eu quelque sentiment à son égard, elle n'en voyait plus la trace dans son regard. Elle se sentait perdue, ridicule et ignorante. En se cachant légèrement le visage de ses cheveux, elle essuya le trop-plein d'eau de ses yeux d'un revers de la main.

— Je voulais te dire…

Elle ne pouvait pas finir sa phrase avec les mots qu'elle aurait voulus. Elle se passa l'autre main sur le visage et se reprit :

— Je voulais te dire merci pour hier soir. La princesse Éline te rend grâces : j'ai pu trouver l'origine du mal dont souffre la princesse Éloïse. Je n'aurais jamais pu réussir sans toi... Je cherchais justement le remède dans ces manuscrits.

Ce n'était pas ce qu'Axel aurait voulu entendre mais la nouvelle d'une guérison prochaine de la princesse Éloïse lui procura tout de même une grande joie. Philip finirait bien par croire la prophétie des Fées, lui qui en souffrait tellement. *Si au moins la princesse Éloïse pouvait être rétablie avant la prochaine pleine lune !*

Axel réprima son agitation à cette idée, mais pas un léger sourire. À sa vue, Éléa eut l'impression de revivre. Que pouvait bien apporter le messager d'un souverain ayant deux fils à un autre roi ayant deux filles, si ce n'était une demande en mariage ? Elle avait trouvé la raison de la venue d'Axel et le moyen de le faire rester. *Encore un peu.*

— Korta l'a empoisonnée et exige de la princesse Éline des mensonges à son père pour taire ses actions. Si je délivre la princesse Éloïse de son sommeil, bien des secrets seront dévoilés. Si tu restes, tu auras toutes les réponses à tes questions.

Axel la regarda sans y croire.

— Dès que j'aurai trouvé le nom de la plante essentielle pour le remède, continua-t-elle, j'irai dans les Bois Obscurs pour la chercher. Veux-tu venir avec moi ?

Son cœur portait un espoir. Elle observa Axel plisser des yeux. Il eut un sourire en coin assez moqueur voire mauvais.

— À quel endroit aurai-je l'honneur d'être abandonné ?

Sa réponse brisa un instant la jeune fille tout entière. Elle reprit son courage et le regarda de nouveau.

— À aucun endroit. Je t'ai invité à me suivre et ce sera jusqu'au bout. Il n'y aura aucune traîtrise de ma part, et je t'aiderai même à entrer dans la Forêt Interdite si tu le désires.

— Tu espères retourner au château dès ce soir, si j'ai bien compris.

— Plutôt demain soir, avoua-t-elle dans un murmure.

— Ton archer te serait donc précieux, répliqua-t-il d'une voix dure.

Éléa ouvrit la bouche, voulut protester, mais Axel n'avait pas tout à fait tort. Elle avait réellement besoin de lui, même si elle avait envie qu'il passe la journée avec elle pour une tout autre raison. Elle baissa de nouveau les yeux sans rien dire, blessée, le cœur piétiné.

— Viendras-tu ? réussit-elle à dire.

Axel ne répondit pas. Il se contenta de s'asseoir sur le bord d'une table et de porter ses yeux vers le plafond vitré. Il avait toujours le visage aussi froid mais son cœur ne l'était plus autant. Il se forçait à croire qu'il n'irait dans les Bois Obscurs que pour son frère. Il se sentit un instant plus fort mais l'amertume que mit la jeune fille dans son remerciement le troubla légèrement. Il ne put s'empêcher de jeter un coup d'œil dans sa direction.

Éléa retournait vers ses livres. Elle avait dû mal à mettre un pied devant l'autre. Elle avait beau se raisonner, elle ne parvenait pas à desserrer l'étau qui emprisonnait sa poitrine. Elle s'assit sur sa chaise et tourna les trois premières pages du manuscrit sans les voir.

— Puis-je te poser une simple question ? demanda soudain Axel.

Elle regarda le beau visage encore lointain et inexpressif du jeune homme.

— Tu peux toujours essayer.

— Pourquoi Jer… *ry* t'a-t-il appris la médecine ?

Éléa ne l'avait pas quitté des yeux. Elle l'avait senti hésiter au prénom.

— Parce que je le lui ai demandé.

Axel resta un peu étonné de la réponse.

— Avant même qu'il ne m'avoue qui il était, j'avais compris que Jerry était un tueur. Je crois que je n'ai pas voulu en être un deuxième et hériter de ses morts. Je ne veux pas toucher à une vie humaine…

Du moins, je voudrais éviter d'en arriver à cette extrémité le plus longtemps possible, pensa-t-elle.

— … Je n'avais que sept ans quand Jerry m'a mis des armes dans les mains, mais je n'ai accepté de combattre qu'à l'unique condition de savoir soigner les blessures que je pouvais causer.

Elle replongea dans ses livres et laissa Axel à ses pensées. Il ne savait qu'ajouter de plus. Elle tourna deux pages, il l'observa : il retombait amoureux. Il avait le cœur trop prompt à s'émouvoir ! Enragé contre ses propres sentiments, il se retourna vers les étagères de la bibliothèque, vers cette étrange tapisserie de cuirs divers.

— Tu n'as pas pu tous les lire, remarqua-t-il à voix haute.

— Non, sourit-elle doucement. Il y a un exemplaire de chaque manuscrit des Royaumes de l'Est et une bonne partie de ceux des trois autres Mondes. Mais Jerry en a déjà fait le tour.

Axel ne put s'empêcher de relever les sourcils d'étonnement et d'admiration. Tout animal qu'il était, Jerry avait des qualités d'homme. Il n'avait pas passé quatre cents ans à tuer et à se venger. Il avait su tirer profit de ses années d'immortalité. Axel n'aurait pas cru qu'une âme aussi noire en soit capable. Impressionné par la connaissance qu'il lui supposait maintenant, il se mit à parcourir du regard les livres placés devant lui, comme les doigts aux ongles courts et soignés de la jeune fille couraient sur les lignes de son manuscrit.

Il se leva et fit deux ou trois pas vers la catégorie *Histoire et Géographie*.

Comme tout bon étranger, il avait envie de savoir ce que l'on écrivait sur son pays, et ce que Victoire pouvait apprendre sur lui. Ses yeux ne furent pas longs à trouver le livre qui concernait Pandème. Sur le cuir clair et apparemment net de tout contact, les lettres d'or brillaient pour leur prince. Il ne put résister à l'envie de compulser le livre. De son doigt, il le fit légèrement basculer et l'attira vers lui. Lourd, épais, neuf, il était aussi beau que le pays qu'il représentait.

Délicatement, Axel l'ouvrit à la première page. Une petite corolle de cinq pétales crémeux, desséchés, à peine flétris et jaunis par le temps, glissa des feuilles et tomba sur le sol. *Une syllis blanche.*

Éléa avait vu Axel s'éloigner et l'avait observé. Il était parti dans la seule direction qu'elle n'aurait pas voulu le voir prendre, il allait ouvrir le seul livre qu'il ne fallait pas. Elle l'avait compris immédiatement, l'acte d'Axel était inévitable.

Lorsque la fleur s'échoua délicatement sur les lames du parquet, elle se rua vers le jeune homme.

— Ne la touche pas !

Elle s'agenouilla pour prendre la fleur avec une infinie précaution.

— Elle est fragile.

Elle remit la syllis blanche dans le livre et ferma celui-ci.

— Il ne faut pas casser les promesses d'enfant, et encore moins celles faites aux morts, dit-elle doucement.

Elle enleva le livre des mains d'Axel pour le remettre autoritairement à sa place. Elle retourna à sa chaise sans faire grand cas de l'expression du jeune homme.

Axel était pourtant abasourdi. Il avait été surpris à la vue de la fleur, puis complètement bouleversé à la réaction de la jeune fille. Il avait cessé de se demander si Victoire était la petite Éléa de son enfance ou non. Il en était intimement persuadé, même si dans son cœur, il n'avait pas encore osé l'appeler ainsi. Non seulement Éléa venait à l'instant de lui en fournir la preuve, mais son attitude lui montrait en outre que leur rencontre, neuf ans plus tôt, l'avait marquée tout autant que lui. Elle avait gardé sa fleur. Elle semblait y tenir et la conservait avec le plus grand soin. Et elle avait même parlé du mort avec tristesse : Éléa croyait, comme beaucoup, que le Troisième Prince de Pandème n'était plus de ces Mondes !

La bouche entrouverte, le regard ébloui, Axel restait paralysé.

Éléa avait le cœur troublé par une histoire lointaine. Comme s'il n'était pas suffisamment perturbé par celle du présent ! Elle avait décidément du mal à se concentrer sur les mots qu'elle lisait. Elle repensait à une erreur ancienne, à la folie de Jerry et à cette fleur qu'elle avait conservée avec tout son amour d'enfant.

Éléa ne se souvenait pas de grand-chose, Jerry avait tout fait pour qu'elle oublie. Le roi de Pandème l'avait aidée à pénétrer dans le château des Pays d'Oye et l'un de ses fils à s'évader des cachots. Elle ne se rappelait même pas un visage, juste une douce sensation à la présence du petit prince. Elle lui avait dit son nom et lorsque Jerry avait hurlé pourquoi, elle aurait répondu innocemment :

« Parce qu'il avait les yeux verts. »

Elle sourit intérieurement. Axel aussi avait les yeux verts : voilà probablement pourquoi elle l'aimait tant tandis que Jerry le haïssait à ce point. Elle avait gardé en secret la fleur avec laquelle le petit prince lui avait caressé le visage. Elle l'avait conservée avec intelligence dans le seul manuscrit jamais consulté par son Maître.

Rien d'autre ne revenait à son esprit, pas même le prénom de ce petit prince, mais cela n'avait plus d'importance, elle n'avait pas cherché à le retrouver. Avec toute sa cruauté, Jerry lui avait annoncé trois ans plus tard que c'était le Troisième Prince de Pandème et qu'il venait de mourir des fièvres folles dans les Pays Noirs, justement voisins du royaume où elle se trouvait alors. Éléa avait eu mal et en ressentait encore une étrange douleur. Elle ne l'avait jamais dit à Jerry. Elle se souvenait encore de quelques nuits de pleurs silencieux, sur le seul amour de son enfance, auquel l'innocence avait donné toute son importance.

Éléa se passa les mains sur le visage encore une fois, comme pour effacer les images qui se succédaient dans son esprit, ainsi que toutes les émotions passées et présentes qui se suivaient dans son cœur. Elle aborda la dernière liste de plantes susceptibles de correspondre à ses recherches et trouva enfin celle qui lui semblait appropriée. Contrairement à ce qu'elle aurait pu croire, elle n'en éprouva presque aucune joie. Trop de sentiments violents l'avaient remuée durant ces dernières minutes.

Axel ne parut pas plus troublé à la nouvelle. Il arborait seulement un air un peu hébété. Il ne retrouva sa voix que lorsqu'Éléa, ayant ajouté le nom précieux à sa liste d'ingrédients, lui annonça qu'il faudrait éviter Jerry, qu'elle avait déjà failli rencontrer au château.

À la question, embrouillée et hésitante, qu'il posa sur le déroulement de la nuit, Éléa fut très évasive. Elle ne voulait pas avouer à Axel toutes les difficultés qu'elle avait dû surmonter pour pénétrer le château. Les reproches du jeune homme n'en auraient été que plus grands. En rangeant ses livres, elle réussit adroitement à détourner la conversation sur un sujet immanquablement intéressant pour toute personne un tant soit peu curieuse : le visage de la princesse Éline.

— Ma tête est déjà à couper, fit-elle joyeusement en haussant les épaules aux Lois Interdites.

— Et comment est-elle ? demanda Axel captivé de nouveau.

Ils avaient des yeux pétillants tous les deux ; le jeu reprenait, la présence de l'autre redevenait un bien-être. Éléa sentait qu'Axel lui avait pardonné.

— Je n'ai pas envie que l'on te tranche la tête, fit-elle en passant le doigt près du cou du jeune homme, parce que je t'aurai dit que ses yeux sont…

Elle s'arrêta, sourit avec espièglerie et passa devant lui en se dirigeant vers la sortie.

— Élé…

Axel s'interrompit net. Ces dix dernières minutes, il avait tant de fois répété son nom dans sa tête qu'il ne pouvait plus l'appeler autrement. Éléa ne s'en aperçut même pas.

— Vic ! se reprit-il.

Elle s'arrêta sur le palier dans les rayons de soleil du matin.

— Regarde le brun chaud de ce tronc d'arbre, ce bleu pur du ciel et cette fraîcheur qui perle à chaque feuille sous forme de rosée. Éline est plus belle qu'une matinée de printemps, avoua-t-elle avec admiration. Et Éloïse…

Elle s'arrêta et balaya le paysage. Les mains posées sur la rampe, elle resta songeuse.

— Sous le rayon de la corne des Fées, elle m'a fait penser aux journées des débuts d'automne, quand l'azur se prend aux jeux des orages, et qu'une ombre légère s'étend et s'enroule sur les champs de blé coupé.

La spontanéité des paroles d'Éléa et son adoration évidente pour les princesses de son pays plurent à Axel. Elle restait une adolescente en mal de rêves et, chaque fois, cette découverte le surprenait.

Les princesses Éline et Éloïse semblaient être des beautés merveilleuses, mais Axel ne pouvait croire qu'Éléa, son amour d'enfance retrouvé, puisse en rougir. Éline s'accordait au matin, Éloïse à la journée, le temps d'Éléa était celui de la nuit. L'une, un printemps, l'autre, un automne, Éléa ne pouvait être qu'un été. Chaude par sa peau de miel, sucre et pêche par sa douceur, claire par le ciel sans nuage de ses yeux et la brillance de leurs paillettes d'or. Elle était celle que le cœur d'Axel aimait, celle que l'esprit du prince ne pouvait oublier.

— Prends garde à toi, dit-elle soudain en le regardant tendrement. Tu en sais suffisamment pour avoir la gorge tranchée. Et je suis persuadée que tu ne garderas pas le silence.

Axel voulut sourire, un pli se creusa dans ses joues, mais Éléa continua sans vouloir y prêter attention :

— Rejoins-moi derrière les salles d'armes, du côté de la mer ! Je passe mon temps à me changer depuis deux jours, marmonna-t-elle ensuite.

— Attends ! Que vont dire les autres ? Ils préparent un plan de bataille contre Korta et tu ne restes pas près d'eux ?!

— Il est rare que Jerry me laisse participer à autre chose que les combats dans la Grande Plaine. Je passe mes journées en entraînement. Ils sont habitués. Il est convenu que nous distribuerons les armes ensemble, ce soir. Je vais simplement essayer de trouver Tanin pour leur dire où nous serons, si le besoin s'en fait sentir avant cela.

Axel la regarda partir. Il restait fasciné par la découverte de la syllis blanche. Il arracha la dague de la poutre. Il était certain maintenant que les Fées mettaient Éléa sur sa route. Si ce n'était pour l'aimer, en tout cas c'était pour l'aider à sauver la princesse Éloïse. Pour l'instant, cela lui suffisait.

Il attrapa son arc à côté de l'arbre et, emportant la dague, descendit vers les salles d'armes.

Trop beau pour être vrai

— Viens, Nis, viens.

S'octroyant un petit repos depuis deux jours, sans selle sur le dos et avec de l'herbe fraîche sous les dents, la jument avait du mal à obéir sans regret. Axel lui tendit une carotte. Il connaissait les arguments convaincants !

Les hommes risquaient de revenir de l'Île Perdue d'un instant à l'autre. Tenant son cheval par la bride, Éléa espionnait les alentours des dix chariots préparés pour la distribution des armes, pendant qu'Axel chargeait le dos de Nis. Ils avaient réussi à regagner les écuries grâce à l'aide de Mélane, Erby, Tanin et Chloé. Les quatre enfants s'étaient trouvés sur leur chemin et les avaient aidés à éviter Jerry. Les deux fillettes étaient parties chercher la sorcière aveugle, les deux garçons avaient trouvé Jerry, et les quatre espiègles s'étaient arrangés pour les mettre ensemble. Le Monstre s'était laissé prendre au piège comme le plus grand des naïfs.

Un buisson bougea, Tanin apparut.

— Tu peux y aller, maman. Le terrain est dégagé jusqu'aux Pierres Blanches. Imma s'occupe de Jerry. Elle… est au courant de votre départ, fit-il avec un petit sourire désolé. Mélane a oublié son pouvoir et lui a tenu la main sans le faire exprès.

— Ce n'est pas grave, mon cœur, répondit Éléa en s'approchant de lui. Imma est une personne de confiance, et Jerry l'intrigue tellement qu'elle se fait plutôt plaisir à elle-même. Aide bien tout le monde aujourd'hui. Et si Sten a des problèmes, tu pourras dire à Jerry où je suis, d'accord ?

— Oui... Dis, je pourrai venir avec vous tout distribuer ce soir ?

— Oui, mon cœur. Cette fois, je t'emmènerai avec nous.

Tanin entoura soudain la taille nue d'Éléa, habillée de sa tenue légère et d'un poignard à la cuisse, et pressa fort ses bras en posant sa joue sur son ventre. Surprise et attendrie, elle lui caressa les cheveux.

— Bonne journée, maman, souhaita-t-il en regardant Axel droit dans les yeux.

Puis, il s'enfuit dans les fourrés avant même que la jeune fille ne puisse l'embrasser. Elle en sourit.

— Il a l'air de t'aimer énormément, fit Axel avec compréhension.

— Et j'en suis fière, répondit Éléa avec le ton approprié à la phrase. Je me suis battue pour lui plaire.

— *Leïlan n'avait plus d'enfants, et maintenant ce pays manque d'adultes...* C'est une phrase de Ceban, expliqua-t-il aux yeux étonnés d'Éléa.

Cette dernière resta cruellement pensive.

— Bon, on y va. Aucun Leïlannais ne m'expliquera cette phrase alors toi, je ne l'espère même pas, ajouta Axel en tirant la bride de sa jument vers le Pont Sans Retour.

— Tu prends la mauvaise direction, déclara Éléa en s'éloignant derrière les écuries. Plutôt que de croire n'importe quoi, tu ferais mieux de me suivre.

Son petit ton posé et blessé fit sourire Axel. Il la rejoignit. Éléa le regarda, resta muette un moment et fit une légère moue. Il avait encore trouvé le moyen de la faire parler.

— Durant les trois années précédant l'apparition du Masque, les hommes de Korta ont enrôlé de force les paysans les plus costauds. Ils les ont envoyés dans des prétendues guerres extérieures ou dans des galères pour éviter toute résistance de la Grande Plaine au contrôle du duc. Tous ceux qui ont refusé de les suivre ont été exécutés de façon plus ou moins sauvage et sadique. Sten n'en est pas à sa première blessure… Les tueurs de Korta s'en sont pris parfois à des familles entières. C'est le cas de celle de Tanin. Il a vu plus de massacres que son âge n'aurait dû. À cinq ans, il vivait dans les rues, volant, mendiant, fuyant. Attaché à personne. Par coïncidence, nous nous sommes cachés sur le même toit un jour que des soldats envahissaient un village. Je n'ai pas pu le laisser là, mais il a fallu des mois pour qu'il me tende les bras et qu'il accepte de venir dans la Forêt Interdite… Je suis trop absente pour tenir un rôle de mère mais, en fait, il n'a pas besoin de moi. Il lui suffit de savoir qu'il n'est plus seul en ces Mondes… Leïlan est un pays où l'enfance n'a pas le temps d'être.

Elle écarta les premières branches de l'épais tour de forêt les séparant des limites extérieures de la Forêt Interdite. Lentement, elle s'enfonça dans les fourrés avec son cheval, Axel et sa jument à sa suite. Ce dernier comprenait soudain avec tristesse la maturité de Tanin et son envie perpétuelle de fugues et d'escapades.

— Les trois enfants adoptés par Erwan et Sélène ont été témoins et victimes de scènes similaires. Chaque personne habitant la Forêt Interdite a une bonne raison d'y être et, si j'avais pu y faire entrer le pays, je l'aurais fait.

Éléa sentit qu'elle regretterait certainement d'avoir parlé avec autant de franchise à Axel, mais elle avait envie de lui prouver que ses compagnons l'avaient suivie d'eux-mêmes.

— Théon a tout perdu : ses parents, sa femme, son fils. Je crois qu'il ne s'en remettra jamais. Il n'a même pas le désir de se révolter. Et lors des batailles, j'ai l'impression qu'il cherche à mourir. Heureusement qu'Allan est toujours là. C'est lui qui s'est engagé dans la garde du royaume pour venger la mort de sa sœur. Allan a perfectionné son maniement des armes avec avidité et depuis qu'il est ici, il a fait également d'immenses progrès, mais il sait, comme moi, qu'il n'est pas encore capable d'affronter Korta seul.

— Tu crois qu'il essaiera tout de même ? s'inquiéta Axel en prenant la parole pour la première fois.

— Je ne pense pas. Il ne l'a pas tué en Aces. L'image de Virgine et de ses deux petites filles prennent le pas sur la soif de vengeance. Mais je sais qu'il a juré sur la tombe de sa sœur qu'il ne lâcherait les armes que le jour où Korta serait tué… Elle n'avait que onze ans.

Marchant la tête baissée vers le tapis éternel de feuilles mortes, Éléa releva ses yeux vers Axel.

— Tu ne peux pas comprendre l'importance de cet âge, mais pour un Leïlannais, la mort d'un Enfant de la Peur, c'est…

Comment pouvait-elle l'expliquer ? *Elle*, le point de départ de tout ce mal. Par chagrin, désolation, respect ou superstition, le peuple de Leïlan faisait silence sur le sujet.

— Il n'y a pas une famille qui n'ait eu sa dose de souffrance pendant ses dix-huit dernières années… Je dis dix-huit, parce qu'à l'annonce de la mort de la Troisième Princesse de Leïlan, une vague de folie s'est déversée sur le pays.

Elle s'arrêta, voulut reprendre, mais les mots se coincèrent dans sa gorge. Elle prit une respiration et recommença autrement :

— As-tu remarqué la différence d'âge entre Maï et Ophélie ?

Elle ne laissa pas à Axel le temps de répondre et enchaîna :

— Il est vrai qu'il arrive à une femme d'avoir un enfant sur le tard… Mais combien d'enfants âgés de huit à seize ans as-tu vu depuis que tu es en Leïlan ?

Axel fut surpris de la question mais, en y réfléchissant, il se rendit compte que sa réponse était : un seul, le page du roi. Il ne l'avait pas remarqué auparavant, mais Tanin devait être l'enfant le plus vieux qu'il ait rencontré dans les villages, et Ophélie la plus jeune adulte. Il manquait toute une génération à ce pays, qui ne comptait presque aucun jeune adolescent. La voix d'Éléa devint grave et elle réussit à lui expliquer la version officielle des faits :

— Une quarantaine d'hommes fous ont tué tous les enfants en bas âge dans le pays, pour que le peuple ressente la même souffrance que son roi à la mort de sa troisième fille. La mère d'Ophélie faisait partie de ces femmes enceintes sans le savoir, qui ont assisté au massacre. Elle a eu tellement peur qu'il a fallu treize années avant qu'elle ait le courage d'avoir un autre enfant... La plupart des femmes ont eu le même réflexe que la mère d'Ophélie et, sur dix ans, les *Enfants de la Peur*, comme nous les appelons, ne doivent pas excéder la centaine dans tout le pays.

Elle se hissa sur son cheval et, sans même attendre Axel, partit au galop vers les bribes de jour qui filtraient à travers les hêtres. Le jeune homme comprit que leur discussion avait frôlé de nouveau un point sensible. Il la rejoignit près des buissons envahis de lianes de clématites, qui marquaient la fin de la Forêt Interdite.

— Tu es donc une Enfant de la Peur, voulut-il savoir quand même.

Éléa le regarda. Elle ne lui parlerait plus.

— ... Si tu veux.

Elle sortit de la forêt, heureuse de trouver une excuse pour interrompre ses confidences douloureuses. Elle était debout devant le précipice. À sa droite et à sa gauche, une pierre blanche semblait s'enfoncer dans le sol. En face, de l'autre côté de l'immense crevasse, deux pointes rondes de roche faisaient de même, symbolisant les angles d'un rectangle au-dessus du vide. Axel reconnut l'endroit près duquel il avait passé la nuit et où il avait senti la jeune fille si proche de lui.

— J'ai besoin de toi et tu le sais. Mais seulement pour demain soir. Si je te demande de venir maintenant, c'est pour te prouver que je ne suis pas aussi mauvaise que tu le penses.

Axel eut un sourire en coin à cette réflexion.

Lorsqu'il fit un pas vers elle, elle eut un délicieux sourire. Elle se retourna vers la crevasse et sauta dans le vide. Le jeune homme manqua de hurler, mais elle resta en l'air, comme suspendue à des ficelles transparentes. Éléa semblait pouvoir traverser le trou béant sur un pont invisible. Elle se mit à rire, un rire franc et moqueur.

— Allez, viens, fit-elle. Tu ne risques rien si tu restes dans le champ des Pierres Blanches.

Plutôt surpris et un instant désarçonné, Axel voulut la suivre, mais Nis freina toute avancée de ses quatre sabots. Malgré l'insistance d'Axel, la jument, les oreilles en arrière, gardait un air aussi buté que celui d'un âne. Éléa revint lancer quelques feuilles mortes au-dessus du vide et fit passer son propre cheval. Avant de franchir totalement le pont dévoilé par les feuilles, elle s'approcha de Nis.

— Toi non plus, tu ne me fais pas confiance ? Eh bien, décidément, ce n'est pas une bonne journée. Mais ton maître a des raisons de m'en vouloir, tu n'en as aucune.

De retour sur la terre ferme, elle caressa les doux naseaux blancs avec tendresse.

— Zarkinn est passé, lui. Regarde. Il est beau, grand, fort, intelligent et racé…

Tournant le dos à son propre cheval, Éléa s'approcha de l'oreille de Nis pour lui chuchoter rapidement :

— Mais ce n'est pas un vrai cheval zain, il a trois poils blancs !

Elle tourna la tête avec innocence en regardant son magnifique animal noir. Celui-ci observait le sourire de sa maîtresse, il savait que l'on parlait de lui, il avait entendu son nom. Il prit un petit air étrangement supérieur, mais aussi très soupçonneux.

Éléa continua de caresser les naseaux de Nis.

— Alors, tu te crois moins capable que lui pour hésiter ainsi à passer par les Pierres Blanches ?

Qu'avait donc compris Nis ? Elle dressa les oreilles et voulut foncer dans le vide.

— Tout doux, ma belle, calma Éléa. Attends ton maître, tout de même.

La jeune fille passa sous la tête de la jument et, tout en maintenant celle-ci par la bride, tendit une main vers Axel. Le jeune homme hésita une fraction de seconde, peut-être surpris par le geste, et resserra ses doigts sur la main offerte.

✧

— Elle reviendra demain soir, Votre Grâce. Elle a parlé d'aller dans les Bois Obscurs. Vous pensez qu'elle pourrait trouver la plante susceptible de réveiller la princesse Éloïse ?

Assis dans l'un de ses fauteuils incarnats, les jambes négligemment croisées, Korta se mit à rire. Ce n'était pas un simple ricanement de satisfaction, mais une véritable euphorie vengeresse. C'était trop beau ! Lui qui cherchait désespérément un plan pour capturer le Masque dans la Grande Plaine ! Le destin le lui amenait sur un plateau d'argent ! Il n'aurait pas besoin d'attirer la Fille-aux-yeux-bleus vers un village ni de la pourchasser comme un gibier, pour retourner les amalyses contre elle. Elle venait à lui de son plein gré, totalement inconsciente du danger qui l'attendait.

Misty plissa les lèvres et gloussa pour accompagner la joie du duc d'Alekant. Elle se sentait forte de son succès, peut-être espérait-elle même apparaître plus sensuelle. Muht, assis un peu à l'écart, préféra détourner un instant le regard pour chercher un sujet moins pitoyable que la vieille demoiselle.

Misty n'avait pas tout surpris de la conversation entre les deux jeunes filles, la veille. Des chuchotements dans la chambre d'Éloïse l'avaient réveillée, mais elle n'avait pas réagi tout de suite. Elle n'avait entendu que des bribes de phrases à travers le mur épais ; seuls les adieux à la fenêtre lui avaient été parfaitement audibles. Mais pour *Sa Grâce*, cela semblait largement suffisant.

Ibbak aussi avait senti la présence du Masque et de sa corne. Mais pris dans ses leçons de maîtrise d'amalyses, Korta n'avait pas pu réagir. Cela n'avait plus d'importance. Son moment de faiblesse lui assurait une future victoire. Le Masque n'allait pas hésiter à revenir.

— *Hum, hum*... Votre Grâce... Si je puis...

— Oui, pardon. Dans le tiroir de cette commode, vous trouverez le prix de vos précieuses paroles.

Misty mordit ses petites lèvres pincées et tortura ses doigts décharnés. La pensée de ce qu'elle voulait vraiment la fit rougir. Muht secoua la tête, atterré.

— Oh, Votre Grâce, ce n'est pas nécessaire, ce fut un tel plaisir de vous aider... Je me disais qu'il serait peut-être mieux de… Enfin, vous savez… il est si agréable de passer une soirée auprès de vous. J'étais déjà tellement inquiète de vous savoir blessé.

Le sourire de Korta s'effaça de son visage. Malgré lui, la vision d'un corps fripé et poisseux se collant contre lui se substitua à l'image qui bloquait son esprit. Muht pouffa de rire et eut envie de dire au duc de s'occuper de la vieille fille une bonne fois pour toutes.

—Allons, mademoiselle, n'oubliez pas que je suis le fiancé de la princesse Éline. Il serait très mal vu que vous restiez. À moins que vous n'ayez envie que votre statut de vieille fille devienne celui d'une femme de petite vertu.

—Heu… oui, vous avez raison, répondit-elle, écarlate. Je demandais seulement la faveur d'un dîner en votre compagnie.

Son émotion était telle que sa voix se perdit dans une note aiguë. Muht ne put cacher son sourire de satisfaction.

—Nous verrons cela plus tard. J'ai beaucoup de choses à préparer pour la venue du Masque, demain soir.

Elle secoua la tête pour montrer qu'elle comprenait très bien, mais se pinçait les lèvres de frustration.

—Bonne nuit, mademoiselle.

—Bonne nuit, Votre Grâce.

Elle s'inclina et, toute contrite, se dirigea vers la porte. Elle se retourna au dernier moment :

—Le duc d'Yil a demandé de vos nouvelles.

—Le duc d'Yil ?! Ah, oui, le page du roi. Vous pouvez lui dire que son père sera vengé demain soir, répondit-il en retrouvant son sourire sournois.

Il eut de nouveau un rire lorsque la chaperonne quitta ses appartements. Il y avait tant de bonnes nouvelles aujourd'hui !

Sans s'occuper de Muht, il se leva et posa les mains sur le rebord d'une fenêtre. Il toisait la Forêt Interdite en vainqueur, comme si le feu l'avait déjà dévastée. La jeune fille protégée des Trois Fées de l'Est allait payer ses affronts. Korta était décidé à lui montrer qui serait définitivement seigneur de Leïlan. Il oubliait le regard enchanteur et prenait son pouvoir en haine.

La Fille-aux-yeux-bleus croyait pouvoir guérir la princesse Éloïse à son insu. *Prétention stupide !* Il fallait déjà qu'elle trouve quels poisons avaient été utilisés ! En admettant que cela soit possible – elle était médecin après tout – il fallait encore qu'elle fabrique l'antidote. La seule plante efficace et indispensable était bien trop rare en ces Mondes... Même si la jeune fille connaissait les secrets des Bois Obscurs, elle ne pouvait pas trouver seule la fleur de l'Éveil Blanc en moins d'une journée, sans l'aide d'un guide ou d'un connaisseur.

Il se remit à rire, il ne pouvait plus s'arrêter. Qu'elle réussisse ou non n'avait aucune importance ! Elle allait mourir comme tous ces grands médecins venus au château ! Cette fois, avec tout l'hommage des amalyses !

Il se retourna vers Muht. Il était prêt au combat, prêt à gagner. La gloire auréolait déjà son front. Une nouvelle idée venait de traverser son esprit, trop heureux pour la cacher : elle ravit autant qu'elle étonna Muht. Ce dernier laissa au duc la satisfaction de l'expliquer à haute voix :

— Tu voulais une chasse à l'homme ? Quelques scalps à ajouter à ton manteau ? La raison pour laquelle je faisais garder les frontières ne tient plus. J'ai ordonné le retour de tous mes hommes et j'ai assez de confiance pour t'en donner le commandement ! Tu pourras en emmener cinquante de plus pour Akal, après. Cette nuit, nous allons installer nos forces. Je fais envoyer quelques soldats sur les chemins qui joignent les Bois Obscurs et la Forêt Interdite – juste de quoi savoir si elle a essayé de trouver la plante – et nous allons discuter de nos nouveaux accords. Le Masque nous laisse tout le temps qu'il nous faut pour lui préparer une bonne réception !

✧

Les premiers jours de l'été semblaient en avance : la rosée, sous les épais feuillages, s'évaporait rapidement au fil des heures. Les perles étincelantes et diamantées laissaient place à la lumière chaude et quelque peu étouffante du soleil. Le galop pris sur le chemin forestier permettait à Axel et Éléa de ne pas trop en souffrir.

Depuis plus de trois heures, Nis et Zarkinn menaient bon train sans montrer de réel signe de fatigue. Leurs maîtres étaient pressés par le temps, ils devaient rentrer avant le coucher du soleil.

Mais soudain, les chevaux s'agitèrent brutalement, alertant leurs maîtres d'un danger. Éléa se redressa sur les étriers et regarda autour d'elle.

— Des loups, fit-elle.

— Nous ne craignons rien avec San, répondit tranquillement Axel.

— Il y a plusieurs hordes de loups dans la forêt. San est mon seul ami, et il a bien du mal à contenir son instinct lorsqu'il court derrière un cheval. Nous n'avons pas le temps de nous arrêter, alors galope!

Axel n'eut pas besoin d'ordonner quoi que ce soit à Nis: elle avait envie de fuir depuis longtemps. Et lorsqu'elle vit les loups sortir des fourrés, elle accéléra de manière spectaculaire et rattrapa Zarkinn en un rien de temps. Oubliant le nombre de lieues déjà parcourues et la compétition établie entre eux, les deux chevaux s'élancèrent à toute vitesse vers les Bois Obscurs. Éléa et Axel eurent bien du mal à mettre fin à leur course.

Se redressant de nouveau, la jeune fille observa les formes des arbres loin derrière elle.

— Inutile de fatiguer nos montures, les loups sont fainéants.

— Tu vois que je ne suis pas le seul à le dire, dit Axel pour rassurer sa jument nerveuse.

— Non, elle a peut-être raison. Un loup doit nous suivre mais, si Zarkinn ne réagit plus, c'est qu'il doit s'agir de San. Il est plus endurant que les autres. Continuons, il va nous rattraper.

Elle repartit avec Axel dans un petit trot bienfaisant pour les chevaux après un tel galop. Ils finirent leur voyage à pied sur les cent derniers pas. Côte à côte, ils arrivèrent devant les limites des Bois Obscurs.

Nis s'écarta soudain d'Axel avec violence, et le jeune homme, attrapé brutalement à la cheville par San, se retrouva sur le ventre. Éléa ne put s'empêcher de rire de la manière peu délicate et très familière qu'avait le loup de dire bonjour.

— San! s'écria-t-elle. Tu exagères vraiment.

Elle s'agenouilla pour enfouir sa main dans son pelage.

— Je suis ravie de ta visite, mais je vais dans les Bois Obscurs, et tu sais que les animaux à chair fraîche sont en danger à l'intérieur.

Elle accrocha les rênes de son cheval à la branche d'un peuplier noir. De nouveau debout, Axel calma difficilement sa jument et l'attacha en bougonnant. Ils retirèrent les selles pour laisser les chevaux manger et se reposer tranquillement. Le loup ne sembla pas accepter de rester sagement à attendre les deux jeunes gens et voulut les suivre.

— San ! J'ai besoin des charatons et ta présence va les faire fuir ou les faire se regrouper pour t'attaquer. Reste dehors.

Le loup releva la queue et continua de s'avancer avec eux.

Comme si on pouvait lui donner un ordre aussi facilement !

Éléa s'agenouilla près de lui et lui prit la tête dans les mains pour lui parler avec autant de persuasion qu'elle pouvait en mettre dans sa voix.

— San. Laisse-moi voir les charatons. C'est important. C'est pour soigner la princesse Éloïse. Tu comprends *soigner*. Je sais que tu connais ce mot.

L'aurifère des yeux de feu brilla et le loup s'assit. Éléa caressa la tache blanche sur son front.

— Merci, San. Je te laisserai courir après les charatons la prochaine fois. C'est promis.

Le loup se releva tout frétillant.

— La prochaine fois, rappela-t-elle. *La prochaine fois.*

Un peu dépité, le loup accepta de rester en arrière.

— Loyal, reconnaissant et fidèle mais peu obéissant, constata Axel en souriant ; son médaillon qui lui allait si bien.

— San n'a qu'un seul maître : lui-même. Il doit certainement être le chef de son clan.

Tout aussi d'accord avec cette supposition, Axel suivit du regard la fine silhouette qui s'éloignait entre les branches décharnées. De la même manière que la première fois, la forêt s'obscurcit, puis ses bras de feuilles menaçants s'écartèrent sur les deux aventuriers pour les recevoir en son sein.

La Source aux Amalyses était à plusieurs lieues, mais le décor demeurait toujours aussi merveilleux. On devinait une douce volupté dans la texture des pétales de fleurs, une légèreté infinie dans le duvet de certaines plantes qui s'envolait. La brillance humide des mousses situées près des minuscules cours d'eau scintillait. L'air chaud emplissait les clairières d'une vapeur reposante et le bruissement des feuilles se mêlait aux chants cristallins d'oiseaux invisibles. Une fois de plus, partout où ils se posaient, les yeux ne pouvaient qu'être émerveillés.

Cet endroit restait magique pour Axel. Symbole du pouvoir des Fées et de l'enchantement d'une rencontre fabuleuse, il était ravi d'y revenir. Un des papillons aux ailes transparentes passa près de son visage et s'élança vers un faisceau de lumière. Il s'irisa de mille couleurs au-dessus d'un arbre aux feuilles gigantesques. Axel suivait la jeune fille dans ce paradis avec l'envie d'y rester et de tout oublier.

Ses fréquentes venues rendaient la jeune fille moins sensible que lui à la beauté du lieu ; elle s'était donc déjà mise en quête d'un arbre à aeclives. Attrapant une branche à écorce blanche, elle s'y hissa et s'assit brutalement dessus, stoppant net son ascension.

— Qu'y a-t-il ? demanda Axel, inquiet devant son visage déconfit.

— Je n'ai plus de force, répondit-elle effondrée.

— Et cela t'étonne !

— Non, mais j'ai besoin de quatre grosses aeclives et on ne les trouve qu'aux extrémités des hautes branches !

— Insinuerais-tu que je suis incapable de les attraper à ta place ? fit-il en croisant les bras.

Éléa sourit en secouant la tête. Elle n'avait pas voulu dire cela : elle s'inquiétait seulement au sujet de la sortie de nuit prévue pour la distribution des armes. Si elle ne parvenait pas à grimper à un arbre maintenant, que ferait-elle ce soir ?

— Descends. Saute dans mes bras, je te rattrape.

Éléa hésita et regarda les aeclives si loin de toute atteinte. Elle se sentait vraiment incapable de les attraper. Elle se laissa glisser dans les bras d'Axel.

— J'ai failli me vexer, dit-il en la serrant légèrement contre lui avant de la reposer par terre.

Éléa resta muette face à ce geste.

— Je suis ton archer jusqu'à demain soir, profites-en. J'ai pris des flèches dans ton armurerie. Quelle aeclive désires-tu ?

Il avait enlevé l'arc de son épaule et sorti une flèche.

— Les plus grosses et les plus identiques possible, balbutia-t-elle sans l'avoir encore quitté des yeux.

Il banda son arc, visa et tira vers les sommets. Deux aeclives accrochées ensemble par la queue chutèrent. Elles étaient aussi grosses que des coings dont elles avaient d'ailleurs la forme. Axel les rattrapa avant qu'elles s'écrasent au sol et les tendit à Éléa. Leur poids et leur toucher promettaient une chair dense et juteuse. Axel recommença avec trois autres, mais la jeune fille lui en rendit une en lui proposant d'y goûter. Axel connaissait leur goût délicieux. Son ventre, à peine rempli de galettes de seigle englouties en chemin, ne se fit pas prier. Il en tira même deux autres pour le plaisir.

Leurs agissements n'avaient pas manqué d'attirer des gourmands. Aux premiers fruits tombés, des yeux rouges s'étaient allumés derrière les fougères. Les charatons bavaient devant la grosseur démesurée de leur fruit préféré. Éléa n'eut pas à les appeler. Lorsqu'elle se retourna, une trentaine de petits démons l'entouraient déjà. Ils ne s'approchaient pas trop, ils ne connaissaient pas Axel, mais la gourmandise était la plus forte.

Éléa s'assit et les charatons firent une dizaine de petits pas vers elle. Debout sur leurs pattes arrière, ils quémandèrent avec des cris plaintifs, se mordant presque entre eux pour avoir la première place. Mais Éléa leur fit un chantage : le fruit entier pour le premier qui ramènerait l'un des quatre ingrédients intacts de sa liste. À peine commença-t-elle à énumérer les noms que la bataille s'engagea. Quatre charatons s'étaient déjà combattus pour partir les premiers. On pouvait entendre des coups de dents dans le vide, des cris et des hurlements dans les buissons, une cavalcade de petites pattes dans l'herbe et dans les arbres. Une course démentielle réveilla la béate tranquillité habituelle des Bois Obscurs. Les charatons déclenchèrent comme une vague de folie qui mit en agitation toute la faune du lieu : d'innombrables oiseaux et insectes s'envolèrent, découvrant un bref instant leur beauté fabuleuse.

— Tu as déclenché une véritable guerre ! s'exclama Axel.

— Je ne me sentais pas le courage de les suivre pour trouver les ingrédients moi-même. Ils trouveront ce que je leur ai demandé. Ils tueraient père et mère pour des aeclives.

— Tu crois qu'ils en ont pour combien de temps ?

— Moins de quatre heures, j'espère. Mais les Bois Obscurs sont immenses, et je ne sais pas si les charatons sont suffisamment intelligents pour ne pas se ruer sur la même plante. Du moment qu'ils me ramènent la fleur de l'Éveil Blanc, c'est le plus important.

— Si tu faisais apparaître une cape, maintenant, pas forcément de bonne qualité, quelles seraient les conséquences sur ta propre fatigue ?

— J'aurais des troubles de la vue pendant une dizaine de minutes et j'aurais peu de chance de résister au sommeil. Pourquoi ?

— La mienne est restée sur la selle de mon cheval.

— Tu as froid ?

— Pas moi, mais toi, c'est certain, lorsque tu dormiras.

Elle voulut protester. Pour une fois qu'ils étaient seuls, elle n'allait certainement pas faire la sieste !

— Ne me dis pas que ce n'est pas raisonnable et nécessaire. Tu ne tiendras jamais ce soir si tu ne fais pas un somme maintenant. Dors ou je n'accepterai pas de tirer une flèche de plus.

Il semblait plus que décidé. Éléa hésita, déçue plus que contrainte. Il avait raison.

— Tu… restes ?

Il la rassura d'un sourire. À l'apparition de la cape grossière, les yeux d'Éléa manifestèrent instantanément des signes de fatigue. Ses paupières se baissèrent naturellement. L'air frais qui régnait sous les feuilles et le parfum d'essences rares environnant achevèrent d'immobiliser son corps déjà épuisé. Comme un enfant, elle lutta quelques secondes contre le sommeil et s'avoua vaincue.

Axel s'assit non loin d'elle. Elle pouvait être si forte et si fragile…

La clairière était redevenue calme : le raffut des charatons ne s'entendait plus. Mais il ne fallait pas croire qu'ils s'étaient tous lancés dans la course. Trois petits démons glissaient silencieusement dans l'herbe pour atteindre les quatre aeclives laissées à terre. Ils crièrent toute leur haine lorsqu'Axel se leva pour récupérer les fruits.

Toutes griffes dehors, prêts à mordre, les charatons menaçaient de sauter sur le malotru qui osait prendre ce qu'ils essayaient de voler par traîtrise. Mais le jeune homme, loin de s'inquiéter de leur apparence agressive, la négligeait même, leur réclamant un nouveau service contre la promesse d'une masse importante d'aeclives.

Pour les décider à l'obéissance, Axel enleva sa chemise

et mit les quatre fruits, trophées de la course, à l'intérieur. Il noua le tout à sa ceinture. Voler ne serait pas simple, alors que chercher tranquillement ce qu'il demandait paraissait un jeu d'enfant aux petits charatons. Ils semblèrent en tout cas considérer cela plus facile que de s'épuiser lamentablement en bonds pour atteindre les branches de l'arbre à aeclives, car ils disparurent.

Le silence reprit ses droits. Un bruit feutré se fit entendre plusieurs minutes plus tard. Axel crut qu'un charaton revenait à l'attaque. Mais ce fut une toute petite chose ronde et velue qui se faufila entre les fleurs pour atteindre l'un des minuscules ruisseaux tout proche. Axel, qui s'était rassis, ne bougea plus d'un pouce et observa l'étrange animal.

Sur une boule de poils roux terminée par une queue ébouriffée, un museau nu et allongé en pointe se détachait. Il était orné d'une minuscule truffe à son extrémité. C'était le premier mammifère qu'Axel voyait dans les Bois Obscurs. Inquiète, même angoissée, l'agréable petite bête continua son chemin par séries de petits pas. Comme pressentant un danger, elle releva plusieurs fois la tête alors qu'elle se désaltérait. Axel retenait son souffle, seuls ses yeux bougeaient. L'animal ne devait pas être habitué à l'odeur de l'homme, sinon pourquoi semblait-il si agité ?

La réponse vint, cruelle et quotidienne. Caché dans les frondes des fougères, un charaton jaillit dans un cri. Il déchira en deux sa proie avec la sauvagerie des prédateurs grâce à ses puissantes et redoutables mâchoires. Axel n'eut pas le temps de bouger un cil avant qu'une masse énorme se rue sur le charaton, lui attrape la nuque et lui brise les vertèbres d'un coup sec. San regarda sa victime, satisfait : le loup venait de faire la peau à son premier charaton.

Mais il releva soudain les babines dans une mimique de dégoût absolu, en tirant le bout de la langue, et eut un haut-le-cœur : le petit animal mi-chat mi-rat ne devait vraiment pas être à son goût. San en eut un cri plaintif. Il s'éloigna du charaton et s'approcha d'Éléa, la queue entre les jambes.

Axel eut envie de rire mais, toujours aussi susceptible, le loup lui envoya des éclairs de ses yeux obliques. Il reprit cet air majestueux et inquiétant qui valait aux loups toutes ces mauvaises légendes. Axel sourit du nuage d'histoires auréolant la bête comme un seigneur du Mal. Fallait-il être bien simple pour y croire en voyant San ? Posté en protecteur, mais distant et sauvage, le loup veillait sur Éléa. Et, malgré ses jeux avec le jeune homme, il demeurait toujours méfiant en sa présence.

Axel aurait aimé l'approcher et le caresser, mais il n'aurait pas non plus fallu le traiter comme un chien. San devait avoir une dette immense envers Éléa pour courir le risque d'être comparé à son piètre cousin apprivoisé. La jeune fille l'avait soigné, cela semblait évident, mais quelle dévotion et quelle intelligence avaient donc poussé le loup à ne pas repartir dans la forêt à tout jamais ?

Le monde animal demeurait bien étrange pour Axel, et celui de Leïlan encore plus. Paradis régnant en secret au cœur de l'ordinaire, les Bois Obscurs contenaient ses pièges et ses horreurs. Les charatons étaient le plus bel exemple de cette dualité : démons, tueurs, traîtres et hypocrites, toujours intéressés et destructeurs, ils possédaient pourtant une connaissance des plantes du lieu surprenante, un don de guide étrange et une compréhension, totalement incroyable, du langage humain ancien et présent.

Axel se laissait envoûter par le beau côté des choses et par le parfum printanier qui l'enivrait. Vautré dans l'herbe fleurie, il se sentait serein, entouré d'une vie fantastique, même insaisissable pour sa raison. Et, à cause de cet environnement et de la présence d'Éléa, il négligea un avertissement de la Nature. Des masses de nuages gris, dans le ciel, s'enroulaient et se déroulaient dans un bouillonnement sinistre. Ils devenaient menaçants. Si Axel avait pu voir la Montagne Blanche, il aurait cru qu'une main ténébreuse s'avançait sur l'ensemble du pays en prenant sa source au château royal.

L'ombre des nuages, la rage de tuerie des charatons, l'envol par moments soudain et angoissé des oiseaux auraient dû faire sentir à Axel que, même au sein de la beauté et de la paix, le danger demeurait toujours présent. Il aurait dû saisir la menace, entendre les rires de Korta qui résonnaient au château. Mais, un brin d'herbe dans la bouche, il était sur son petit nuage blanc.

Faits l'un pour l'autre

Quatre heures plus tard, lorsqu'Éléa, moyennement réveillée, regarda le ciel, elle fut étonnée de sa noirceur. Elle n'avait pas vraiment fait attention aux lunes la veille, elle ne se souvenait pas d'une promesse de pluie. Mais ce n'était pas le seul détail surprenant. San était là, le poil hérissé et les crocs sortis pour intimider les charatons – revenus, et de moins en moins patients ! – sans vouloir, pour une fois, les chasser.

— Il en a croqué un, répondit Axel à son étonnement. Et le charaton ne doit pas être comestible. Par contre, poursuivit-il en montrant sa main gauche, ma chair est à la convenance de ces sales bêtes.

Son index et son majeur étaient criblés de trous ensanglantés. On pouvait presque suivre le tracé des mâchoires des charatons. *Et ce n'était qu'un avertissement !* Éléa fut épouvantée et retrouva son énergie pour examiner la blessure, mais Axel garda sa main pour lui en souriant d'un pli de joue.

— Si tu t'occupes de moi, ils vont nous manger tout crus, prévint-il.

Les charatons devenaient fous et les encerclaient de plus en plus, loup inclus.

— Ouste ! fit Éléa en se levant autoritairement avec de grands gestes. Je ne veux voir que les quatre premiers arrivés avec ce que j'ai demandé !

Ne montrer aucune crainte face à eux avait le don de désarçonner les charatons et, même si le nombre était de leur côté, leur petitesse allait de pair avec leur lâcheté. La plupart disparurent. San dut se sentir soudain plus vaillant ; il partit à leur poursuite en oubliant leur mauvais goût.

Éléa s'agenouilla devant les quatre charatons restant, tout fiers. Ils étaient couverts de plaies. Axel enleva les aeclives de sa chemise et se rhabilla.

— Ils ne m'ont pas guidée mais m'ont rapporté quelque chose, expliqua Éléa au jeune homme. Ils se sont donc approprié la découverte. Si tu essaies de la leur prendre, ils te mordent. Normal. Tu dois leur donner quelque chose d'autre en échange, avant, pour qu'ils te la cèdent.

— J'ai cru le comprendre, acquiesça Axel en regardant sa main.

Éléa posa les aeclives près de chaque charaton et récupéra les ingrédients de la future mixture, qu'ils avaient lâchés. Les petits monstres partirent précipitamment avec les fruits et, bientôt, tous les autres charatons de la forêt se lancèrent à leurs trousses pour la deuxième course de la journée.

Éléa rangea soigneusement les différentes plantes dans une petite bourse de cuir. Mais elle s'arrêta quelques secondes devant la fleur de l'Éveil Blanc avant de l'aplatir entre deux plaques de bois.

Les longs et gros pétales doubles semblaient lourds mais souples. Les étamines se pressaient autour de trois pistils, comme des prétendants autour d'une jeune fille à marier. Leur blanc de nacre, mêlé de vert, composait le cœur des couleurs dont s'irisait la fleur selon la direction des rayons du soleil. Par son épanouissement, elle donnait l'impression d'une récente éclosion, d'un éveil frais et matinal.

— J'aurai bien du mal à lui arracher les pétales pour les écraser, fit Éléa. Elle est tellement belle.

Axel s'accroupit à côté d'elle.

— Je croyais que tu préférais cette fleur, déclara-t-il faussement attristé en lui tendant une syllis blanche. C'est dommage, j'ai sacrifié deux doigts pour l'obtenir.

Éléa avait perdu sa voix. Ravi, Axel poursuivit son jeu en se caressant la main de la fleur.

— C'est ma mère qui m'a montré cette fleur, avoua-t-il. Au lieu de m'expliquer ce que signifiait *tendresse*, elle m'en a cueilli une. Il est vrai que je n'ai jamais trouvé pétales plus doux.

Délicatement, il passa les ronds de duvets crémeux sur la joue d'Éléa.

— Et toi ?

La jeune fille mit du temps à répondre. Aucun mot ne sortait de sa bouche, elle réussit seulement à secouer la tête. Elle gardait les yeux rivés sur Axel.

— Tu veux bien la prendre ou était-elle liée à une promesse que je ne pourrais pas tenir ?

— Non… heu oui… enfin, je l'accepte.

Axel la lui offrit avec bonheur. Il était heureux du bouleversement que l'apparition de la syllis blanche créait chez Éléa. Il pouvait donc toucher son cœur.

— Que dois-je promettre ? demanda-t-il innocemment.

Éléa baissa soudain les yeux en rougissant.

— De ne jamais m'oublier, murmura-t-elle.

— Parce que le contraire est possible ?

Elle releva la tête vers lui ; l'amour se lisait dans ses yeux et sur chacun de ses traits.

— Je ne t'oublierai jamais, déclara Axel en appuyant avec son cœur sur chacun des mots.

Mais San considéra qu'il n'était plus temps de conter fleurette. Revenant surexcité de sa course aux charatons, il déboula dans la clairière et passa au milieu du couple en manquant de peu de le renverser. Axel se releva dans un juron. Le loup accéléra de toute la puissance de ses pattes à l'approche du jeune homme, traçant de grands cercles autour d'eux. Puis il se mit à sauter comme un cabri, tout déglingué et désarticulé : il semblait fier de lui et de ses niches. Il parut déçu qu'Axel ne porte qu'un instant son attention sur lui. Il s'arrêta, à peine haletant, lorsqu'il vit les deux jeunes gens sortir des Bois Obscurs. Ils s'en allaient déjà ? Il commençait à peine à jouer !

San voulut les suivre en rampant pour attraper Axel par la cheville avant que celui-ci n'arrive près des chevaux, mais le jeune homme le guettait et le loup resta sur son envie. Les deux humains ne semblaient pas apprécier ses farces. *Quels mauvais caractères !*

Éléa paraissait accrochée à la syllis blanche, complètement dans les nuages. Il lui fallut du temps pour remettre sa selle en place. Axel se sentait fort de l'effet qu'il avait produit sur elle. Avant de lancer Nis sur la petite route forestière, il envoya même son dernier coup :

— Je rêve ou tu as les yeux beaucoup plus bleus par ici ?

— Ce sont les Brumes Infernales, balbutia Éléa.

— Ils ne sont pas de cette couleur-là normalement ?

Elle répondit négativement, désemparée de pouvoir perdre ce charme aux yeux d'Axel.

— Alors, j'espère qu'ils sont gris foncé, souhaita-t-il avec malice. Ce sont les regards que je préfère.

Chance ou coïncidence ? Il la bouleversa un peu plus par son sourire et il partit, suivi du loup, en lui rappelant qu'ils étaient pressés.

Leur retour ne se fit pas sans incident. À une vingtaine de lieues de la Forêt Interdite, alors que le soir commençait à ternir le ciel, ils entendirent des galops, loin derrière eux : des soldats ! Le temps de se retourner pour compter six adversaires et...

— Halte là ! Ordre du roi !

Six autres gardes se massaient en deux rangées de trois devant eux, leur barrant le chemin. Ils voulaient probablement seulement leur poser des questions et les fouiller. Les soldats guettaient le Masque ou sa troupe, et ne s'attendaient pas à un aventurier, une jeune fille à moitié dénudée et un loup.

Axel et Éléa échangèrent un seul regard. L'amalyse faciale du Masque se rabattit sur le visage de la jeune fille. Il était hors de question de s'arrêter ou de quitter le chemin maintenant !

— Repars dans la forêt, San ! ordonna-t-elle durement au loup.

Il sembla obéir, effrayé un instant par tout ce monde. Mais, protégé des branches, il continua de les suivre, la truffe frétillante quand les deux jeunes gens serrèrent les talons pour accélérer l'allure des chevaux. Malgré leur évidente fatigue, Nis et Zarkinn acceptèrent de foncer dans le tas.

Axel envoya violemment son premier coup d'épée dans un mouvement de bas en haut à sa gauche et de haut en bas à sa droite. Il arracha ainsi l'arme du premier soldat, entaillant son cou dans la foulée, et fendit la poitrine du deuxième. Son troisième adversaire, maintenu en arrière à cause de l'étroitesse du chemin, gêné par les mouvements des chevaux placés devant lui, eut l'idée d'attaquer Nis pour freiner le jeune homme. Mais la pointe de son arme effleura à peine le cou de la jument. Axel arrêta son geste, et l'acier protecteur glissa sur la traîtresse lame pour aller se perdre dans la poitrine du soldat. La route libérée devant lui, le jeune homme fit volte-face pour aider sa compagne.

Éléa n'avait besoin de personne. Il fallait qu'il se rende à cette évidence. Elle combattait les hommes de Korta depuis deux ans sans lui.

— Dégagez ! Ordre du Masque ! avait-elle crié en chargeant.

Elle ne s'était pas saisie de son épée accrochée à sa selle ; elle avait préféré dégager ses pieds des étriers, prendre appui sur la selle et balancer ses jambes vers le dernier soldat du premier rang. Le choc avait été à ce point violent qu'elle avait manqué de partir en arrière, mais elle était parvenue à se rattraper à la selle du soldat tombé au sol. Comme un acrobate, elle avait retrouvé son assiette, les yeux dirigés vers la croupe du cheval, et avait bondi vers le cavalier de derrière. Stupéfait de voir cette jeune fille – le Masque tout de même! – lui sauter ainsi dessus, celui-ci n'avait pu arrêter l'assaut. Il avait basculé avec elle et avait eu le souffle coupé au contact du sol. Éléa ne lui avait pas laissé le temps de reprendre ses esprits et avait conclu leur duel d'un étourdissant coup de coude dans la mâchoire. Quand Axel se retourna, elle s'était déjà relevée, criant après San qui venait d'attraper sauvagement la jambe de l'homme.

Le dernier des six soldats avait reporté sa haine sur la jeune fille et le loup, l'épée levée pour les pourfendre. Axel n'eut le temps de rien faire : d'un pas de côté, Éléa évita l'arme et attrapa le poignet de l'homme. D'un coup de pied jeté au cheval – aussi effrayé par le loup que le loup l'était par le cheval –, elle tira l'homme de toutes ses forces vers elle et l'envoya au sol, la tête la première. Il ne s'évanouit pas mais resta ramassé sur lui-même, les mains sur le visage, brisé, tant par le choc du casque sur son crâne, que par son nez cassé. Devant tant de remue-ménage et de cris, San prit le parti d'enfin obéir, et se carapata le plus vite qu'il put dans la forêt. Les chevaux des soldats eurent le même réflexe, mais s'enfuirent dans la direction opposée.

Axel ne put s'empêcher d'être fier de la jeune fille, toujours étonné de son adresse. Ils n'avaient pas la même technique mais étaient aussi efficaces l'un que l'autre. Quand, de trois enjambées, elle rejoignit Zarkinn qui s'était arrêté près de Nis et sauta en selle, il eut l'envie furieuse de l'embrasser. Mais les six autres soldats, témoins de la scène, et qui arrivaient au triple galop, le rappelèrent à l'ordre.

Axel et Éléa n'échangèrent aucune parole. Un regard leur suffit pour décider de leur action. Il fallait se débarrasser de ces hommes, ils étaient trop près de la Forêt Interdite pour essayer de leur échapper. Les chevaux étaient trop fatigués et les soldats ne devaient pas voir le passage des Pierres Blanches : le risque qu'ils puissent en surveiller la sortie par la suite était trop grand. Un regard de plus et le couple lançait Nis et Zarkinn dans un nouvel assaut, dans l'autre sens.

Cette fois, les soldats étaient prêts à les recevoir. Mais ils s'attendaient à une attaque simultanée, de front. Quand ils virent la jeune fille s'engouffrer dans les bois après un hochement de tête, ils ne surent quel comportement adopter. Le Masque allait leur échapper ! La nouvelle que le truand était une jeune fille avait fait le tour du château depuis sa venue au palais. L'amalyse faciale d'Éléa confirmait les dires. Le chef du groupe scinda sa troupe en deux.

Axel n'avait plus que trois hommes face à lui. Un jeu d'enfant. Il serra le chemin à droite, obligeant un seul soldat à donner le premier coup. L'homme avait l'épée brandie au-dessus de sa tête, prêt à fendre l'air et les chairs. Juste avant l'impact, Axel fit glisser tout son corps sur le côté de la selle et allongea brutalement son bras. Le soldat n'eut pas le temps de finir son geste précipité, il eut l'épaule déchiquetée. Axel brisa l'élan de Nis en l'arc-boutant afin de faire face aux soldats suivants. Ceux-ci avaient aussi fait demi-tour, et leurs épées s'abattirent ensemble sur celle d'Axel. Le combat s'engagea, entravé par les mouvements chaotiques des chevaux qui se gênaient entre eux.

Une esquive à droite… deux fentes manquées à gauche… un relevé de lame… un coup porté au poignet : un cri, la chute de l'épée, un homme de moins… Une attaque portée au visage apeuré restant… Une garde haute anticipée… Une attaque au flanc… *Touché.*

De son côté, Éléa ne s'était pas énormément enfoncée dans les bois. Les branches ne permettaient pas le galop et fuir n'était pas son but. Il faisait sombre sous les arbres. Éléa avait tiré son épée et l'avait envoyée se planter au sol, loin devant elle. Au moment où le premier soldat arrivait sur elle, certain d'embrocher la jeune fille désarmée, elle se tenait accroupie sur la selle de son cheval. Lorsque le soldat porta un coup transversal en direction de ses jambes dénudées, elle fit baisser la tête de Zarkinn d'un ordre et bondit vers une branche en hauteur. Le soldat regarda sa proie s'élever dans les airs, surpris, et reçut deux talons en pleine figure. Son casque pointu valsa comme lui.

Éléa lâcha prise et retomba au sol dans une roulade. Elle s'était coupée au pied avec le casque mais ne s'en soucia pas. Elle se lança dans les feuilles mortes pour éviter de se faire piétiner par les chevaux. Elle attrapa son épée avant l'assaut des deux derniers soldats et consentit enfin à se servir de son arme. Le terrain était idéal pour mettre à mal des cavaliers. Parant un premier coup, la jeune fille se faufila sous un tronc couché et réapparut dessus. Contrairement aux soldats, elle n'avait pas à maintenir son cheval ; ses coups étaient rapides, libres et maîtrisés, elle dansait presque sur son tronc, se baissant ou se redressant d'un coup. En trois attaques, les soldats avaient chacun une estafilade au torse. Une estocade de côté et l'un d'eux pliait sous l'entaille douloureuse de ses côtes. Une fente et le deuxième était... *Manqué!* Son cheval avait reculé d'un coup sec, un loup lui avait mordu le jarret avant de sauter de côté pour éviter sa ruade. San ne pouvait pas rester indifférent à une bataille lancée contre Éléa.

— San!!! Va-t'en! hurla-t-elle.

Il céda tout de suite, mais l'homme en profita pour tirer sur la bride afin de se sauver. En temps normal, Éléa l'aurait laissé s'enfuir. Mais elle choisit de tirer sa dague et visa la cuisse du soldat:

— Désolée, murmura-t-elle à son hurlement. Il faut que je sois certaine que tu n'aies pas envie de nous suivre. Korta sait trop de choses.

Elle se redressa douloureusement. Son corps assumait mal les quatre heures de sommeil, son pied avait maculé le tronc mort de sang et l'élançait. Cela ne l'empêcha pas de se retourner violemment à un cri d'Axel. La jeune fille se rassura: il faisait fuir les chevaux des soldats, il n'avait rien. Elle retrouva une certaine force, l'envie de se jeter dans ses bras. San revint vers elle, effrayant le garde blessé au passage. Elle sourit et tendit les mains en s'accroupissant de nouveau devant l'animal.

— Les combats sont une affaire d'humains. Tu ne dois jamais t'en mêler, sermonna-t-elle doucement en passant sa main dans les poils sombres. Tu côtoies trop d'hommes, tu es en train d'oublier qu'ils sont dangereux pour toi. J'aimerais tant que tu le comprennes.

Les yeux de feu du loup brillaient dans l'obscurité envahissante des arbres, sa queue remuait, mais la jeune fille était bien certaine qu'elle avait parlé dans le vide. Elle appela Zarkinn et rejoignit Axel.

— Tout va bien ? demanda celui-ci, sans pouvoir cacher son inquiétude.

— Je viens juste de comprendre pourquoi il est préférable de porter des bottes pour se battre, répondit-elle en montrant négligemment son pied entaillé.

Mais avant qu'Axel lui dise de prendre le temps de se soigner, elle enchaîna :

— On file. Il faut profiter de notre avance. Viens, San !

Laissant là trois morts, cinq blessés et quatre hommes contusionnés, ils reprirent rapidement le chemin de la Forêt Interdite. Ce fut quelques minutes plus tard qu'ils ralentirent enfin l'allure des chevaux exténués et qu'ils s'attardèrent sur leur aventure.

— Puisque Korta sait que tu habites dans la Forêt Interdite, pourquoi avoir lancé des soldats sur ce chemin ? fit Axel

— Il n'a pas assez d'hommes pour encercler le territoire du Monstre, répondit Éléa en serrant les dents de douleur tandis que sa blessure achevait de guérir. Il peut seulement compliquer nos entrées et nos sorties.

Les Pierres Blanches étaient en vue, le coin était désert, San se lança joyeusement dans les graminées brûlées par la lumière du soleil couchant. Axel et Éléa mirent pied à terre pour soulager leurs montures. Le jeune homme passa la main sur la petite blessure de Nis, et claqua la jambe de la jument d'une main rassurante et encourageante.

— Pourquoi étaient-ils justement sur ce chemin ?

— Simple coïncidence, le rassura Éléa.

Axel n'en était pas aussi sûr. Il avait eu le sentiment d'être attendu.

— Et les Scylès ? Pourquoi n'étaient-ils pas présents ? Tu es sûre de ne pas en avoir croisé, hier soir ?

Le masque d'amalyse se releva, Éléa regarda le jeune homme droit dans les yeux :

— Oui, Axel. Les Scylès ne sont que trois. Ils ne peuvent pas être partout à la fois. Ces soldats n'étaient qu'une ronde ! Dis-moi, pourquoi tu n'es pas venu plus tôt à Leïlan ? On aurait eu bien besoin d'un combattant comme toi.

Il ne put que sourire à ce compliment. Il n'avait pas de réponse à cette question. Il repensa un instant qu'il se l'était posée. Quelque chose l'en avait empêché, une impression… une volonté divine ? Il n'eut pas envie d'aborder le sujet. Les Pierres Blanches faisaient naître en lui une crainte différente. Il allait devoir repasser de l'autre côté. Ce n'était pas le précipice qu'il craignait, mais Jerry. Ce dernier n'avait certainement pas apprécié qu'Éléa et lui soient partis une journée entière, seuls et sans le prévenir. La bataille risquait d'être dure et douloureuse, même si elle ne devait être qu'un simple cauchemar au bout du compte. Si le Monstre, devant la protection des Fées, ne pouvait tuer Axel, il avait la possibilité de le laisser moisir dans son marécage sans même le toucher. Comment Éléa espérait-elle le faire passer ?

— Jerry est trop habitué à mon passage, dit-elle en comprenant son inquiétude. Il ne me sent quasiment plus entrer dans la Forêt Interdite. Il n'a même pas réagi cette nuit lorsque je suis revenue.

Elle lança quelques feuilles sur le pont invisible :

— Par contre, il va certainement me sauter très vite dessus. Pourras-tu t'occuper des chevaux, s'il te plaît ?

Axel acquiesça. Elle revint vers lui et sortit la bourse de plantes issues des Bois Obscurs. Elle garda la fleur de l'Éveil Blanc.

— Si tu pouvais aussi donner tout ceci à Erwan pour qu'il fasse une décoction, ce serait parfait. Dis-lui que c'est pour préparer une potion tonifiante. C'est plausible et ce n'est pas un mensonge. Je m'arrangerai toute seule pour rajouter l'huile de la fleur de l'Éveil Blanc.

Il prit le tout sous ses remerciements.

Éléa fit ensuite passer les chevaux au-dessus du vide avec le loup. Celui-ci plaqua sa truffe sur le sol mystérieux durant toute sa traversée ondulante. Avant de toucher la terre du Monstre, elle fit signe à Axel de la rejoindre. Il se retrouva devant elle ; ils n'avaient plus qu'un seul pas à faire pour être dans la Forêt Interdite.

— Serre-moi contre toi pour que nous ne fassions plus qu'un et passons ensemble, proposa-t-elle sans naïveté.

Axel eut l'impression que quelqu'un avait allumé un feu près de lui tant il avait chaud tout à coup. Il tendit les mains vers Éléa lorsqu'il se rappela que la taille de la jeune fille était nue. Ses bras restèrent une brève seconde dans la même situation que lui : suspendus dans le vide. Mais les mains d'Éléa lui enserrèrent les poignets et obligèrent ses doigts à toucher sa peau.

Les yeux d'Éléa étaient tellement lumineux, ses lèvres semblaient si fraîches et si douces que les doigts du jeune homme finirent par glisser les uns vers les autres. Ils s'approprièrent, doucement mais sûrement, un peu plus de cette douce peau pour la rapprocher de lui. Il n'avait plus qu'un sourire, plus qu'un désir. Il se laissa entraîner un pas en avant par Éléa.

— Vous me prenez réellement pour un imbécile ! grogna Jerry.

Ils furent extrêmement surpris et Éléa fit volte-face. Elle avait sous-estimé son Maître. Jerry était là, comme apparu après un songe. Les griffes de ses mains se plantaient tour à tour dans l'écorce lisse d'un hêtre. Éléa et Axel étaient bien passés de l'autre côté, ils se trouvaient effectivement au milieu de la Forêt Interdite. Ils avaient évité la colère du Monstre, mais Jerry les avait sentis arriver.

L'ombre du feuillage et le soir cachaient le jaune de ses yeux. Éléa crut les voir noirs tant la face de Jerry était peu engageante. Axel ne le craignait plus et, pour affirmer sa position face au Monstre, il se permit même d'enserrer de nouveau la jeune fille dans ses bras. Jerry sembla gronder mais, pour une fois, retint sa colère.

— Pourrais-je te parler seule, Vic ? demanda-t-il presque avec politesse.

Éléa en resta sidérée, Axel devint méfiant. Le jeune homme relâcha doucement son étreinte, contraint de céder par l'attitude de Jerry : il aurait préféré l'affrontement. Éléa se dégagea de ses bras, embarrassée d'être prise sur le fait, et lui confia les brides des chevaux.

Encore une fois, leurs yeux se croisèrent et seuls leurs cœurs se parlèrent. Ils avaient été très près l'un de l'autre et le savaient.

Axel se résolut tant bien que mal à quitter la jeune fille, mais il ne put s'empêcher de fusiller Jerry du regard. Le Monstre ne dit rien et attendit qu'Axel disparaisse totalement dans le feuillage. Éléa avala sa salive. Elle savait ce que Jerry allait hurler, elle était même étonnée de devoir l'attendre. Elle voulut prendre les devants :

— Je…

— Tais-toi ! cracha Jerry. C'est moi qui parle !

Il l'attrapa par le poignet et la propulsa pour la faire avancer. San se mit instantanément à gronder.

— Je peux me défouler sur toi, si tu insistes, grogna Jerry en montrant les dents.

La queue du loup, à l'horizontale du dos en signe de menace, se releva pour tenter d'intimider un peu plus le Monstre. Il usait de tout son courage pour faire face à cette bête immonde, presque aussi grande qu'un ours ! Mais lorsque Jerry poussa un rugissement de lion, la peur eut raison de son audace : il s'enfuit rapidement dans la même direction qu'Axel.

— Ta soudaine gentillesse est excessivement agréable, lança Éléa, méprisante, avant de continuer son chemin.

Toute la mâchoire inférieure de Jerry se décala d'un cran supplémentaire vers l'avant. *Comment pouvait-elle avoir ce toupet ?!*

— Jerry ?

La voix le stoppa net dans son attaque et fit même se retourner Éléa.

— Imma ?! Que faites-vous ici ? s'exclama le Monstre surpris et complètement décontenancé.

— J'avais bien entendu votre voix, dit la sorcière en sortant des buissons.

Elle était guidée par la petite Chloé.

— Qui peut crier pareillement, si ce n'est vous ? ajouta-t-elle avec un sourire.

Elle semblait chercher Jerry de ses yeux aveugles.

— Je… Je ne crie pas, se défendit-il sans convaincre personne. Je voulais sermonner mon élève.

— À grand renfort de hurlements, sourit Imma en levant ses yeux évasifs vers le ciel.

Les crocs de Jerry se refermèrent silencieusement sur une grimace épouvantable.

— Me permettrez-vous de savoir ce que Victoire a commis de si terrible ?

Jerry ne voulut pas répondre sur le moment. La présence d'Imma le dérangeait. La douceur et la diplomatie de la sorcière ruinaient sa force et sa violence. Mais il ne voulait pas être dit sans autorité devant elle.

— Vic a disparu toute la journée sans prévenir, avec tous les risques qu'une attaque de Korta peut impliquer. Il est en outre plus que temps de partir distribuer les armes.

— Je rentre au coucher du soleil, répliqua la jeune fille. Korta est blessé et invisible depuis hier, et Tanin t'aurait dit où j'étais, si un quelconque problème était survenu.

— Tu oublies toute la puissance de l'Esprit qui accompagne ton adversaire ! tonna Jerry. Soigner est complètement dérisoire pour lui. Tu te crois seule à être puissante et tu te penses invincible avec ta corne ! Réalises-tu que l'unique pouvoir qu'Ibbak ne possède pas est celui de te tuer directement ?! Korta est sa main dans ces Mondes et décime à sa place, et tu crois qu'il va le laisser se reposer !

Éléa savait que ces paroles se fondaient sur l'expérience : Jerry avait eu l'Esprit Sorcier comme Maître dans son passé. La jeune fille garda un tel silence que le bruit du vent dans la jupe d'Imma se fit entendre. Jerry se retourna vers celle-ci. La sorcière avait les yeux égarés vers le sol et écoutait avec un petit air déçu, voire découragé. Jerry serra les dents sur une nouvelle grimace : Imma lui prouvait encore qu'il ne savait que crier.

— Douce Imma, je sais que je ne mets pas le ton que vous voudriez, s'excusa-t-il. Je ne sais pas faire autrement. Mais n'ai-je pas raison ?

Elle releva la tête vers lui et dirigea son regard en direction des sons qui lui parvenaient. Elle baissa légèrement les paupières sur ses yeux inertes et répondit de sa voix douce :

— Vous me demandez mon avis ?

— Oui, assura-t-il, certain qu'elle ne pouvait que lui donner raison.

Les lèvres charnues d'Imma dessinèrent un petit sourire.

— Vous n'avez pas tort.

— Ah ! s'exclama Jerry gonflé d'orgueil et prêt à mordre Éléa.

— Mais…

— Mais ? s'étonna-t-il.

— Il ne faut pas exiger des autres ce que l'on n'exige pas de soi, dit-elle avec sagesse.

Jerry en resta muet d'incompréhension.

— Vous êtes-vous inquiété de Korta aujourd'hui ou avez-vous passé votre journée en ma compagnie ? ajouta-t-elle en rougissant.

Éléa aurait dû s'inquiéter – elle avait tout de même rencontré des soldats au cours de son escapade ! – mais ce fut un rire qui sortit, malgré tout, de sa bouche. Jerry coupa net sa moquerie d'un regard. Il avait appris à la jeune fille à se servir de toutes les faiblesses des autres, mais il n'acceptait pas d'être de ses victimes.

— Je… Elle… Mais il n'y a pas que cela ! se défendit-il brutalement. Vic se balade dans des tenues complètement inconvenantes, avec un homme surgi de nulle part, dans une forêt déserte, et ceci toute une journée !

— Mais je porte ces vêtements tous les jours ! se rebiffa la jeune fille. C'est toi qui m'obliges à me vêtir ainsi lorsque je ne suis pas le Masque !

— Eh bien tu es trop grande désormais, et je ne veux plus te voir habillée de la sorte ! Nous ne sommes plus à Zhol !

Jerry se retourna vers Imma.

— Le jury est-il en ma faveur, cette fois-ci ? demanda-t-il, légèrement acide.

— Je ne me permettrai pas de vous juger ni l'un ni l'autre. Vous êtes mon hôte, le plus aimable et le plus charitable que j'aie pu rencontrer, et je connais l'identité de Victoire… Maintenant… il est étonnant de voir comment une jeune fille peut être considérée comme une fillette ou une femme selon les secondes. Dites-moi, mon ami, est-ce par l'intermédiaire du regard d'Axel que vous vous êtes aperçu qu'elle avait grandi ? le piqua-t-elle gentiment.

— Papa appelle ça *démire*, ça veut dire *jalousie* en akalien, appuya Chloé qui s'était arrangée pour se faire oublier jusqu'à présent.

Imma pressa légèrement l'épaule de l'enfant en entendant le souffle de Jerry s'accélérer. Il s'était retourné vers Éléa qui pouffait. Elles étaient toutes trois contre lui ! Son élève l'affrontait franchement, Imma jouait les consciences et Chloé, déjà ralliée au clan des femmes, appuyait le tout de son innocence !

— Tu as de bons avocats, Vic, profites-en. Va te changer en Masque, nous partons sur l'heure ! Douce Imma, vous avez gagné, je n'ai plus rien à dire.

— Vous ne crierez plus ? s'étonna tendrement Imma. Je vous remercie. Mes oreilles sont très sensibles depuis que j'ai perdu mes yeux, justifia-t-elle pour calmer sa joie. Victoire, me permettras-tu deux conseils et une remarque ? proposa-t-elle en tendant la main vers elle.

— Les conseils sont-ils de ne pas sous-estimer Korta, *moi non plus*, et de porter une tenue un peu plus *leïlannaise*, parce que j'ai quitté Zhol depuis sept ans ? demanda Éléa sans donner sa main.

Imma crut comprendre que la jeune fille voulait garder sa journée secrète et ne lui tint pas rigueur de ce qu'elle croyait être une marque de pudeur.

— Tu as pensé juste, répondit Imma. Et ma remarque concerne une promesse que tu as négligé d'honorer auprès de Sten.

Éléa se rappela soudain qu'elle avait juré au géant de se servir de la corne des Fées pour le guérir et accélérer son rétablissement. Elle se pinça les lèvres pour cet oubli impardonnable.

— Tu as juste le temps de le faire.

Éléa partit en courant.

— Je savais bien que j'avais quelque chose à lui reprocher, marmonna Jerry suffisamment fort pour qu'Imma l'entende.

— C'est la seule erreur qu'elle ait vraiment commise. C'est Sten qui a découvert sa fuite, rappela la sorcière aveugle.

Elle se retourna vers le souffle de Jerry.

— Ils sont faits l'un pour l'autre. Pourquoi employez-vous cet acharnement à les séparer ? Plus vous les éloignerez, plus ils souffriront et penseront à leur peine.

— *Faits l'un pour l'autre…*, médita Jerry en regardant Imma.

Sa voix était redevenue grave et chaude. Il admirait sans le vouloir les légères boucles noires sur les épaules de la sorcière. Le vent les soulevait et les laissait courir sur les bords lâches de sa chemise rouge plissée.

Faits l'un pour l'autre.

Imma n'arrivait même pas à ses épaules et pourtant, Jerry désirait de plus en plus la prendre dans ses bras. Sa cécité lui faisait de la peine mais elle était aussi sa chance. Elle n'était que douceur et lui violence, elle avait la beauté de l'enfer et lui sa laideur. *Que tout ceci était ridicule !*

— L'amour est-il forcément inévitable lorsque l'on est fait l'un pour l'autre ? se demanda-il à haute voix.

— La volonté des Fées peut être refusée, répondit Imma, mais quand elles choisissent le meilleur, peut-on vraiment lutter ? C'est une question qui porte sur la croyance même des Fées. Le pouvoir de mes mains ne peut m'en faire douter. Vous êtes un personnage étrange, Jerry, tantôt cruel, tantôt sensible. Pourquoi êtes-vous si gentil avec moi et si intransigeant avec les autres ?

— Votre douceur et votre beauté me désarment.

Imma ne put rien répondre, elle sentit un immense courant d'air passer près d'elle, suivi d'un grand silence.

— Jerry ?

— Il est parti, expliqua Chloé.

— Parti ? Comment, parti ? voulut savoir la sorcière, perdue dans le noir de son univers.

— Il s'est envolé, sourit l'enfant, les yeux pleins de nouveaux aspects de la vie humaine.

— Envolé ?!

Il y eut dans la forêt un sifflement bien connu de l'enfant. L'effervescence était à son comble pour le départ dans la Grande Plaine. Chloé prit la main de la sorcière et l'entraîna avec elle sans répondre. La fillette savait que le pouvoir des mains d'Imma se bornait à lui faire connaître la nature et les actions des personnes qu'elles touchaient. Imma ne pouvait pas savoir ce que les autres voyaient.

SURPRISES NOCTURNES

Je ne te demande même pas si Zarkinn peut galoper !

— Je prends le chariot d'armes pour Olase, répondit Éléa pour clore la dispute qui se ranimait.

Elle était de nouveau vêtue plus convenablement, s'il était possible de considérer comme convenable pour une jeune Leïlannaise de porter des vêtements d'homme et une épée à la hanche ! Elle ajustait ses gants avec une noblesse hautaine qui montrait qu'elle ne digérait pas les remontrances de Jerry et qu'elle n'avait plus envie de le laisser discuter chacune de ses paroles.

Des torches à la main, de pâles lanternes sur les bancs de conduite des chariots, les habitants de la Forêt Interdite menaient à bien les derniers préparatifs avant le départ. La tournée de tous les villages plus ou moins frontaliers du château ne pouvait pas être faite en une nuit. Sur les dix chariots prêts, seuls sept étaient attelés. Dans cinq d'entre eux s'entassaient des équipements nécessaires à la défense de dix villages au moins, mais qui n'étaient destinés qu'à cinq villages en réalité. Tout avait été compté et réparti : il y avait dans chacun épées, poignards et cottes de mailles pour deux cents hommes, vingt arcs, quatre cents flèches, cent javelots pour les plus adroits et l'équivalent de vingt sarbacanes accompagnées de cent cinquante pointes endormantes.

Le tout dans de multiples sacs. Erwan passait entre les chariots pour ajouter dans chacun deux cents fioles aveuglantes, emballées dans de petits filets.

Dans les deux derniers attelages s'entassaient des réserves de nourriture. Éléa se sentit sceptique en se rappelant l'abondance des victuailles amenées à Aces. Cette fois, ils n'allaient pas reconstruire un village, ils allaient à peine pouvoir le soutenir et alléger la charge qu'il était pour le Duché d'Yil. Quelque part, elle sentait que la fête dans la Colline Creuse avait été la dernière avant longtemps.

— Virgine et Ophélie, le mieux est que vous preniez les chariots de nourriture. Ceban, tu les escortes à cheval, c'est plus prudent.

Le jeune homme, pour une fois vêtu d'une chemise sous son gilet, était parfaitement d'accord avec sa sœur de lait. Il avait d'ailleurs déjà sellé sa monture.

— Erwan, Allan et Théon, vous prendrez les chariots pour Élis, Azel et Uderal ! Pour Orline…

— Je m'en charge, fit Estelle, en pantalon, en apparaissant au milieu des femmes.

— Non. Tu n'es pas encore en état de supporter un tel voyage et tu as tes enfants à nourrir : nous n'allons pas rentrer avant demain midi.

Malgré la faiblesse de l'éclairage, tout le monde vit les lèvres d'Estelle blanchir tant elle les serra. Elle était tenue à l'écart des combats depuis si longtemps ! Elle aimait ses enfants plus que tout, jamais elle ne pourrait les oublier, mais la jeune femme aurait néanmoins voulu participer à l'armement. Se sentir engagée de nouveau, rien qu'une fois. Une seule fois. Au rappel brutal de sa condition de mère et de ses obligations, elle baissa la tête et partit silencieusement rejoindre son mari encore alité. Éléa ferma les yeux, regrettant d'avoir refusé son aide de la sorte. Jerry l'avait trop énervée. Avant qu'elle retrouve la parole, une petite voix s'éleva :

— Moi, j'peux le faire. J'sais tenir les rênes et t'as promis que je viendrais !

Elle sentit qu'elle le regretterait mais elle céda :

— Tu montes avec moi, Tanin. Pas seul.

— Et moi ? émit timidement Erby.

Allons bon ! Chloé aussi allait vouloir venir ?!

Non, la petite fille n'en avait aucune envie. Elle fixait seulement avec respect et crainte les fioles aveuglantes que son père avait déposées dans les chariots. Mélane lui prit la main, et sembla vouloir la rassurer.

— Viens avec moi, Erby, fit Erwan. S'il y a un seul problème, tu plonges sous les cottes de mailles. Tu seras sous la garde de mon épée.

L'Akalien était trop faible pour résister à un regard implorant d'enfant, à celui de son fils adoptif qui plus est. *Tanin venait, pourquoi pas Erby ?* Il eut lui aussi peur que Chloé manifeste le désir de les suivre, et fut soulagé de voir qu'elle ne montrait pas même un signe de jalousie envers son nouveau frère. Avec le retour des Scylès, l'angoisse que les guerriers apprennent l'existence de Chloé revenait dans le cœur du petit homme. Il n'était capable de se battre qu'en sachant sa fille près de sa femme, toutes deux en parfaite sécurité dans la Forêt Interdite. Il regarda soudain le ciel si noir et menaçant, et espéra que Sélène n'ait pas trop de cauchemars durant son absence.

— Moi et Mélane, on va bien s'occuper de maman et d'Antonin, dit Chloé avec l'air le plus candide possible.

Il crut qu'elle avait deviné son inquiétude à son visage et lui sourit.

Entre-temps, Éléa s'était tourné vers Axel. Elle avait de bonnes raisons de refuser tous les candidats pour son chariot mais une seule était vraiment responsable de ses refus : elle voulait qu'Axel le prenne avec elle. Elle n'imaginait pas pouvoir passer les vingt prochaines heures sans lui. Le jeune homme n'avait rien dit jusqu'à présent, occupé encore à panser Nis. Il regardait toute la troupe s'équiper sans regret : il savait que Jerry ne le laisserait pas rentrer une nouvelle fois dans la Forêt Interdite. Il ne pouvait pas partir, il sacrifiait cette nuit à son frère Philip et à la princesse Éloïse.

— Je prends le chariot, grogna Jerry avant même qu'Éléa puisse proposer le périple à Axel.

— Et comment ? En chimère ?

Imma était là et ne comprit pas la réplique d'Éléa. Elle sentit juste le souffle d'Ophélie s'accélérer. Elle ne voyait pas Jerry se dresser en être chimérique devant la jeune fille. Elle ne pouvait pas imaginer à quel point il était grand et impressionnant.

Éléa n'éprouvait aucune frayeur et soutint son regard glacé.

— Tu dois surveiller les routes. Nous avons croisé des gardes en rentrant des Bois Obscurs.

— À ta guise, dit-il en plissant ses yeux jaunes. Mais *il* ne reviendra pas.

— Veuillez nous excuser, nous en avons pour quelques minutes, déclara-t-elle brutalement, en proposant à

Jerry, non sans autorité, de poursuivre cette pénible conversation un peu plus loin.

Les torches s'écartèrent. Jerry suivit la jeune fille, bien décidé, lui aussi, à tirer cette affaire au clair définitivement.

Virgine s'approcha d'Axel en lui tendant un petit sac.

— Tiens, c'est de quoi remplir le creux du repas sauté aujourd'hui et de quoi manger demain. J'avais prévu qu'tu viendrais.

— Je ne sais…

— Oh si ! Crois-moi, tu nous accompagnes, sourit-elle. Et tu reviendras ici.

Éléa faisait face à Jerry, plus déterminée que jamais.

— Laisse-moi parler, murmura-t-elle agressivement pour faire taire les crocs. Il ne s'est rien passé entre Axel et moi dans les Bois Obscurs. Mais dis-toi bien, *cher Maître*, que si tu refuses son retour dans la Forêt Interdite, je ne rentrerai pas non plus et je partagerai son lit le soir même.

Jerry, Monstre puissant en ces lieux, considéré comme un des Bas-Esprits les plus sanguinaires du Monde de l'Est, ancien Disciple de l'Esprit Sorcier Ibbak et terreur ancestrale de Pandème, en resta la gueule ouverte. Éléa n'attendit pas qu'il cherche une réponse et retourna près des chariots.

— Axel, voudrais-tu te charger du dernier chariot ? demanda-t-elle d'un ton léger et soudain très paisible.

Le jeune homme jeta un coup d'œil à Virgine. Elle lui souriait, fière d'avoir eu raison.

— J'en serai ravi, répondit-il d'un salut de tête.

Dès qu'ils eurent franchi le Pont Sans Retour, les chariots prirent bonne allure les uns derrière les autres et s'enfoncèrent dans la Grande Plaine. Dans un premier temps, ils allaient tous à Olase. Ils ne se scinderaient en groupes de deux qu'après, pour joindre chaque village. La distribution finie, ils devaient abandonner les chariots et revenir avec les chevaux, au galop.

Depuis plus de deux heures, Jerry était parti en avant, sans avoir adressé un mot de plus à Éléa. La jeune fille se pensait enfin tranquille et mangeait avec appétit, affalée sur le banc de conduite pendant que Tanin tenait les rênes crânement. Mais Ceban vint trotter un instant à côté d'elle.

— Tu as l'air fatiguée, dit-il. Tu as mal dormi cette nuit ?

Elle le regarda en se demandant si le plus surprenant était le ton insidieux qu'il avait pris pour lui poser cette question, ou le fait qu'il ne lui ait pas plutôt demandé comment s'était passée sa journée, comme Jerry ? *Lui aussi jouait les protecteurs !* Elle se retint de lui dire qu'elle ne s'occupait pas de savoir ce qu'il faisait avec Ophélie et préféra répondre d'un ton pincé :

— J'ai passé une nuit excellente ! Et une journée enrichissante ! Après six heures de galop et la rencontre de douze gardes, je crois pouvoir me permettre d'avoir les traits tirés.

Ceban regretta ses paroles qui étaient mal interprétées. Il ne portait aucun jugement sur les amours de sa sœur de lait. Il avait seulement voulu lui reprocher son aventure clandestine au château. Il changea de sujet de discussion quand il vit la jeune fille mordre rageusement dans sa tartine de fromage.

— On aurait peut-être dû en profiter pour amener un chariot sur Ize, non ? Tu comptes le faire avec le chargement de demain ?

Éléa perdit les épines d'énervement hérissées sur son dos.

— Non, répondit-elle calmement. Ces villageois ont déjà beaucoup d'armes. Et comme nous sommes situés juste à côté, nous pouvons leur donner un coup de main en permanence. Je trouve plus utile d'envoyer ces équipements dans des villages isolés, et qui risquent bien davantage de subir les colères de Korta.

— J'peux garder les rênes jusqu'à Olase ? coupa Tanin. Tu vois que j'sais guider longtemps. J'aurais pu prendre le chariot tout seul !

Éléa n'eut pas le temps de répondre : Jerry arrivait comme un fou, semblant vouloir déchirer le noir total du ciel avec ses ailes :

— Arrêtez ! Arrêtez tous !

Éléa vola les rênes des mains de Tanin et stoppa les chevaux. Chacun fit de même derrière. Un bref instant, la confusion fut générale ; Ophélie et Virgine se levèrent sur leurs chariots respectifs pour savoir ce qui se passait ; les hommes descendirent immédiatement pour connaître le problème ; Jerry planta ses serres sur le chariot d'Éléa.

— J'ai vu deux groupes de cinq cavaliers aux alentours d'Olase, qui se dirigeaient vers le château. Je les ai suivis et plus je me rapprochais du château, plus je voyais de groupes isolés. Cinq en tout, semblant tous venir des frontières.

— Korta fait revenir ses mercenaires ? s'inquiéta Éléa.

— Oui, mais le plus inquiétant, c'est que trois de ces groupes ont rejoint une troupe d'une trentaine de soldats ou hommes de Korta – au vu des torches – en route pour la Grande Plaine. Ils ont ordre de se poster dans les moindres hameaux.

Évidemment, soldats et mercenaires n'avaient pas la même définition de la prise de position. Et les compagnons de la Forêt Interdite le comprirent.

— Olase va nécessairement être leur prochaine cible, dit Erwan.

— Pourquoi le fait-il maintenant ? ne put s'empêcher de murmurer Éléa, l'esprit préoccupé par cet élément de l'histoire. Qu'est-ce qui lui a fait changer d'avis ?

— Ils sont à combien de temps d'Olase ? demanda Axel.

— Une demi-heure tout au plus, maintenant, répondit Jerry, du bout du bec.

— Et nous ?

— À cette allure ?! Plutôt une heure.

— Et au galop ?

— Au galop ?! s'écria Erwan.

— On a mis des toiles pour que rien ne tombe, non ?

— Mais de nuit, avec les enfants, Ophélie et Virgine, c'est de la folie ! Nous sommes obligés de rebrousser chemin !

— Après, il sera impossible de secourir ce village sans une armée.

Une armée ?! Une guerre… Éléa avait l'impression que les événements la dépassaient. Les actions de Korta devenaient de moins en moins maîtrisables. Brimer le peuple, garder les frontières, attiser les querelles éternelles entre les Pays Insolites et Akal, empoisonner une princesse, oui, tout ceci cadrait parfaitement avec ce qu'elle attendait du Disciple d'Ibbak. Mais chercher à provoquer une guerre dans la seule intention de l'attraper, cela frisait la folie ! C'était une attitude inepte entre adversaires.

— Si tu pars en avance pour prévenir les villageois, ils pourront se protéger ! s'écriait Axel à la nouvelle protestation de Jerry.

— Ils n'ont rien ! Pourquoi crois-tu que nous leur amenons des armes ?! Pour faire beau dans leurs salons ?!

Éléa écoutait, mais ne s'interposait pas dans la dispute qui montait. La seule chose importante était de faire avorter le plan de Korta. Il ne fallait pas reculer, Axel avait raison !

— Eh bien, tu prends deux sacs d'épées et tu leur apportes ! répliquait-il.

— Et pourquoi pas le chariot pendant que tu y es ?! Vous êtes six, avec deux femmes et deux enfants, contre une quarantaine d'hommes et trois Scylès !

Erwan tressaillit à la simple évocation des guerriers. La bataille imaginée par Axel était hasardeuse mais il avait soudain envie de la tenter.

— Nous ne pouvons pas les laisser…

— Non, ils ne feront pas la loi sur la Grande Plaine, intervint soudain Éléa.

Elle bondit à l'arrière de son chariot et défit certains liens de la toile. Empoignant avec résolution l'un des sacs d'épées, elle le sortit du paquetage.

— Mais…

— Transforme-toi, Jerry !

— C'est trop risqué !

— Transforme-toi ! Nous n'avons plus le temps de discuter ! Ils sont quatre-vingts hommes et femmes à Olase ! Ils tiendront le temps qu'ils pourront, mais je ne les abandonnerai pas ainsi ! Cela fait deux ans et demi que nous nous battons pour la protection des villageois ! Et soudain, il faudrait baisser les bras ? ! Si Korta veut la guerre, il l'aura ! Il peut faire revenir tous ses hommes des frontières, je ne lui laisserai pas une once de terrain de la Grande Plaine !

— Tu te rends compte…

— Je sais parfaitement ce que je fais, Jerry ! Quelle sera *ma motivation* si ma victoire ne m'apporte que la satisfaction de sauver des ruines et des cadavres ? !

En dehors de Jerry, il n'y eut que Tanin, lecteur passionné des *Mémoires d'Enkil,* qui comprit l'allusion de sa mère. Les autres furent seulement surpris de l'effet de cette phrase : après une seconde de silence, Jerry leur fit signe de s'écarter et se transforma en oiseau géant.

— Allan, Théon, attachez ces harnais sur Jerry, je ne peux pas le faire moi-même, dit Éléa en s'asseyant brusquement de fatigue après avoir fait apparaître le matériel. Prenez deux autres sacs d'épées et un de lances.

Erwan avait sauté dans le chariot pour sortir des cottes de mailles pour les enfants.

— Passe-m'en deux de plus avec deux épées et deux poignards pour Ophélie et Virgine ! lui demanda Axel. Et deux lances, elles pourront s'en servir comme armes de jet. Merci.

— Ophélie et Virgine rentrent ! coupa Allan. Et les enfants aussi !

— Ce serait encore plus imprudent de les laisser seuls sur les routes, répondit Éléa. Ils resteront en arrière mais Axel a raison de prévoir leur sécurité. Ceban…

Pas besoin de lui demander. Dans la faible clarté des lampes, elle vit que le jeune homme prenait un arc et deux carquois remplis de vingt flèches chacun.

— Jerry… Si jamais la bataille dégénère… tu t'occuperas d'emmener les enfants et les femmes plus loin ? demanda Éléa avec une pointe d'inquiétude.

L'oiseau géant aux yeux jaunes ne répondit pas sur l'instant. La jeune fille semblait oublier le plus important, le plus vital :

— Si la bataille dégénère, c'est toi que j'emmènerai.

Allan attacha la dernière sangle, Théon accrocha un filet de fioles aveuglantes à son cou et il s'envola.

— J'ai quatre… non, cinq Pastilles de Lumière, ajouta Erwan en faisant toutes ses poches. Elles sont vieilles mais cela devrait aller. Dans le feu des lampes, nous obtiendrons des brasiers pour nous éclairer. Trop dangereux pour maintenant mais cela pourra nous être utile tout à l'heure.

Alors, tout était prêt. Tanin et Erby rejoignirent les chariots de queue avec Ophélie et Virgine. Tous les quatre se retrouvèrent engoncés dans des cottes de maille trop grandes pour eux. Ceban se plaça à l'avant, l'épée à la main et l'arc dans le dos. Erwan donna au passage trois de ses précieuses Pastilles à Ceban, Allan et Théon avant de reprendre son attelage comme les deux anciens soldats. Axel s'attarda un instant près d'Éléa :

— Je suis juste derrière toi.

Elle eut un délicieux sourire.

— Ma fatigue n'est que passagère. Prends plutôt soin de toi.

Un sourire rendu plus tard, la colonne de sept chariots ébranlait la route d'un galop tinté d'acier.

L'opération se passait bien jusque-là et Muht se sentait impérieux. Même s'il n'était pas reconnu comme le meilleur combattant de son pays et qu'il ne méritait pas encore l'honneur d'être un grand chef, il était bon commandant en armes. Son orgueil naturel achevait de lui redonner un visage de cadavre effrayant de supériorité. Il était pleinement satisfait que Korta se lance enfin dans la chasse contre le Masque et l'écrasement des paysans. Les événements allaient se dérouler plus rapidement. Avant une lune, le Masque allait tomber et l'*Ambassadeur* des Pays Insolites pourrait attaquer Akal avec ses troupes alliées. Korta semblait avoir davantage confiance en ses pouvoirs de double vue et lui jetait moins de sarcasmes à la figure. Est-ce que le Grand Ibbak le soutenait ? Dans ce cas, si même *sa* Divinité était avec lui, qui pourrait arrêter son ascension au côté d'Utahn Qashiltar ? Qui pourrait même l'empêcher de prendre sa place ?

Muht, ses deux acolytes et les quarante hommes de Korta galopaient légèrement en plusieurs colonnes désorganisées. Ils n'étaient pressés par aucun impératif. Ils ne se doutaient pas de la nécessité pour eux d'arriver les premiers sur Olase. Les soldats et les mercenaires de

Korta, rentrés les plus rapidement, venaient seulement prendre leur première position dans la Grande Plaine en vue d'affrontements futurs. La nuit noire leur assurait la pleine surprise. Du moins le croyaient-ils.

Alors que Muht venait de se défaire de dix soldats pour s'approprier un petit rassemblement de maisons près d'Olase, une lance à moitié enflammée troua l'obscurité de la nuit avant de s'enfoncer dans le sol près d'eux. Accrochées dans des petits filets près de la lame, deux boules de verre se brisèrent sous le choc ; de la fumée bleue s'éleva dans les airs. Muht fit faire un écart à son cheval :

— *Galtak ve ! Galtak ve !*

Il avait empoigné une petite plaque de verre délimitée par un pourtour tressé d'acier et étudié pour s'adapter au visage comme un masque. Sur son ordre en dialecte de combat scylès, Erkem et Gorth avaient lacé aussi vite que lui le lien de cuir de cette invention qui maintiendrait leurs yeux à l'abri des fumées aveuglantes. Chaque Scylès gonfla ses joues pour être certain que la bordure de fer de son masque adhère bien à son visage le temps qu'il la badigeonne avec une résine blanche très pâteuse et étirable. La vapeur monta autour d'eux, leur faisant craindre de ne pas être assez rapides. Chaque soldat les regarda avec l'angoisse – ou l'espoir, peut-être – que les terribles Yeux d'Utahn soient anéantis. Mais les volutes bleues se dissipèrent sans douleur.

— Yaaa ! crièrent les trois Scylès, triomphants.

Ils étaient de nouveau invincibles, les plus forts, les plus craints. D'une ruade, Muht exulta encore une fois et ordonna l'assaut. Tandis que Korta perdait son temps en dressage d'amalyse pour attraper le Masque, lui allait le ramener d'une simple tournée dans la Grande Plaine !

Les premiers tintements d'épée se firent entendre dans la nuit éclairée par quelques flambeaux jetés sur les toitures de chaume. À la surprise de Muht, ni le Masque ni sa troupe ne se trouvaient parmi les insurgés. Seuls des paysans, protégés de cottes de mailles et armés d'épées ou de lances, osaient croire qu'ils pouvaient les tenir en respect. Ils avaient détruit le reste d'une bâtisse et de plusieurs chariots pour aménager des barricades sommaires de derrière lesquelles des femmes lançaient des dizaines de boules de fumée aveuglante.

Mais les armes d'Erwan étaient vaines. À la grande frayeur des villageois, les Scylès ne sourcillaient même pas et leurs masques, entourés de fumées bleues, soulignant des yeux glacés, leur donnaient une allure encore plus effroyable. Ils avançaient comme les soldats, comme les mercenaires, tranchant, décapitant les pauvres hères qui osaient se lever contre eux.

Pourtant, il fallait tenir, tenir suffisamment longtemps pour que Vic et ses compagnons arrivent. Jerry était reparti, ils n'allaient pas tarder, il fallait tenir !

— Ils attendent le Masque ! hurla Muht en creusant les espoirs de chaque esprit.

— Ils arrivent par l'Ouest ! ajouta Erkem.

— Ce sont eux qui leur ont fourni les armes ! Un oiseau géant les aide, il va en apporter d'autres ! renchérit Gorth.

D'un revers d'épée, Muht tua négligemment un paysan assez fou pour l'approcher.

— Erkem ! Prends deux hommes avec toi et va à la rencontre du Masque ! ordonna-t-il ensuite. Ne cherchez pas à l'affronter, je veux juste savoir combien ils sont pour leur ménager une surprise si c'est possible ! Abattez l'oiseau si vous le voyez revenir !

Les hommes s'élancèrent avec trois lances récupérées dans le combat.

— Toi, va chercher les dix hommes qu'on a laissés avant de venir ici, dit-il à un mercenaire. Fais-les passer par la colline la plus au nord pour prendre nos ennemis à revers.

Celui-ci s'exécuta.

Jerry avait vu les flammes des maisons s'élever derrière lui. Coupant les ténèbres de ses ailes, il ressentit une satisfaction mêlée de frayeur en apercevant les ronds diffus des lanternes d'Éléa et de ses compagnons à moins d'une lieue de là, qui finissaient de traverser la rivière d'Yil.

— Ils sont déjà arrivés ! La bataille a commencé ! C'est trop tard !

Les chevaux freinèrent comme des fous. Ils durent s'écarter de la route obscure pour éviter de rentrer en collision avec leurs chariots.

Mais Éléa n'avait pas stoppé pour obéir à Jerry. Alors que ses compagnons se redressaient pour savoir ce qui se décidait, elle sauta à l'arrière de son chariot et arracha une partie de la toile :

— Prends d'autres armes, vite ! Axel...

Le jeune homme avait déjà compris et partageait le

même avis. Il monta à côté d'elle pour l'aider à dégager un nouveau sac d'épées.

— C'est hors de question ! cria Jerry. Je ne te…

— Tu ne m'empêcheras pas de faire quoi que ce soit ! Je pars me battre avec ou sans toi ! Erwan, Allan, Théon, dételez des chevaux, nous partons à cru ! Ceban, reste ici avec Ophélie, Virgine et les enfants ! Nous ne pouvons plus les protéger dans le village !

Jerry vola encore un tour au-dessus des chariots en effervescence et descendit, toutes serres devant, vers la jeune fille. Elle dégaina son arme et lui fit face avant qu'il la touche, son masque d'amalyses descendu sur la moitié de son visage.

— Tu m'as obligée à laisser mourir un homme une fois ! Cela ne se reproduira pas ! Je te tuerai dix fois s'il le faut !

Cette sourde menace, aussi étrange qu'elle soit, sembla porter ses fruits. Jerry était de moins en moins son Maître, il s'en rendait compte, et il était persuadé que la présence d'Axel n'était pas pour rien dans sa perte de contrôle. Avec un regard mauvais pour le jeune homme, il planta ses serres sur le chariot et replia les ailes. Folie pour folie, il accepta même d'être chargé une deuxième fois. Erwan lui mit de nouveaux filets de fumées aveuglantes autour du cou sans savoir qu'elles n'étaient plus d'aucune utilité.

Jerry, pour planer plus facilement, ne s'éleva pas haut dans le ciel. Pour moins d'une lieue, il ne voulait pas perdre de temps. Il ne s'attendait pas à ce que son trajet soit plus court encore. Deux coups d'ailes et le choc de la première lance dans son épaule droite le fit crier de douleur. La deuxième lance qui lui transperça le cou lui coupa le souffle. La troisième ne le toucha pas mais cela n'avait plus d'importance : il s'abattit comme une masse sur le sol dans un bruit d'acier et de verre brisé. Une fumée bleue enveloppa son corps de plumes inerte.

Les trois cavaliers ne restèrent pas sur les lieux une seconde de plus. Erkem ordonna le retour au galop. Les compagnons de la Forêt Interdite ne furent pas longs à réagir et sautèrent sur leurs chevaux pour les poursuivre. Malgré toute l'antipathie qu'il éprouvait à son égard, Axel voulut s'occuper de Jerry.

— Laisse-le ! Tu ne lui seras d'aucun secours ! cria Éléa.

Elle avait dit cela sur un ton d'une indifférence qui déconcerta un instant Axel. Il avait oublié que l'abominable oiseau était immortel. Alors qu'il reprenait son galop pour rattraper ses amis, une immense forme cornue, hérissée d'une vingtaine d'épées en désordre et enragée au plus haut point, s'élevait dans la fumée bleue, derrière lui.

Malgré les sacs d'armes à moitié déversés dans son dos, le collier pendouillant de verre brisé encore enfumé, Jerry arriva le premier sur ses attaquants. Juste avant le village. Il ne pouvait pas faire de mal à ces hommes, pas plus qu'il ne pouvait participer à ce combat auquel il refusait de toute manière de prendre part. Mais rien ne l'empêchait de crier ou d'effrayer. Et il les terrorisa. Le Scylès et les deux soldats avaient vu l'oiseau transpercé, ils l'avaient vu tomber. S'il n'était pas mort, il devait en tout cas être suffisamment blessé pour ne plus pouvoir voler ! *Quel était ce prodige, ce maléfice ?!*

Pour éviter l'assaut de ses serres prodigieuses, les trois cavaliers se jetèrent à terre. Si les deux soldats parvinrent à s'enfuir dans le noir sans demander leur reste, Erkem resta pétrifié quand son esprit croisa celui de l'oiseau à travers son masque. Les pensées des animaux étaient inaccessibles aux Scylès, alors comment était-il possible qu'il voie sa mort, imaginée de mille manières, dans la tête de cet oiseau géant ? ! L'explication lui parut soudain évidente : il avait devant lui le sorcier dont il avait cru voir l'esprit un jour en regardant le Masque, et dont Muht cherchait tant à percer le mystère.

Il aurait pu se rassurer, analyser la frustration de l'animal qui ne pouvait pas le tuer malgré toutes ses envies, mais les regrets défilaient dans la tête de l'animal sous forme de souvenirs de massacres perpétrés par un Monstre gigantesque et de tortures infligées à l'aide de cette terrible fumée rouge dont Muht osait à peine parler. Quand le bout des griffes de Jerry accrocha son masque d'acier et de verre, que la résine collante arracha une partie de sa peau, Erkem ne bougea pas. Ce ne fut qu'au contact des restes de vapeurs bleues qui s'échappaient de l'étrange collier de l'oiseau qu'il hurla et se roula en tous sens pour clamer en vain la douleur de ses yeux.

Erwan mit pied à terre à côté du Scylès, il n'admira pas son agonie, n'y prit même aucun plaisir : il l'abrégea d'un coup d'épée dans le ventre. *Un démon de moins.*

— Ils ont des masques de verre ! prévint Jerry. Vic, reste ici ! Tu ne peux pas les approcher !

Éléa eut une seconde d'hésitation. Mais elle ne pouvait plus reculer, les flammes qu'elle voyait rongeaient les charpentes comme elles rongeaient son cœur. Elle n'avait toujours pas accepté la mort de Gyl, elle ne pouvait pas imaginer le massacre de ce village sans vouloir intervenir, et ce malgré la présence des Scylès et ses conséquences possibles. Axel la décida :

— Ils ne voient que les images de votre pensée du moment ! cria-t-il à ses compagnons. Concentrez-vous uniquement sur votre combat, sur votre haine ou sur leur mort ! Et ils ne verront rien d'autre !

Alors que Jerry ouvrait des serres d'impuissance et de désespoir, Éléa se rua derrière le jeune homme vers la demi-douzaine de gardes qui arrivaient. Allan et Théon prirent le parti de les aider quoi qu'il leur en coûterait ; Korta savait déjà qu'ils habitaient la Forêt Interdite ! Ils n'avaient rien de plus important à cacher, au premier abord.

Erwan resta seul une seconde de plus. Juste le temps de revoir la mort d'un ami dont il s'accusait autant qu'Éléa. Juste le temps de repenser à sa femme et à sa fille : les raisons de l'abandon de Gyl. Il se demanda à peine comment Axel pouvait connaître le fonctionnement du pouvoir de double vue des Scylès, il avait trop confiance en le jeune homme pour douter d'un seul de ses dires. *Penser au combat, à la haine, à la mort...* Si ce n'était que cela, il en était largement capable ! Il s'élança à son tour.

Jerry rejoignit le village et largua les armes qui lui restaient dans le dos. Il se métamorphosa ensuite en hirondelle pour évaluer les chances de succès. La moitié des villageois étaient au sol, morts ou blessés ; les barricades de fortune étaient défoncées, cinq maisons flambaient comme des torches ; les quelques femmes qui lançaient auparavant les fioles aveuglantes se trouvaient aux prises avec les cinq mercenaires. Tout était entouré d'une fumée bleue qui, en fin de compte, incommodait tout le monde. Avec désespoir, Jerry dénombra seulement sept morts dans le camp de Muht.

Il se retourna vers Éléa et ses compagnons. Un instant, il se dit qu'avec la participation d'Axel la victoire était cependant possible. Il se demanda même si le jeune homme n'était pas meilleur que son élève. Mais la comparaison n'était pas aisée : à coups d'épée, de talon, de dague, ils venaient tous les deux de se débarrasser de quatre gardes chacun. Éléa prenait un léger retard par rapport au jeune Pandémois, mais il était tout simplement dû à son choix de blesser au lieu de tuer ses adversaires. En se forçant à ne viser que les membres, elle prenait des risques aussi, beaucoup de risques. Jerry eut un pincement au cœur quand la mort de son cheval d'emprunt fit tomber la jeune fille. Mais elle roula au sol, se redressa d'un bond et trancha une grande partie des muscles de la cuisse de son agresseur. Elle était prête à affronter toutes les offensives de Korta.

Pourtant Jerry grogna en constatant qu'Axel avait du mal à s'éloigner d'elle. Parce que le doute s'était insinué depuis qu'il avait reconnu l'épée d'Enkil. Et en observant les deux jeunes gens qui se battaient côte à côte, il se demanda lequel était le Champion des Fées. Ils étaient tous deux des têtes couronnées, ce qu'attestait la tache de naissance qu'ils dissimulaient sous leurs cheveux. Les Divinités avaient vraisemblablement pris leurs dispositions pour le cas où l'un d'eux viendrait à mourir. Cette éventualité faisait enrager Jerry : il n'avait pas élevé Éléa dans l'intention d'en faire une simple suppléante ! Il n'avait pas passé tant d'années à l'éduquer pour finalement risquer de la voir mourir et être remplacée comme un vulgaire pion ! La présence et la force d'Axel le rendaient nerveux.

Il ne se rendait pas compte que Muht perdait finalement du terrain. Onze soldats et deux mercenaires étaient tombés à terre. Le guerrier scylès n'attendait pas le Masque si tôt. Il n'avait pas eu le temps de préparer leur arrivée. Il lui était en outre difficile de diriger cette bataille tout en se cachant pour glaner quelques renseignements dans le cerveau de ses ennemis. Ce qui, du reste, ne lui était d'aucune utilité, chaque homme focalisant ses pensées sur la nécessité d'arracher la victoire !

Il avait bon espoir dans les dix hommes qui devaient prendre le Masque par surprise. Mais où étaient-ils ?

Ceban avait regardé nerveusement les cinq cavaliers partir vers l'horizon enflammé. Il n'était pas très sûr d'apprécier son rôle de défenseur tandis que les autres s'enfonçaient dans une bataille incertaine. Il n'imaginait pas que ses protégés et lui étaient sur la route de dix cavaliers. Au premier roulement de sabots dans le silence de la nuit noire, il comprit pourtant instantanément ce qui se tramait, et se prit à regretter sa solitude.

— Ophélie, Virgine, faites une barrière avec les chariots ! Planquez-vous au centre avec les enfants ! Des hommes arrivent !

Il sauta à terre, détacha la toile des chargements de nourriture et courut sur quelques pas pour répandre au sol un sac de farine. Puis il brisa une des lampes : le feu prit immédiatement sur la longue traînée de poudre blanche. Ceban perfectionna sa barrière en y jetant une Pastille d'Erwan. Les flammes dressées sur un pied de hauteur s'élevèrent brusquement à cinq pieds au-dessus du sol.

Les galops se rapprochaient. Si la lumière diffuse des lampes avait attiré les soldats – *des compagnons du Masque en attente d'attaque, certainement !* –, le feu les pressait. Ils savaient maintenant qu'ils ne surprendraient personne et craignaient que l'un des compagnons du Masque ne s'enfuie pour le mettre au courant de leur plan d'attaque. Ils se divisèrent en deux groupes pour charger de part et d'autre des flammes.

Ceban était monté sur le banc d'un chariot, les carquois de flèches à ses épaules, l'arc au poing. Dès qu'il put distinguer un homme au-dessus des flammes qui éclairaient la nuit, il commença à tirer. Il tua trois hommes avant même que les soldats soient vraiment trop proches d'eux. Il avait espéré que les attaquants, intimidés, auraient un mouvement d'hésitation lui permettant d'en supprimer davantage, mais ils lui foncèrent dessus comme si de rien n'était. Sans attendre d'être transpercé de toutes parts par les archers, Ceban jeta lui-même son arc et sauta sur les tonneaux de viandes salées pour s'éloigner un peu. Il sortit son épée, sachant d'avance que, seul contre sept, il n'avait aucune chance.

C'était sans compter sur les petites mains de Tanin et d'Erby. Le premier garçon avait tout de suite eu l'idée de sortir les sarbacanes et les pointes endormantes, avant de se glisser entre les chariots avec les jeunes femmes.

— Tire, tire, tire!!! avait-il crié à Erby en lui tendant une sarbacane et un sac de pointes. Le plus fort que tu peux!

Les premiers projectiles ne touchèrent qu'un cheval qui s'écroula d'un coup. Mais Ceban comprit ce qu'ils étaient en train de faire.

— Tirez à gauche, les garçons, je me charge des deux de droite!

Les soldats étaient déjà sur lui, pressés contre les chariots. Tanin toucha un homme à l'épaule, un autre à la cuisse, Erby réussit à porter un coup à la main d'un troisième qui s'écroula aussi bien que les autres. Mais deux soldats avaient sauté sur les chariots et se jetaient sur les enfants, qui n'eurent pas le temps de réarmer leurs sarbacanes. Au comble de la fébrilité, entendant Ceban trébucher sur les tonneaux, et sentant la mort si proche, Ophélie serra alors entre ses mains la lance que lui avait donnée Axel, et bondit en direction d'un soldat. L'homme s'empala dessus et, dans son élan, tomba entre eux. La lance se cassa sous son poids et, lorsque le corps roula sur le côté, la pointe de l'arme, brusquement ressortie dans le dos du soldat, incisa le front de Tanin. Dans le même temps, l'épée agressive glissa sur la cotte de mailles d'Ophélie et lui coupa le dessus de la main.

Virgine voulut attaquer le deuxième soldat de la même manière, mais il ne se laissa pas prendre au dépourvu comme le premier: d'un coup d'épée, il trancha la pointe de la lance et envoya un autre coup qui porta dans la poitrine de la jeune femme. La cotte de mailles sauva la vie de Virgine mais quelques boucles d'acier cédèrent : la lame réussit à entailler la chair de son sein droit. Ceban ne laissa pas au garde la possibilité de finir son travail. Alors qu'il avait encore un soldat à tuer, il retourna son arme vers l'assaillant de Virgine et lui trancha la gorge de la pointe de son épée. L'homme tomba à son tour dans le trou formé par les chariots, inondant de son sang les femmes et Erby, laissant seulement Tanin libre de ses mouvements.

Son geste trop brusque fit perdre l'équilibre à Ceban, qui prenait appui sur les tonneaux. Le coup d'épée envoyé par-derrière par un garde lui effleura la taille, déchirant brutalement sa chemise. Il chuta dans le chariot de nourriture, percutant de ses reins un autre tonneau de viande, frappant de la tête une jarre d'huile. Il perdit connaissance.

Les dix soldats attendus n'arrivaient pas. Muht ne comprenait pas leur retard. Cela ne lui inspirait rien de bon. Il n'était même plus sûr d'avoir le dessus dans toute cette haïssable fumée bleue qui se dissipait à peine. Il y avait de nombreux cadavres de soldats, au jugé. Il avait envie de crier retraite pour faire un bilan ; des centaines de mercenaires allaient arriver dans les deux jours à venir, il pourrait revenir dans ce village ou en choisir un autre. Mais il aperçut l'Akalien du Masque, en train d'enfoncer son épée dans le ventre d'un garde. Il ne pouvait pas partir maintenant.

Son acolyte Gorth l'avait vu lui aussi. Ce fut lui qui fonça le premier.

Sur le coup, Erwan fut effrayé de voir l'un des grands Scylès devant lui. Les paroles d'Axel lui revinrent à temps en tête. Les épées des ennemis séculaires résonnèrent l'une contre l'autre.

— Pourquoi as-tu peur, Akalien ? C'est ta lâcheté qui t'a fait quitter ton pays de nains ?

Erwan fut déstabilisé un instant. Il n'avait jamais eu peur des Scylès ! *Penser au combat, à la haine…* Il attaqua au ventre.

Muht préféra les laisser se battre, prêt cependant à intervenir au cas où Gorth se trouverait en difficulté. Il se montrait curieux de cet essai d'interrogatoire. Que cachait donc cet Akalien ? Il avait vu les images d'Axel lui criant quelque chose pour le pousser à braver leur pouvoir. Comment ce jeune prince qui se battait à quelques enjambées, qu'il reconnaissait parfaitement pour être le jeune mercenaire croisé au château, connaissait-il leurs faiblesses ?

— Tu es un lâche ! Tu as fui ! renchérit Gorth. Et tes potions ne peuvent plus te cacher !

Erwan envoya deux coups droits de suite. Il était trop petit pour tenter d'arracher le masque du Scylès et enrageait. Pourquoi n'avait-il pas Sten avec lui !

— Je trouverai une solution pour faire fondre le verre ! Je tuerai le pouvoir de tes yeux ! Jerry !!! Viens m'aider !!!

— Petit être prétentieux !

— Demande-le à Erkem ! Je l'ai tué !

L'image de la mort du Scylès lui revint à l'esprit. Ce fut un coup dur pour Muht et Gorth. Si la vie des femmes n'était d'aucun intérêt, celle d'un guerrier était précieuse.

— Je suis un Alchimiste Suprême d'Akal ! continua Erwan du même ton. Je n'aurai de cesse de trouver un moyen de détruire ton pouvoir de démon et ton peuple de tortionnaires !

Pourquoi avait-il fallu qu'il dise cela ? Parce qu'il avait vu Jerry arriver, sous sa forme de faucon ? Parce qu'il croyait que ce Scylès pouvait mourir en sachant son secret ? Sa première phrase s'associa à une petite fille aux cheveux de cuivre que son amour avait apprivoisée, et qui justifiait son bonheur, la deuxième à une femme à la peau de lait marquée par des cauchemars à vie.

Gorth resta un instant sidéré en voyant ces images, juste le temps nécessaire à Jerry pour agripper les tresses d'acier de son masque et arracher sa résine de protection. Mais alors que le Scylès hurlait de douleur, Erwan ne parvint pas à l'achever ; une épée para son coup et renvoya si fortement son bras qu'il en partit à la renverse. Devant lui se dressait Muht, plus blême qu'il ne l'avait jamais été, essoufflé de sa découverte :

— Ta femme est la fille disparue d'Utahn Qashiltar ! Ta fille…

Il ne poursuivit pas. Malgré l'effrayante nouvelle qu'il venait d'apprendre, il n'oubliait pas le faucon qui tournait au-dessus de lui. Il avait reconnu l'esprit de l'homme mûr qu'il avait pris pour le Masque, au début. Tout comme Erkem, il fut surpris de lire les pensées de l'oiseau, mais rien ne pouvait l'étonner comme la découverte de l'existence de Chloé !

Il rejeta son arme en arrière pour parer l'assaut de l'oiseau et se précipita sur Gorth, toujours hurlant, pour l'aider à se lever. Un bras armé, relevé en protection au-dessus de la tête, l'autre soutenant son acolyte aveuglé, il recula pour fuir. Témoin de la scène, Axel se rua sur lui pour l'arrêter mais Muht, contournant au dernier moment une maison, ne lui permit que de déchirer les trois quarts de son manteau de scalps.

Axel ne le poursuivit pas. En voyant leur capitaine s'enfuir, les derniers gardes ou mercenaires abandonnaient le combat pour le rejoindre. La bataille était terminée. Jerry s'envola pour faire un tour d'horizon et s'en assurer. Erwan ne s'était pas relevé, ce qui inquiéta beaucoup Axel. En s'agenouillant devant lui, il eut l'impression de se pencher sur un homme accablé. Une main crispée sur son épée qui gisait sur ses jambes, l'autre enserrant son visage, l'Akalien tentait de cacher son désarroi.

— Ils savent... Ils savent qu'elle existe... Sélène, ma douce Sélène, j'ai laissé mourir Gyl pour rien... Ils savent que nous avons notre Chloé...

En entendant ces mots, Axel se sentit coupable de l'avoir poussé à venir se battre. La haine et l'angoisse d'Erwan avaient été trop fortes pour tout contenir. Le jeune homme ne dit rien à l'Akalien. Son inquiétude était justifiée et elle aurait été plus forte encore s'il avait su le pouvoir de Chloé. Axel se demanda si Muht avait déjà deviné. Il aurait été effrayé d'entendre le guerrier, qui marchait à ce moment vers le château, avec Gorth, murmurer sans fin *« elle voit... elle voit... »*.

Éléa s'approcha à son tour. Posant ses genoux dans la terre sèche et poussiéreuse, elle serra la main armée d'Erwan :

— Sélène et Chloé sont en sécurité. Aucun Scylès

ne pourra venir les chercher dans la Forêt Interdite. Utahn Qashiltar pourrait envahir Leïlan, détruire tout le pays, jamais il ne pourrait les approcher. Elles ne craignent rien. Pour ce qui est de Gyl, tu… n'es pas le seul coupable.

Il resserra ses doigts sur ses yeux, son nez puis laissa retomber sa main mollement.

— Jerry t'avait emmenée pour ta sécurité, moi non.

Éléa prit la cape déchirée de Muht qu'Axel avait récupérée.

— Il se serait sacrifié pour Chloé sans hésiter, sans même la connaître, simplement parce que c'était ta fille. Donne à son âme les mêmes honneurs que méritent celles de ces Akaliens.

Erwan saisit les restes de manteau de scalps et respira un grand coup. Sélène et Chloé étaient en sécurité mais elles devenaient définitivement prisonnières de la Forêt Interdite. Il savait que sa femme ne s'en soucierait pas, mais sa fille ? Il ne pourrait jamais la forcer à rester cloîtrée. Il fallait qu'il arrête d'imaginer que l'avenir était sombre. Les Fées avaient protégé son amour, il devait croire qu'elles feraient de même avec sa fille. Il serra encore le manteau de Muht en regardant le scalp de cheveux bruns.

— Merci, Axel.

Le jeune homme sourit légèrement. Pour les Akaliens, les âmes étaient en paix quand les corps étaient entièrement brûlés, et les cendres emportées par le vent vers les Divinités de la Vie. Muht avait donc toujours porté ce manteau pour atteindre psychologiquement son adversaire akalien.

La fumée bleue s'était entièrement dissipée dans le village. Les flammes finissaient de ronger les poutres des maisons touchées par les flambeaux. La nuit reprenait de plus en plus ses droits. Dans le silence de la fin du combat, des râles ou des gémissements se faisaient entendre. Chacun faisait le compte de ses amis ou proches perdus. L'arrivée d'Allan et de Théon rassura leurs trois amis. Ils étaient entiers. Dans sa manière suicidaire de se battre, Théon avait bien gagné une estafilade au cou et une autre à l'avant-bras, mais il était en pleine santé. Erwan se releva avec Axel et Éléa.

— Occupe-toi des villageois, Vic, ils en ont plus besoin que moi. Allan et Théon, vous devriez aller chercher Ceban et les femmes.

Il souffla de nouveau, refoulant son angoisse et sa culpabilité. Il prit les deux Pastilles de Lumière qu'il avait gardées et les lança sur des braises. Les flammes se ravivèrent et éclairèrent de nouveau le village.

Axel partit avec les deux anciens soldats et les chevaux pour revenir avec leurs amis et les différents chariots. Aucun d'eux ne s'attendait à les trouver derrière une barrière de flammes.

Au fur et à mesure qu'ils se rapprochaient, ils sentaient une peur profonde monter en eux. À la vue des cadavres de chevaux et de soldats éparpillés sur le sol, leurs visages pâlirent.

— Virgine ! Virgine !!! cria Allan.

Derrière les chariots, une femme se leva, les boucles de ses cheveux blonds s'élevant dans le souffle du feu.

— Elle est ici ! Nous sommes ici !

Les trois cavaliers firent le tour des chariots et

retrouvèrent leurs amis. Ils furent effrayés à la vue du sang qui les couvrait tous, du corps inerte de Ceban, de Virgine et Erby allongés sur le sol. Mais tout ce sang ne leur appartenait pas : Ceban n'était qu'étourdi, Virgine avait une blessure sans gravité et Erby était seulement endormi.

— Que s'est-il passé ?! demanda Allan en serrant sa femme dans ses bras.

— Dix hommes nous sont tombés sur le dos, répondit Ceban encore sous le choc. C'est Tanin qui nous a sauvés.

Le petit garçon se dressait bien droit à ses côtés. Sa fierté n'était pas feinte, il avait attendu d'être introduit comme un héros pour prendre la parole.

— Quand Ceban est tombé, j'ai tiré une pointe sur le dernier garde, et je l'ai eu dans le cou !

Axel le félicita et sourit de sa frimousse triomphale. Il passa ensuite la main sur le front d'Erby.

— Et lui, que lui est-il arrivé ?

— Rien, répondit Tanin, gêné par l'erreur de son ami. Il est pas habitué à tripoter les pointes. Ça m'est déjà arrivé. Il se réveillera dans quelques heures.

Virgine tint à conduire son chariot malgré sa blessure ; Tanin se chargea glorieusement de celui de sa mère, et Ceban de celui d'Erwan : le voyage se fit en une seule fois.

Leur état provoqua les mêmes inquiétudes chez Erwan et Éléa, leurs explications les mêmes soupirs rassurés. Tanin crut qu'il allait s'évanouir de bonheur dans les bras de sa mère tant il était heureux qu'elle soit fière de lui. Pourtant, ce fut avec beaucoup de faiblesse qu'elle le pressa contre elle : pour soigner les blessés, elle avait recours à sa corne et elle menaçait de s'effondrer de fatigue.

Axel lui passa sa main sur la joue. Le geste la sortit un instant de l'univers de sang qui régnait autour d'elle. Une partie de sa lassitude sembla même s'effacer. Tanin regarda avec admiration son visage s'illuminer.

— Jerry n'a pas vu d'autres groupes de gardes dans la grande Plaine, déclara Erwan en venant près d'eux. À part quelques mercenaires qui rentrent au château. Je te laisse mon brave Erby endormi. Ophélie et Tanin vont t'aider à soigner et à sustenter ces pauvres bougres. Je vais partir avec les autres distribuer les armes comme il était prévu. Nous vous rejoignons ici dans la matinée.

Il ne s'était même pas rendu compte qu'il dérangeait. Il ne cherchait plus à réfléchir, de crainte de s'effondrer en songeant aux conséquences de ce qu'avaient appris les Scylès. Il voulait bouger, galoper, oublier. Si Muht revenait, il fallait que tout soit prêt.

— Axel ? Tu restes ou tu viens avec nous ? ajouta-t-il sans ambages.

— Jerry pourra s'occuper de moi, si je n'ai plus de force pour me battre, précisa Éléa avant que le jeune homme annonce sa décision. J'apprécierais beaucoup que tu ailles avec eux. Ceban est encore sonné. De toute façon, s'il y a une nouvelle attaque, je ne crois pas que ce sera cette nuit.

Elle avait eu raison de parler avant lui, il n'aurait pas fait ce choix. Il hésita encore. Un bruit d'ailes le convainquit. Tout odieux qu'il était, Jerry montrait autant de volonté que lui à protéger la jeune fille. Elle était entre *de bonnes serres.*

Il s'éloigna sans arriver à sourire et s'enfonça dans la nuit noire à un rythme soutenu. Il regarda souvent le ciel noir, espérant et craignant de voir le jour se lever. Il occupa ses bras à décharger des armes dans chaque village, écoutant d'une oreille distraite les recommandations de construction de barricades, de fosses et de pièges qu'Erwan faisait aux paysans pour qu'ils se protègent. Un malaise s'était insinué en lui, une peur sourde. Prenait-il de nouveau le temps de faire attention aux avertissements de ses Divinités ? Pourquoi n'avait-il pas pris conscience de cette angoisse avant ? Parce qu'Éléa était près de lui ? Que se tramait-il de dangereux ?

Quand le soleil se leva sur un jour limpide, chassant brutalement l'oppression de cette nuit trop obscure, Axel eut l'impression de mieux respirer. Quand l'achèvement de la distribution d'armes le ramena vers Olase avec ses compagnons, sans qu'aucun soldat ait croisé leur route, il se dit qu'il s'inquiétait trop. Quand il retrouva Éléa, endormie à côté d'Erby dans l'ancien chariot d'armes, il oublia sa peur.

Les vingt-trois morts d'Olase avaient été enveloppés puis alignés, les trente et un blessés avaient été soignés le mieux possible, les pierres des maisons calcinées servaient à reconstruire de nouvelles barricades. Quelques hommes décidés commençaient à creuser des fosses. Les villageois préparaient la nouvelle attaque. Il ne restait plus qu'à constater amèrement qu'Olase n'avait plus rien d'un village. Mais tout semblait mieux préparé pour la suite des événements.

Le retour vers la Forêt Interdite se fit à cheval comme il avait été prévu, mais plus lentement. Erby endormi, Éléa fatiguée, Virgine blessé, Erwan renfermé, le moral n'était pas au meilleur niveau. Axel eut tout de même la satisfaction de pouvoir rentrer dans la Forêt Interdite en n'ayant à subir qu'un regard torve de Jerry. Mais il perdit sa joie quand ce dernier accapara Éléa pour le reste de l'après-midi avec un entraînement supplémentaire, alors que même les hommes allaient dormir. Aurait-elle la force de partir au château le soir même ?

✧

Axel marchait d'un pas rapide dans la forêt. Les ombres tombaient et se propageaient, cachant les derniers rayons. Comme une fumée épaisse, presque gluante, le ciel noir se perforait à peine de quelques trous bleus, blancs, jaunes, orange ou rouges, selon leur distance du soleil. Pareils à des oiseaux de mauvais augure, les nuages étendaient leurs ailes et couvraient le pays d'un sentiment d'inquiétude. Comme la veille, personne n'avait pu dire leur origine.

Axel risquait de ne plus avoir assez de lumière avant le coucher du soleil.

Durant ces dernières heures, la fierté et la gêne s'étaient disputé son visage devant les étincelles qui brillaient dans les yeux de certains habitants de la Forêt Interdite. Tout le monde sentait le lien qui se tissait entre Éléa et lui. Aucun des compagnons de la Forêt Interdite n'avait reproché à Axel d'avoir permis à la jeune fille d'échapper à son Maître la veille.

Aujourd'hui, plusieurs de leurs clins d'œil ou de leurs sourires avaient fini par mettre le jeune homme mal à l'aise. Heureusement pour lui, ni Éléa ni Jerry n'avaient été visibles de la journée.

Maintenant, c'était presque du mécontentement qui emplissait le jeune homme. Ceban, qui ne lui avait pas parlé depuis la nuit précédente, venait juste de le prendre à part dans les bois, en le voyant se diriger vers la falaise.

Une dispute avait éclaté entre eux :

— *C'est de la folie d'y retourner !* avait presque crié Ceban.

— *Elle n'a rencontré aucun problème la nuit dernière.*

— *C'était suffisamment périlleux de le faire une fois ! Tu n'as pas le droit de la mettre à ce point en danger !*

— *Ce n'est pas moi qui la mets en danger. Je lui permets seulement d'entrer au château en jouant un minimum avec sa vie.*

— *Tu ne pouvais pas lui dire non ?! J'espérais plus de toi !*

— *Ah oui ?! Pourquoi ne l'empêches-tu pas de le faire, toi ? Il suffirait de tout dire à Jerry. Pourquoi ne le fais-tu pas ?*

Ceban était resté muet. Il avait serré les mâchoires et frappé un tronc de son poing.

— *Je sais à quel point elle tient à sauver les princesses,* avait-il grincé entre ses dents.

— *Moi aussi. Elle a justement trouvé le remède pour sauver…*

— *Parce que tu pensais qu'elle ne le trouverait pas ?!* avait coupé Ceban brutalement.

— Je ne comprends pas ta réaction. Ne doit-elle pas ramener la paix dans son pays ? La guérison de la princesse Éloïse ne va-t-elle pas dans ce sens ?

— C'est ma sœur. Je sais ce qu'elle est capable de faire. Je sais jusqu'où elle peut aller quand elle a une idée en tête. Mais aucune vie de princesse ne peut avoir autant d'importance pour moi que la sienne. Je la sens en danger. Regarde… regarde ces nuages, on dirait… un piège… un piège qui se referme. Comme hier. Ce n'est pas une bonne nuit pour sortir.

— Je ne suis pas superstitieux, avait répliqué Axel. *Le temps n'est pas plus étrange qu'un autre jour.*

— Empêche-la de partir. Elle est exténuée. Je croyais que tu tenais à elle.

— Oui, mais…

— Elle ne veut pas m'écouter, mais toi…

— Moi non plus. Et si tu continues de me retarder, je ne pourrai pas l'aider. Elle choisira alors des options plus risquées pour pénétrer le château. Et ce sera de ta faute.

Ceban l'avait laissé partir par désespoir. Axel avait encore son regard anxieux à l'esprit. Mais il ne pouvait plus arrêter Éléa. Il n'était même plus sûr de le vouloir. La guérison d'Éloïse était trop à portée de main.

Axel trouva Éléa sur le rocher, comme la veille. Les cheveux déjà noués, elle l'attendait tranquillement en regardant avec une certaine gravité les masses de nuages s'épaissir. Elle se leva d'un bond à son arrivée : elle paraissait avoir retrouvé une certaine forme. Du moins en donnait-elle l'apparence. Il sentait qu'elle n'avait plus qu'une envie : réussir.

Elle voulut prendre la fiole qu'Axel avait fait préparer

par Erwan – pour la compléter avec l'huile de la fleur de l'Éveil Blanc – mais Axel arrêta son mouvement :

— D'abord, ta sécurité.

Il prit la corde de la veille et avec la même adresse, la fit passer dans l'anneau par le biais de l'une de ses flèches. Mais il mit en plus deux boules contenant l'Élixir d'Erwan dans des petits sacs séparés et, tirant ses flèches le long de la corde tendue, les envoya dans les douves. Les tentacules des sariclès se dressèrent avec violence quelques secondes plus tard et replongèrent, comme chaque fois, dans un grondement.

Tout semblait facile et bien réglé. Ceban se faisait des idées.

Une demi-minute plus tard, les nuages cachaient définitivement le ciel et une coupole ténébreuse s'abattait sur Leïlan : seul un rai de feu, à l'horizon, diffusait péniblement sa lumière sur le pays. Dans cette précoce et étrange obscurité, les yeux d'Éléa et d'Axel se portèrent vers une tour du château. Ils savaient à quelle fenêtre ils pourraient apercevoir la bougie d'Éline.

Le cœur d'Axel se serra à ce moment-là. Un frisson soudain lui parcourut l'échine, et la peur que Ceban avait vainement cherché à lui transmettre, et qu'il refoulait depuis la nuit précédente, monta d'un coup. Éléa dut ressentir la même sensation brutale, car elle le regarda un instant, visiblement effrayée, avant de se retourner rapidement vers le château pour dissimuler ses impressions.

— Je pourrais rester en bas de la tour, proposa Axel, qui n'était plus aussi sûr de sa décision.

Éléa secoua la tête dans un non catégorique.

— Comment saurai-je si tu es en danger ?
— Il n'y aura pas de danger.

Axel ne dit plus rien.

— Surveille la bougie, si tu t'inquiètes vraiment, ajouta-t-elle doucement.

— Il me faudra des ailes, et plus que des prières, pour te venir en aide si elle s'éteint.

Le silence revint un instant, quelques pensées défilèrent dans leurs esprits, puis un cri isolé de chouette se fit entendre. Éléa ne pouvait pas quitter Axel sur ce malaise. Elle avait envie d'être heureuse et de sourire.

— Dans certains royaumes, murmura-t-elle, il existe des hommes qui ne craignent ni les montagnes, ni les mers. Leurs ailes sont dans leur cœur, leur force dans leurs bras et leur courage dans un ruban. Celui-ci, accroché à leur épée, est aux couleurs de celle à qui ils vont porter secours.

— Les chevaliers légendaires, précisa Axel, un peu blessé de ne pas avoir l'air à la hauteur.

— Tu crois toujours que ce qui semble irréalisable est légendaire.

Elle défit le ruban bleu nuit qui maintenait ses cheveux.

— Je suis persuadée que si la bougie d'Éline venait à s'éteindre, tu serais le meilleur chevalier qui ait jamais existé.

Elle lui tendit le ruban.

— Ai-je tort d'y croire et de te faire confiance ?

Le ruban dans les mains, Axel ne répondit pas sur l'instant. Mais son cœur battait plus vite lorsqu'il posa son regard sur Éléa.

— Sais-tu que ces chevaliers puisent leur courage dans un ruban parce que celui-ci est un gage d'amour de leur belle ? demanda-t-il.

Éléa eut un petit sourire intimidé.

— Une bonne source d'inspiration et de coutumes agréables, fit-elle en feignant de l'ignorer.

Il s'avança près d'elle en serrant avec force le ruban dans ses doigts.

— Tu parais si inaccessible...

— Pourtant, il tient à peu de chose que j'appartienne à un seul homme...

Et dans un élan, elle passa outre sa timidité et posa ses lèvres sur celles d'Axel.

Ce fut un agréable choc pour le jeune homme, mais une douleur lorsque ses bras se refermèrent sur du vide. Éléa s'était enfuie avant qu'il en ait conscience. Elle avait déjà attrapé la corde et la dévalait jusqu'à la fenêtre de l'échauguette.

Axel porta la main à sa ceinture : la fiole qu'Erwan lui avait donnée avait disparu. Éléa la lui avait volée en même temps que son baiser. Malgré sa promesse, il eut soudain envie de la suivre, de la retenir, mais la corde se détendit sous ses doigts : Éléa l'avait coupée comme la veille. Axel ne le lui reprocha pas. Ce soir, il n'avait pas envie de lui hurler sa rage, mais son amour.

Il y avait eu soudain comme un coup de balai dans sa vie, un vent fabuleux avait emporté au loin une vilaine prophétie. Plus rien en ces Mondes ne semblait pouvoir empêcher le jeune prince d'être heureux. Éléa avait affronté la réserve de son sexe et l'avait embrassé comme lui l'avait fait dans la grange d'Aces. Elle l'aimait. Avec ou sans l'accord des Fées.

Il regarda en direction de l'échauguette qu'il distinguait à peine dans la pénombre.

— Reviens vite, murmura-t-il.

Fuir

Au prix de dernières souffrances musculaires, de brisants désespoirs et d'encouragements successifs, Éléa parvint à la hauteur de la chandelle. Lorsqu'elle s'assit sur le rebord de la fenêtre d'à côté, elle eut presque envie de pleurer de douleur et de bonheur. Sans force, haletante et transpirante, elle réussit à faire un sourire à Éline qui paraissait inquiète. Ce simple mouvement des lèvres rassura tout de suite la princesse. Elle se précipita vers sa sœur pour l'aider à entrer sans faire de bruit.

Parvenue à son but, Éléa avait l'impression que ses forces l'abandonnaient complètement. Ceban avait raison, elle était exténuée. Plus Éline la soutenait et plus, étrangement, elle se sentait incapable de bouger. Heureuse malgré ses défaillances, elle lui glissa à l'oreille :

— J'ai trouvé.

Elle enleva son gant droit avec ses dents et chercha à attraper la petite fiole plate qu'elle avait dissimulée dans sa manche gauche. Elle ne l'avait sortie que de moitié lorsqu'elle s'aperçut que ses amalyses se retiraient de son corps. Dans ses chausses collantes, elle n'avait pas senti leur passage léger et velouté. Les plantes tueuses se répandaient sur le dallage et glissaient en direction de la porte de la chambre. Seule l'amalyse faciale d'Éléa restait sur elle, toujours relevée en bandeau sur ses cheveux.

La jeune fille resta un moment stupéfaite et fit silence en replaçant, par réflexe, la fiole dans sa manche. Seule l'eau salée pouvait attirer les amalyses de la sorte. Il était impossible qu'il y en ait à cet étage du château. Et, dans le cas contraire, pourquoi n'auraient-elles pas réagi la veille ?

Éléa ne pensait plus à sa fatigue ; s'appuyant quelque peu sur un fauteuil, elle s'approcha de la porte. Le visage décomposé par l'angoisse, Éline ne bougeait plus. Dans un silence de mort, Éléa colla son oreille sur le bois de la porte. *Rien.* Pourtant, ses amalyses disparaissaient sous le seuil sans se soucier de ses commandements mentaux. La jeune fille tira la dague accrochée à sa cuisse. Il n'y avait peut-être personne derrière la porte, mais elle tenait à en avoir le cœur net. La princesse Éline avait mis les mains devant sa bouche pour étouffer sa peur.

Éléa fit glisser le loquet et déverrouilla la porte sans un grincement. Sa main se resserra sur la poignée et elle tira la porte vers elle d'un coup sec : Korta se tenait devant elle !

Éline eut un cri de terreur et Éléa, un moment de stupeur. Puis la jeune combattante repoussa la porte violemment et recula précipitamment : elle glissa sur un tapis de laine et tomba sur le côté du fauteuil. Elle fut renversée en arrière au moment où Korta, d'un coup de pied, entrait dans la pièce.

— Surprise de me voir, ricana le duc en s'avançant d'un pas de plomb.

Il était armé d'une épée et d'un large poignard. Derrière lui, bouchant tout l'encadrement de la porte, ne se dressait pas Muht, comme elle s'y serait attendue, mais deux brutes au teint olivâtre et aux yeux de rats, qui grognaient, tenant un tonneau fermé dans les mains. Des mouvements de jupes perceptibles derrière leurs jambes trapues montraient que Misty était là, et qu'elle cherchait désespérément à voir la scène.

Deux cent cinquante pieds de vide d'un côté, des statues de chair vivante – et semblant immuables – de l'autre, Korta au milieu : les issues étaient bouchées, le combat inévitable.

Éléa s'était relevée. Elle n'avait pas pris son arme par crainte d'être gênée dans l'escalade de la tour. Tandis qu'elle reculait, elle fit le choix de demander une épée à sa corne. Ce ne serait pas la sienne, légère et souple. Celle-ci serait plus commune, moins étudiée pour le combat de la jeune fille.

L'acier apparut dans un éclair en même temps que des douleurs musculaires qui accentuèrent celles provoquées par l'escalade. Éléa manqua de lâcher l'arme sur le moment tant son bras droit lui fit mal. La peur du duc et du combat à venir lui en fit maintenir la poignée. Elle allait devoir se contenter de ce que sa corne lui offrait, de ses quelques heures de sommeil glanées dans le village d'Olase et de son reste d'énergie. L'incertitude emplissait ses yeux.

Korta ressentait l'envoûtement dû à ce regard et essayait d'en faire abstraction. La malignité montait plus vite en lui s'il gardait à l'esprit qu'il se faisait manipuler par un artifice.

— Tu as l'air moins fière sans tes amalyses, persifla-t-il. Et attends que je les éduque à ma façon, tu verras ce dont elles sont capables !

Il eut un rire épouvantable qui glaça Éléa jusqu'aux os :

— Tu ne verras rien. Tu ne verras pas la fin de cette nuit.

Sa lame, aussi lourde qu'une sentence, tomba sur celle d'Éléa. Il put la rabattre jusqu'au sol sans le moindre effort visible. Sous ce seul coup, la jeune fille se sentit déjà brisée. Elle recula de justesse dans un froissement de métal pour éviter la deuxième attaque.

Que pouvait-elle espérer ? Elle était seule et fatiguée, la princesse Éline semblait paralysée et au bord de l'évanouissement. À qui Éléa pouvait-elle demander de l'aide ? Axel ?! Ses premières pensées allaient vers lui naturellement, mais leur jeu de ruban n'était que du badinage ! Que pouvait donc faire le jeune homme ? Même si l'amour semblait tout rendre plus facile et plus léger, ni Éléa ni Axel n'avaient des ailes !

Des ailes ?! Jerry, oui !

De pas en pas, toujours en arrière, Éléa reculait vers le fond de la chambre. Elle ne pouvait pas tout éviter et, à chaque parade, le choc résonnait dans son bras. Mais elle venait de trouver sa lueur d'espoir. Prise au dépourvu, elle n'avait conçu aucun plan d'attaque ou de résistance, mais tout s'ordonnait maintenant dans sa tête. Elle devait lâcher sa dague pour pouvoir appeler Jerry avec sa corne. Elle n'avait plus rien à perdre, plus de temps ni de règles à respecter. Elle se sentait prête à affronter Korta pour les Fées, s'il le fallait. D'un geste sec et rapide, elle envoya sa dague dans la poitrine de son ennemi et porta sa main libre vers sa corne.

La stupeur interrompit son geste. Korta ne vacilla même pas ; une simple petite grimace se dessina derrière sa barbiche noire. Il lâcha son poignard et attrapa la dague d'Éléa avec force. Comme s'il était invincible, il la retira en hurlant sa victoire : il portait un plastron de bois sous son pourpoint !

Le duc renvoya l'arme sur la jeune fille qui contournait le lit : la lame triangulaire se ficha dans un montant torsadé du baldaquin.

— Je ne te laisserai pas toucher cette corne, annonça Korta. Tu n'auras plus un moment de répit pour fermer les yeux et t'en servir !

Il fit trois pas en fendant l'air de son arme devant le nez de son adversaire stupéfaite.

— Tu vois, je connais tous les pouvoirs que tu utilises, et je sais même comment les détourner ! Tu es faite comme un rat !

D'un revers, il fit passer sa lame si près de la jeune fille que le fil déchira le pourpoint et entailla superficiellement la peau du cou. Mais il n'avait pas réussi à attraper et à casser la chaîne de sa corne au passage. Les yeux bleu nuit fixés sur lui l'empêchaient peut-être d'aller au bout de ses attaques. Cette pensée le révolta.

Éléa porta la main à sa blessure, mais Korta ne lui laissa que le temps d'effleurer le sang qui s'écoulait en un filet chaud. Déchaîné, il abattait de tels coups qu'elle devait tenir son épée à deux mains pour les supporter avec peine. Chaque fois qu'elle le pouvait, elle entravait l'avancée de Korta avec une chaise, un tabouret, un coffre. Mais il y avait peu de meubles dans la chambre de la princesse.

Éléa vit que sa sœur affolée reprenait ses esprits et cherchait ce qu'elle pouvait faire pour l'aider.

— Éteins la bougie, Éline !

La princesse se rua immédiatement vers la deuxième fenêtre, mais Korta lança un ordre sec sans se retourner et l'une des deux grosses brutes attrapa Éline avant qu'elle ait pu toucher la chandelle. La princesse eut un cri de désespoir et chercha à se débattre, mais c'était peine perdue : autant vouloir déplacer une montagne avec du vent.

— Il ne faudrait pas que tes amis dérangent notre petite fête, ricana Korta face à Éléa. Cette valse ne se danse qu'à deux.

Son épée partit à l'horizontale dans un large mouvement circulaire pour tenter de décapiter la jeune fille. Presque serrée dans un coin, Éléa était incapable de continuer à faire face à Korta dans cette épreuve de force, mais, néanmoins, la rapidité était encore de son côté. Elle se baissa à temps. Comme une hache, la lame crantée s'enfonça dans un montant du baldaquin sur plus de la moitié de son épaisseur, et resta coincée.

C'était inespéré ! Déchirant les voiles qui ornaient le lit de leurs liserons blancs, Éléa les jeta sur Korta et récupéra sa dague en se dégageant.

Encore leste, elle s'appuya de sa paume sur une commode et sauta vers la porte de la chambre d'Éloïse. Son envie de vivre étouffait ses douleurs. D'un coup de manche du poignard, elle fit sauter la poignée métallique et, d'un coup de reins, ouvrit la porte. Elle voulait se sauver par l'autre issue, celle qui donnait sur le même couloir que la porte principale de la chambre d'Éline. Mais le duc avait déjà arraché son épée du montant lorsqu'elle passa dans l'autre pièce. Il s'engouffra derrière elle.

Dans la chambre aux couleurs effacées, où même les fresques fraîches et fines semblaient avoir pâti du temps, Éléa saisit sa dague entre ses dents et renversa un tabouret avec violence devant Korta. Dans le même mouvement, elle jeta de nouveau sa dague en direction d'une cuisse de son ennemi. Korta avait prévu le coup et se protégea du tabouret juste à temps.

Éléa essaya plus d'une fois de se saisir de sa corne pour appeler Jerry, mais celle-ci volait avec ses mouvements, et l'adresse et la ténacité de Korta ne lui laissait pas le temps de s'en servir. Il revenait déjà sur elle, l'épée haute : il tranchait le bois comme l'air sous son passage. Ses yeux noirs étaient exorbités par la fureur et la folie. Rien ne semblait pouvoir l'arrêter. Éléa se défendait comme elle le pouvait, se baissant à la dernière seconde sous les coups, les parant difficilement avec son épée, bousculant de nouveau tous les meubles et les vases, renversant les hauts chandeliers sur pied. Elle cédait à la panique, elle s'essoufflait, s'épuisait.

Lorsque la porte qu'elle cherchait à atteindre s'ouvrit sur l'une des grosses brutes de Korta, elle sentit sa fin approcher. Elle recula et regarda désespérément à sa droite, en direction du lit de la princesse Éloïse. *Mourir si près du but ! Quelle dérision !*

Éléa avait encore le produit dans sa manche. Elle ne pouvait plus le donner à la princesse Éline, mais elle pouvait encore le glisser discrètement près d'Éloïse. Du moins pouvait-elle toujours essayer, avant que Korta ne la rattrape. Un dernier geste, un dernier sursaut, un dernier espoir, ce qui reste aux vaincus, selon la formule de Jerry.

Le duc crut comprendre qu'elle essayait de revenir sur ses pas pour se sauver en passant par le lit d'Éloïse. Aussi, lorsque la jeune fille s'élança, il courut précipitamment pour arriver le premier de l'autre côté.

Éléa se jeta par-dessus Éloïse dans une roulade sur l'épaule et, rapidement, au passage, fit glisser la fiole plate sous la nuque de la princesse endormie. Le corps inerte fut secoué lorsqu'Éléa atterrit près de lui. La tête voilée s'affaissa du bon côté, masquant la petite fiole. Éléa se renversa sur le sol avec lourdeur, son épée toujours pointée devant elle. Mais elle la lâcha de douleur presque instantanément sous le coup traître que Korta porta à sa main.

Éléa entendit le glas sonner comme son épée chutait sur les dalles froides. Elle recula encore, à moitié courbée sur sa main ensanglantée. Il n'y avait plus d'échappatoire, elle n'avait plus d'arme. Le Dernier Combat n'aurait jamais lieu. Korta avait pointé son épée sous sa gorge. Le cœur d'Éléa s'accéléra un peu plus lorsque son dos entra en contact avec le mur. Tout était fini, tout était de sa faute. Elle ne reverrait jamais Axel. La mort la pénétrait déjà, elle tremblait de froid et de peur, les yeux écarquillés sur son assassin.

Son regard immobilisa Korta. Une larme roulait sur son visage trop jeune pour mourir. Malgré tous les avertissements d'Ibbak, le duc cédait au pouvoir des Fées. Il n'arrivait pas à tuer la jeune fille, son épée ne parvenait pas à s'enfoncer dans cette gorge offerte. Il voulait qu'elle lui appartienne. Il devait la posséder.

Avec un visage inexpressif, il trancha la chaîne d'or et la laissa glisser dans sa main. Éléa crut que ses jambes se dérobaient sous elle. Le duc recula. Il ordonna à la statue humaine qui gardait la porte d'attacher la jeune fille. Éléa plissa les yeux au serrement de la corde sur ses poignets, mais elle garda sans cesse son visage rivé sur celui de Korta, ne comprenant pas ce qu'il voulait faire.

Lorsque le duc tira Éléa dans la chambre d'Éline, les idées ne s'ordonnaient plus normalement dans sa tête. Quelque chose lui échappait, quelque chose la choquait. La mort s'éloignait d'elle mais elle sentait maintenant une entité malsaine, presque plus effrayante, l'entourer de ses griffes. Peut-être était-ce l'obscurité ? La lumière ne provenait plus que de la cheminée et de la bougie posée sur la fenêtre.

La princesse Éline pleura à la vue de sa sœur prisonnière. Elle aurait voulu courir vers elle, mais la brute qui la retenait maintenait de force ses poignets. Toutes ces années de chantage avaient brisé la princesse, la perte de son dernier espoir l'anéantissait. Son état fit souffrir Éléa. Comment lui faire comprendre que la fiole se trouvait à côté du visage d'Éloïse ?

Éléa observa Korta. Cet homme ne lui inspirait que de la peur. Il la regardait avec un visage si impressionnant. Il semblait pouvoir tout détruire, tout posséder par la force. Un frisson glacé parcourut la jeune fille. Elle devait fuir. La fenêtre la plus éloignée, d'où pendait la corde, attira son attention. C'était un pari fou et stupide.

— Princesse Éline, commença Éléa sans idée. Votre collier ne m'a pas porté chance…

Elle lui montrait ses poignets qu'elle frottait légèrement pour les dégager des manches. Elle espérait qu'Éline s'aperçoive qu'elle n'avait plus la fiole, mais la princesse, qui avait tout perdu ce soir, ne remarquait plus rien.

— Éline ! cria Éléa pour la secouer. Vous avez peut-être demandé plus que les Fées ne pouvaient pour moi mais pas pour vous !

— Tais-toi et avance ! cracha Korta en la saisissant brutalement par le bras.

Éléa profita du déséquilibre pour tomber à genoux aux pieds de sa sœur et gagner ainsi du temps.

— J'ai échoué, pardonnez-moi, continua-t-elle d'une voix plaintive. Mais gardez espoir, ma mort n'empêchera pas l'éveil et le bonheur du peuple. Retirez vos richesses, rejetez les Interdits des hommes pour élever votre âme jusqu'aux Esprits Supérieurs, jeûnez deux jours pour prouver votre dévotion. Les Fées ne pourront pas vous oublier...

Korta la souleva par le col du pourpoint avant qu'elle ait fini sa tirade. Elle dut se relever et se mettre sur la pointe des pieds pour ne pas être étranglée. Il la retourna vers lui froidement en la serrant près de son visage.

— Vous êtes bien une paysanne pour avoir de telles croyances. Les Esprits Supérieurs n'ont que faire des affaires des hommes. Ils nous utilisent comme des pions sur l'échiquier de leur éternité.

Il y avait une telle fatalité dans sa voix que l'envie de fuir d'Éléa s'accrut. Lorsque ses pieds touchèrent de nouveau le sol, elle sentit la peur la liquéfier. Korta la propulsa encore vers l'avant en lui intimant le silence.

Avec difficulté, elle reprit une respiration lente ; elle se sentait capable de tout tenter pour fuir. Son regard tomba de nouveau sur la fenêtre et sur le chandelier renversé sur le bureau d'Éline. Au point où elle en était, elle pouvait tout risquer.

Elle regarda la princesse et alla au plus court pour ses adieux :

— Éline, la solution n'est jamais loin du problème.

Avant que Korta la rattrape de nouveau, et lui interdise toute évasion, Éléa saisit le chandelier et le retourna de toutes ses forces sur lui. La base du plastron de bois du duc s'enfonça dans son ventre. Suffoqué par le choc et par la surprise, il ne réussit pas à retenir la jeune fille. Elle courut. Elle s'élança, ses deux mains liées tenues en avant pour attraper la corde au passage, et plongea par la fenêtre.

Éléa eut l'impression de s'envoler, mais Jerry n'était pas là pour la rattraper. Elle serra soudain la corde dans ses mains : le choc fut violent à lui en arracher les bras. Elle para à peine le rabattement de son corps sur la tour. Elle crut tout lâcher. Mais elle voulait vivre et serra la corde.

Hélas, bien vite, elle ne se tint presque plus que par une main. L'autre, sans gant et entaillée, se desserrait peu à peu sous l'effet de la douleur. Éléa devait se laisser glisser, mais elle savait qu'elle ne pourrait plus s'arrêter si elle commençait.

Elle entendit la voix de Korta hurler dans la nuit :

— Il y a dix hommes en bas ! Tu ne peux pas m'échapper ! Remonte ! ordonna-t-il. Je te donne trente secondes et je coupe la corde !

Le duc la cherchait dans la pénombre. L'image des yeux bleus lui mangeait encore l'esprit. Il cherchait à terroriser la jeune fille pour l'obtenir. Mais la corde ne bougeait pas, elle ne remontait pas. Il menaça de nouveau et perçut des sanglots :

— Je ne peux pas ! cria-t-elle de désespoir.

Les bras d'Éléa s'étaient tétanisés sur le fil de sa vie.

Korta aurait dû rire et précipiter sa mort, mais il saisit la corde. S'aidant de son pied sur le bord de la fenêtre, il remonta la jeune fille le plus vite qu'il put. Il attrapa ses poignets juste avant qu'elle lâche tout, et la tira dans la pièce. Les yeux avaient fait leur effet.

Éléa était recroquevillée sur elle-même et pleurait. Ses nerfs lâchaient. Korta la souleva brutalement mais comme elle n'avait même plus la force de se porter, elle s'effondra sur un tapis de laine, le visage sur les dalles, les bras repliés de douleur. Elle avait tout détruit. Seuls ses yeux regardaient encore la fenêtre, ouverte sur l'Impossible. Est-ce que Jerry pourrait lui pardonner un jour ?

Dans les nuages sombres, elle vit justement une hirondelle planer près de la tour.

— Jerry !!!

L'hirondelle se retourna. Elle se détachait à peine sur l'étrange fond noir, et personne ne pouvait voir à quel point ses yeux jaunes étaient exorbités de frayeur. Éléa releva la tête. Korta lui rabattit la garde de son épée sur le crâne. Elle s'effondra sans vie.

Jerry fonça vers la fenêtre en se métamorphosant en aigle. Son cri de fureur et ses serres pointées vers l'avant déchirèrent le silence et l'air de la nuit. Il visait

Korta qui avait préparé son épée en vue de l'attaque. Mais Jerry oubliait qu'il lui était impossible de faire du mal en dehors de la Forêt Interdite, et il négligeait un détail particulièrement important dû à sa condition de Bas-Esprit falsifié : il ne pouvait pas pénétrer le château royal sans l'aide des Fées !

Il s'aplatit avec violence sur un mur invisible obturant la fenêtre. Il hurla de douleur et de rage, et se transforma successivement en plusieurs animaux pour trouver la force de passer au-delà de cette barrière insupportable. Mais sans succès. Sous les yeux horrifiés d'Éline, de Korta et des deux brutes muettes, il se maintint en être chimérique, debout sur le rebord de la fenêtre, ses bras plaqués et écartés sur une vitre infranchissable.

Il y eut du désespoir et de l'impuissance dans la crispation de ses mains osseuses. Les griffes grincèrent sur le rempart de verre imaginaire. Il y eut aussi des larmes dans les sombres yeux jaunes.

Jerry regardait la jeune fille anéantie au sol, les bras tendus vers lui, une main et le cou couverts de sang. Le tapis de laine en était rouge. Il n'avait pas pu lui venir en aide. Les Fées lui avaient dit qu'elles ne pourraient le laisser franchir les limites du château qu'une seule fois. Il en devenait fou. Fou de rage et de douleur.

Quand il comprit qu'il ne risquait rien, Korta se mit à rire et s'approcha du Monstre avec un air d'arrogance.

— Elle est morte, confirma-t-il d'un calme atroce.

Et d'un geste net et rapide, il enfonça son épée dans le cœur du Monstre.

Jerry hurla de douleur et se laissa tomber dans le vide. Il perdait tout, sauf la vie. Son esprit se vidait dans les airs : à chaque étage, une image s'échappait, un rêve s'enfuyait. Et sa plaie se refermait, son sang se séchait. Le désir de vengeance fut la seule pensée à laquelle il put se raccrocher. Elle s'amplifia dans son esprit jusqu'à y occuper toute la place, étirant ses noirs fils et ses funestes nœuds dans les moindres recoins.

Croyant avoir triomphé d'une terrible bête, Korta fut surpris de sentir un puissant courant d'air frôler son visage alors qu'il restait penché à la fenêtre. Il ne put voir ce qui l'avait effleuré, mais il aperçut une forme noire s'élancer puissamment dans les airs pour transpercer les nuages. Le duc eut soudain peur. Il ne comprenait pas ce que pouvait être Jerry, mais il doutait soudain de son incapacité à traverser les fenêtres du château.

Il attrapa le corps d'Éléa comme un vulgaire paquet et entraîna avec lui l'une de ses brutes ainsi que les amalyses prisonnières.

— Je m'occuperai de vous plus tard, Altesse, dit-il à l'adresse d'Éline que le deuxième colosse lâchait. Mademoiselle, enchaîna-t-il pour Misty, qui rayonnait, allez déranger ce cher Muht dans sa méditation et dites-lui que notre invitée est arrivée !

Korta posta la statue humaine devant les portes des chambres puis s'enfuit dans les couloirs du château aussi vite que sa lâcheté le lui dictait.

La princesse Éline resta un instant les bras ballants, perdue. L'horreur provoquée par l'apparition de Jerry avait séché ses yeux, mais elle avait encore le regard hagard de tout ce qui venait de se passer. Tout était si calme à présent. Elle s'approcha de la bougie sans s'en rendre compte. Elle l'éteignit d'un souffle court, absente à son geste. La nuit resta noire, vide.

Un Maître monstrueux ne pouvant franchir les fenêtres du château, un prince amoureux, mais qui l'attendait au-delà des douves : Éléa ne s'était laissé aucune chance. Éline baissa les paupières et se retourna vers sa chambre. Elle regardait les dégâts d'un œil distrait, sans s'y attacher.

N'étant plus que l'ombre d'elle-même, elle traversa la pièce sombre. Elle écrasa sous ses pieds les pétales de fleurs odorantes et les morceaux d'agate d'une coupe. Elle s'arrêta sur le seuil de la chambre de sa sœur.

— Tout est fini, Éloïse, murmura-t-elle.

Elle prit difficilement une bouffée d'air glacé.

— Je t'ai condamnée en voulant te sauver. Par ma faute, notre sœur va mourir, si elle n'est pas déjà morte. J'offre mon peuple au pire assassin du royaume et père veut que je sois la reine de cette horreur.

Elle voulut se retourner, aller s'asseoir pour attendre son sort, mais la position chahutée de la princesse Éloïse dérangea son cœur. *Quel manque de respect!* Éloïse avait été bousculée dans la bagarre, au même titre que les objets de la pièce, comme si sa présence n'avait pas eu d'importance.

Éline descendit la marche et se pencha vers sa sœur. Avec douceur, elle replaça les bras sur la poitrine et tira un peu sur les draps. Puis elle souleva la tête pour remettre correctement l'oreiller : le voile glissa sur la fiole plate et la découvrit en partie. Les yeux d'Éline remarquèrent immédiatement cette forme qu'elle reconnaissait. Elle souleva le voile de sa sœur.

À côté du visage angélique, qu'un poison forçait au sommeil, se trouvait le seul remède possible à son mal. Éline comprit soudain la dernière phrase d'Éléa. La jeune princesse prit la fiole sans oser y croire, posa son front sur un bras d'Éloïse et se remit doucement à pleurer.

Axel s'était levé. La lumière avait disparu. Et ce n'était pas un simple nuage ou une brume qui la dissimulait.

— Que se passe-t-il ? répéta Imma à côté de lui.

Vagabonde nocturne, la sorcière avait rejoint le jeune homme peu de temps après la disparition d'Éléa. Elle avait réussi à obtenir de Nis qu'elle l'amène à son maître. La jument ne s'était pas montrée trop difficile à convaincre.

Mais soudain, au milieu de son effusion de bonheur, il y avait eu cette hésitation dans la voix d'Axel. Imma l'avait senti se lever dans un souffle d'inquiétude. Maintenant, il n'était plus que silence.

Horreur que d'être aveugle ! Toujours à l'écart des hommes et des objets, perdue dans une nuit sans issue, à chercher le souvenir des couleurs du bout des doigts. *Que se passait-il ?*

Imma croyait devenir folle à force de poser cette question, à laquelle personne n'avait jamais le temps de répondre. Elle eut presque envie de crier de désespoir lorsqu'elle sentit qu'Axel s'enfuyait.

Il était parti comme un fou vers le Grand Arbre en oubliant tout, Imma comme Nis, qui aurait pourtant pu l'emmener plus rapidement. Il croyait encore pouvoir remonter le temps. Ses idées défilaient comme le paysage. La peur montait, elle rongeait l'espoir qui le faisait courir. Il sentait son ventre se serrer, son cœur éclater. Il courait à en perdre haleine. Dans le noir de la nuit et celui de la forêt, il évitait de justesse les troncs, fonçait dans les feuillages et brisait les branches mortes sous ses foulées.

Il sortit comme un boulet de canon dans le haut de la clairière. Il eut soudain besoin de crier, d'appeler au secours, d'extirper de son cœur toute la douleur de son désespoir. Il hurla en même tant que Sélène qui, dans cette nuit de cauchemars, avait aussi les siens.

Une tache blanche se détacha dans le noir ; Ceban fut le premier à sortir en braies de chez lui. Axel faillit tomber quatre fois par terre en dévalant la langue de prairie. Mais au moment où il voulut tout expliquer à Ceban, une ombre gigantesque, plus noire que les ténèbres qui l'entouraient, s'abattit sur lui avec violence.

Axel sentit une massue lui frapper l'arrière du crâne : il fut propulsé sur le sol sous le choc. Trois poignards s'enfoncèrent dans son bras gauche. Il se retourna, par réflexe, pour arrêter son assaillant. Sa main se referma sur une gorge de plumes. Le bec acéré fut retenu à deux pouces de son visage.

— Tu vas mourir, tu l'as tuée ! étouffa l'oiseau d'une voix déformée par la haine et par le désir de vengeance. Tu ne seras jamais son remplaçant !

Jerry n'avait pas pu s'en prendre à Korta, protégé par les ondes maléfiques – qui envahissaient tout le château – de l'Esprit Sorcier, mais il lui fallait un coupable sur lequel décharger son désespoir. Il n'avait plus rien à perdre, Éléa n'avait pas été que la clé de la liberté : elle avait été sa fille. Axel était la victime idéale. Il l'avait prévenu.

Jerry avait beaucoup plus de force qu'Axel, il sentait le bras de celui-ci trembler de faiblesse sous son poids. Il voulut arracher de ses serres les entrailles du jeune homme, mais Axel ne pensait pas encore à mourir : il lui envoya ses jambes en pleine face pour se dégager. Le coup fit tomber Jerry. Mais il était immortel : qu'importaient l'ampleur et la force du choc, il se redresserait chaque fois !

Le Monstre se releva en pleine métamorphose pour se jeter de nouveau sur Axel lorsqu'il reçut un coup d'épée qui le trancha presque de moitié. Il s'écroula aux pieds de Ceban.

Le frère d'Éléa était plutôt incrédule devant ce qu'il venait de faire.

— Cours, Axel, articula-t-il faiblement.

Son épée gouttait d'un sang éphémère : il disparaissait sur la lame comme sur le ventre de Jerry.

— Cours, Axel ! hurla Ceban. Traverse le Pont Sans Retour ! C'est ta seule chance !

Le roi de Pandème était assis devant un bureau. L'éclairage de sa lampe à huile se mêlait à la lueur de la lune qui filtrait à travers les carreaux ronds des fenêtres. D'une écriture nerveuse, il rédigeait une lettre. Une lettre courte et qu'il espérait claire. Il signa comme il aurait porté un coup de dague et roula la lettre en un fin tuyau. Son pavallois personnel, portant trois plumes dorées à sa longue queue rouge, redressa sa huppe avec fierté. *Prêt!*

La reine Céliane avait regardé faire son époux, navrée et silencieuse. Plus aucun mot ne rassurait le roi, plus aucun geste ne le calmait. Elle savait que sa colère reflétait sa peur. Tous deux sentaient le danger. La même sensation de vertige et de malaise qu'il y a six ans, lorsqu'Axel avait failli mourir des Fièvres Folles dans les Pays Noirs. Mais si la reine priait et gardait espoir envers et contre tout, son époux refusait de croire son fils en fâcheuse posture. Il préférait enrager en pensant qu'Axel n'en faisait qu'à sa tête, comme d'habitude. Il ne voulait pas céder à cette tension nerveuse qui l'envahissait.

Depuis leur voyage dans les Pays d'Oye, son fils et lui n'avaient aucune conversation qui ne finisse sans éclat de voix. Était-ce par manque de confiance en lui-même ou en Axel ? De ses trois enfants, son benjamin était celui qu'il connaissait le moins mais celui qui occupait le plus ses pensées. Cédric et Philip n'avaient pas besoin de lui, ils étaient moins en danger, plus obéissants. Et tout naturellement ses attentions de père retombaient sur ce fils fragile, instable et incompréhensible, qui n'avait pas voulu vivre auprès de lui. Trop de protection durant l'enfance, trop de liberté pendant l'adolescence…

Quelques secondes plus tard, le pavallois royal partait à la recherche de son plus jeune maître, tandis que le père s'asseyait de nouveau, plus abattu qu'il ne l'aurait voulu. Les *Mémoires d'Enkil* ne hantaient plus l'esprit du roi, la peur qui l'habitait lui faisait répéter inlassablement les phrases contenues dans sa lettre comme pour porter l'oiseau plus loin et plus vite. Pourtant, aucun mot du message ne disait *« Reviens vite, mon fils, je sens un danger. Donne-moi de tes nouvelles. Rassure-moi. »* Son angoisse les empêchait de s'exprimer : il se reprochait de ne pas avoir protégé Axel contre sa volonté, de ne pas l'avoir caché jusqu'au dernier moment, de ne pas l'avoir enfermé, même.

Il releva la tête vers sa reine. Il s'attendait à voir dans ses yeux qu'il ne s'y prendrait jamais correctement avec son fils, mais il ne reçut qu'un regard de courage et de confiance aveugle. Sa foi en lui était-elle à ce point inébranlable ? Ne pouvait-elle concevoir que son fils risquait de mourir par sa faute ?

Il était maintenant convaincu d'avoir commis une erreur en envoyant Axel aussi tôt en Leïlan.

BRAGELONNE – MILADY, C'EST AUSSI LE CLUB :

Pour recevoir la lettre de Bragelonne – Milady annonçant nos parutions et participer à des rencontres exclusives avec les auteurs et les illustrateurs, rien de plus facile !

Faites-nous parvenir vos noms et coordonnées complètes, ainsi que votre date de naissance, à l'adresse suivante :

Achevé d'imprimer en novembre 2008
Par CPI Brodard & Taupin - La Flèche (France)
N° d'impression :50304
Dépôt légal : décembre 2008
Imprimé en France
81120078-1